战典 ⑭

李 涛 著

中国人民志愿军征战纪实

下

作家出版社

前　言

　　中国人民解放军是中国共产党缔造和领导的人民军队，诞生在武装斗争中，成长于浴血奋战里，至今已经走过了八十八年的辉煌历程。

　　这支历经磨难、英勇善战、百炼成钢的军队自诞生起便展现出历史上一切剥削阶级军队从未有过的风貌，英勇顽强，不怕牺牲，冲破艰难险阻，纵横山河疆塞，战胜了一个个强悍凶恶的敌人，创造了无数个军事史上的奇迹，上演了一场场气势恢宏的英雄活剧。众所周知，我军所走过的并非一条平坦大道，是极其曲折和无比艰辛的。其间经历过苦难，遭受过挫折，甚至陷入过绝境，充满着鲜血与泪水。八十八年来，我军历经大大小小上千次战役战斗，既有陆战、海战、空战，也有山地战、平原战、丛林战；既有敌后游击战、运动战、阵地战，也有大兵团围歼战、追击战、攻坚战；既有进攻战、伏击战、奇袭战，也有防御战、遭遇战、突围战；既有运筹帷幄、决胜千里的经典传奇，也有英勇果敢、以柔克刚的战争奇观；既有酣畅淋漓的大胜，也有刻骨铭心的失利……这一次次战役战斗汇成了人民军队从无到有、由弱转强的发展壮大史，令世人叹为观止。

　　习近平总书记指出：历史是最好的教科书，也是最好的清醒剂。只有熟悉历史、读懂历史、借鉴历史，才会认清昨天、珍惜今天、放眼明天，不会为浮云遮望眼；才会热爱党、热爱祖国、热爱人民军队，不会迷失政治方向；才会以史鉴今、承前启后、继往开来，不会在前进的行途中走弯路。在不久前召开的全军政治工作会议上，习近平着眼实现中国梦强军梦的战略运筹，强调要着力培养有灵魂、有本领、有血性、有品德的新一代革命军人。军队因战争而存在，军人以打赢而荣耀。当前，我军由机械化向信息化迈进任重道远，必须牢记强军目标、坚定强军信念、献身强军实践，认真学习和研究人民军队的战争史，从历史的角度加以审视，用辩证的眼光加以剖析，更好地把握治军规律、带兵要则、指挥方略，不断提高驾驭未来信息化战争的能力，勠力同心追寻强军兴军的光荣梦想。这也正是编写《战典》丛书的初衷。

本丛书按照土地革命战争、抗日战争、解放战争和抗美援朝战争四个历史时期，分别撷取了中国工农红军第一方面军、第二方面军、第四方面军和西北红军；八路军、新四军和东北抗日联军；中国人民解放军第一野战军、第二野战军、第三野战军、第四野战军和华北野战部队，以及中国人民志愿军所属各支部队具有鲜明代表性的近300个战例，力求在浩瀚的史料中寻找那幅血与火、生与死的历史画卷和不朽传奇。需要指出的是，这些林林总总的战役战斗，根本无法穷尽人民军队所走过的惊心动魄的战斗历程、所书写的荡气回肠的英雄传奇、所孕育的凝心聚魂的革命精神，只是力图运用权威的文献资料、珍贵的历史照片和当事人的亲身经历，以纪实的手法和生动的语言，崭新的视野和独到的见解，还原历史真相，讲述传奇故事，展现英雄本色，揭示我军血脉永续、根基永固、优势永存的根本所在。

由于作者水平及查阅资料等因素所限，书中难免有不当之处，恳请读者批评指正。在编写过程中，参考了一批历史文献和当事人的回忆文章，得到了军事图书资料馆等单位和有关同志的大力支持与帮助，并由军事科学院军史专家进行审读把关，军事科学院政治部宣传部包国俊副部长为丛书的最终付梓付出了艰辛劳动，在此表示衷心感谢。

李 涛

2015 年 3 月

中国人民志愿军征战纪实（下）

目录

21. 1951 年夏秋季防御作战

1951 年初夏，三千里锦绣江山为夏季季风所笼罩。伴随着闷热的高温天气，绵延不绝的夏雨悄然降临，朝鲜战场的形势也在发生着微妙的变化。

经过五次大规模战役的殊死搏杀，至是年 6 月中旬，中国人民志愿军和朝鲜人民军并肩作战，共歼敌 23 万余人，把"联合国军"从中朝边境的鸭绿江边一直赶回到"三八线"以南地区。

这时，交战双方整体作战力量趋于平衡，在"三八线"南北地区形成相持局面，并且都开始认识到他们遇到了从未遇到过的强硬对手，这场战争的结局注定不可能在短期内见分晓。

中国人民志愿军和朝鲜人民军欢庆胜利

在武力取胜无望的情况下，西方阵营进一步分化，英国首相艾德里再三提醒美国总统杜鲁门：不要忘记我们的主要敌人苏联——它还四平八稳地安然坐在克里姆林宫，一根毫毛都没动。

仗打到这个份上，美国人付出了巨大的代价，前景却十分渺茫。美军陆军副参谋长魏德迈哀叹："朝鲜战争是个无底洞，看不到联合国军胜利的希望。"

作为世界头号军事强国的美国终于认识到：中国是决心把朝鲜战争进行下去，即使付出再大的代价也在所不惜。而面对人力资源无比丰富的中国，朝鲜战争注定是一场打不赢的战争。

既然不想深陷朝鲜战争的泥潭里，那就只有同中国人谈判，寻求"光荣的停战"了。但当时中美两国所有的联系渠道都已彻底闭塞。经过多方试探，美国政府最终通过中立国和苏联驻联合国大使马立克，向北京传递信息：美国准备以任何方式与中国共产党人会面，讨论结束朝鲜战争的问题。

毛泽东、周恩来等中央领导人对朝鲜局势的判断实际而又客观：志愿军已取得了巨大的胜利，把"联合国军"赶回了"三八线"以南地区，但以中国现有的实力，要一口吃掉敌人几个师，一下子打到釜山，把美国人彻底赶出朝鲜半岛，也是不现实的，因此必须树立长期持久作战的思想，逐渐削弱敌人，不断增强我军装备，从打小歼灭战过渡到打大歼灭战，以争取最终的胜利。既然

1951 年 6 月初，毛泽东主席和金日成在北京就朝鲜战争问题进行商谈

如此，和谈无疑是当前最好的选择。

6月23日，马立克在联合国新闻部发表演说，建议朝鲜交战双方谈判停火与休战，把军队撤离"三八线"作为解决朝鲜武装冲突的第一步。当天，杜鲁门在美国田纳西州表示："愿意参加朝鲜问题的和平解决。"

25日，《人民日报》在头版显著位置上刊登了马立克发表广播演说的新闻和题为《朝鲜战争的一年》的社论，表示："我们中国人民完全赞同这个建议。这是给予美国的又一次考验，看它是否接受已往的教训，是否愿意和平解决朝鲜问题。"

30日，日本和南朝鲜电台都广播了"联合国军"总司令李奇微奉美国政府之命发表的停战谈判声明：

本人以联合国军总司令官的资格，奉命与贵军谈判下列事项：因为我得知贵方可能希望举行一次停战会议，以停止在朝鲜的一切敌对行为及武装行动，并愿适当保证此停战协定的实施。我在获得贵方对本文的答复以后，将派出我方代表并提出一切会议的日期，以便与贵方代表会晤。我更提议，此会议可在元山港一只丹麦伤兵船上举行。

时任志愿军政治部主任的杜平回忆道：

那天稍晚些时候，彭总办公室的杨凤安同志来叫我："杜主任，彭总请你去。"走进彭总办公室，见邓华、解方等同志都在座。彭总看人差不多都到了，就说："李奇微的声明都听到了吧？"我们点点头。"大家就此事谈谈看法吧。"彭总点燃一支烟，慢慢吸着。我们当即围绕和谈问题扯了起来。都认为：美帝国主义愿意和谈，这是我们的胜利。但对朝鲜的前途尚不能盲目乐观，要防备敌人利用和谈重新积聚力量向我反攻。因而，在此种情况下，更要教育部队决不能松懈战斗意志。必须在巩固现有阵地的基础上，继续加紧第六次战役的准备，有备无患。对此，彭总表示同意。他说："美国为维持自己在东方和世界的政治地位，依靠技术装备上的优势，实行的是战争政策。但是，我们5个战役一打，把他的老虎屁股打疼了，所以极力想摆脱困境，改变目前危局，这就有了和平谈判。李奇微的声明是打出来的。因此，我们绝不能指望敌人放下武

1951年，彭德怀司令员（右三）在朝鲜成川郡桧仓与邓华（右一）、陈赓（右二）、甘泗淇（右五）、王政柱（右七）等合影

器，立地成佛。要立足于打，以打促谈。

次日，金日成和彭德怀通过广播答复：同意进行谈判，建议把双方会晤地点改在"三八线"上的开城地区。

世界战争史上最为艰难的谈判——朝鲜停战谈判就此拉开了帷幕。伴随着战场上的军事斗争和政治斗争互相交织，双方边打边谈，时断时续，经历了漫长而又曲折的两年零17天。

1951年7月8日，双方各派出3名校级参谋军官在开城高丽里广文洞来凤庄——一处坐北朝南、古色古香的大庭院里会晤。中朝代表为张春山（朝鲜）、柴成文（中国）、金一波（朝鲜），"联合国军"代表为美国空军上校安德鲁·J·肯尼、陆军上校詹姆斯·C·穆莱和南朝鲜军中校李寿荣。

当双方联络官进入会场落座时，李寿荣竟然紧张地一屁股坐到了地上，弄得满脸通红，一副狼狈相。会议进行得较为顺利，商定7月10日举行第一次正式会谈，并确定了双方谈判代表团成员。

中朝方面组成的代表团，由朝鲜人民军南日大将为首席代表，中国人民志愿军代表为副司令员邓华和参谋长解方，朝鲜人民军代表为前线司令部参谋长李相朝和第1军团参谋长张平山。

"联合国军"代表团由美国远东海军司令特纳·乔埃中将为首席代表，其

参加朝鲜停战谈判的"联合国军"和南朝鲜军方面首席代表美国海军中将特纳·乔埃（中）、白善烨（右二）等

他4位代表是美军巡洋舰分队司令勃克少将、远东空军副司令克雷奇少将、第8集团军副参谋长霍治少将和南朝鲜军第1军团军团长白善烨少将。

10日，在全世界的注目下，朝鲜停战谈判在来凤庄一间长18米、宽15米的厅堂里正式举行。

由于美国政府担心立即实施停战会动摇其在世界上的霸权地位，同时仍然迷信其技术装备的强大优势，认为凭此可以同中朝军队抗衡，进行政治上的讹诈。因而从谈判一开始，毫无诚意的美方就采取了拖延政策，不愿公平合理的解决问题，反而常常节外生枝，制造矛盾，阻碍停战谈判的顺利进行。

杜平在回忆录中写道：

会议尚未正式开始，就发生了一件令人不愉快的事情。当双方代表准备进场时，美国翻译官未经双方同意，擅自从提包中取出一面联合国旗置于桌上，我方未来得及制止，双方代表已进场。下午开会时，朝鲜联络官张春山就将一面比对方旗帜更大的朝鲜民主主义人民共和国国旗放在桌上，与那面联合国国旗并列，以示对他们无理举动的抗议。

那一天，双方代表进入会场后，气氛严肃。乔埃与南日隔桌对坐，未交谈一句，脸上也未露出任何笑容。数分钟后，始互递证书，开始发言。

对我们来说，迫使世界上头号帝国主义强国坐在谈判桌前，这无疑是巨大

参加朝鲜停战谈判的中朝代表团代表：首席代表南日（左三）、邓华（左二）、解方（左一）、李相朝（左四）、张平山（左五）

的胜利。但我们并没有以胜利者自居，而是抱着真诚的和平意愿来参加谈判的。我们认为：既然是谈判，就应是平等的对手，就应建立在公平合理的原则基础上。因此，在第一次会议上，我们即提出了关于停战谈判的三项建议：

第一，在互相协议的基础上，双方同时下令停止一切敌对军事行动。

第二，确定三八线为军事分界线，双方武装部队应同时撤离三八线10公里，并于一定时限内完成之。同时立即进行关于交换战俘的商谈。

第三，应在尽可能短的时间内撤退一切外国军队。

这三项建议，充分考虑了双方的利益，符合朝鲜战场实际，有利于朝鲜半岛和远东的和平。如果对方真有和平诚意，就没有理由不同意我们的建议。

但是，美国首席代表乔埃却提出了一个根本不谈停火、撤军与我方有明显分歧的九点建议，说什么"会议所讨论之范围，只限于有关韩境纯粹之军事问题"。说穿了，就是不谈撤军问题，他们想赖在朝鲜不走。

这时，"联合国军"在战场上的行动方针是：在谈判期间"不实施大规模的进攻行动，而力求通过强有力的巡逻和局部进攻来保持主动"，以对志愿军

开城来凤庄

和人民军施加压力；同时，视停战谈判的进展情况，随时准备恢复全面攻势作战，并预先制订了向朝鲜半岛蜂腰部平壤、元山一线推进的所谓"势不可挡行动计划"。

为此，"联合国军"一面加强防御阵地，一面积极进行发动局部进攻的准备。至 8 月中旬，从前沿至纵深建成了三道防线，每道防线均构筑了坚固工事，埋设了大量地雷，架设了数道铁丝网。同时还积极扩建金浦、水原、大邱等原有机场；靠近前沿阵地又修建了 18 个机场，增辟了 14 处海、空军运输补给基地。

另外，美军有 6 个师、南朝鲜军有 4 个师先后从一线撤至二线，进行了一到两个月的休整。7 至 9 月，从美国本土运往朝鲜进行轮换、补充的兵员达 12 万人。美军还将第 188 空降团和 2 个轰炸机联队由美国调至日本，并扩编了 3 个南朝鲜师和 1 个英联邦师，以增加其机动力量。这样，"联合国军"的总兵力达到 18 个师、1 个旅又 1 个空降团，共计 69 万余人。

对于停战谈判开始后可能出现的形势和"联合国军"的行动企图，中共中央和毛泽东主席早就作了充分的估计，深知美国虽因在战场中遇到严重困难而主动求和，但在谈判期间，极有可能玩弄种种阴谋伎俩，也可能乘机在战场上发动突然袭击。因此，毛泽东多次指示，要提高警惕，积极注意作战。

停战谈判开始后，"联合国军"的行动以及美方在谈判桌上的种种蛮横表现，使中朝方面更清楚地认识到，同美方进行谈判将是一场艰巨复杂的长期斗争。只有将政治上的揭露与军事上的打击紧密结合，尤其是军事上给予敌人以沉重的打击，才能迫使美国知难而退，使停战谈判按照有利于中朝人民的方向发展。

据此，志愿军和人民军采取"充分准备持久作战和争取和谈达到结束战争"的行动方针，在军事上坚持"持久作战、积极防御"，积极构筑防御阵地，准备随时粉碎敌人的进攻。至8月中旬，志愿军和人民军总兵力达到112万余人，其中志愿军77万余人。在西起礼成江口，东至东海岸高城，构筑了绵延250公里的第一线防御阵地，部署了志愿军8个军、人民军3个军团；在第二线防御阵地和东西海岸部署了志愿军9个军、人民军4个军团。

7月下旬，停战谈判进入军事分界线问题的讨论。

26日下午，双方代表团召开第10次会议，就谈判的第一项议程"通过议程"达成了协议，紧接着即转入第二项议程"作为在朝鲜停止敌对行为的基本条件，确定双方军事分界线，以建立非军事地区"的讨论。

"联合国军"方面拒绝中朝方面提出的以"三八线"为军事分界线的合理建议。乔埃宣称："一条想象的地理界线，如一条纬度线，无论如何，对发展军事停战上都没有效用。"随后抛出了所谓有"海空军优势必须在地面得到补偿"的谬论。

1951年夏季，志愿军某部在修筑坑道工事

1951 年 11 月 27 日，朝鲜停战谈判双方代表在标示"联合国军"和朝中军队军事分界线的地图上签字，停战谈判双方就第二项议程达成协议

　　乔埃交给中朝代表一张 25 万分之一的军用地图，上面用红、蓝、黑三种颜色标出了三条线，深入志愿军和人民军阵地后方地区 38 公里至 68 公里不等，并狡辩道：联合国军司令部保持着整个朝鲜的空中优势，控制着围绕朝鲜的全部两面洋，理应把海空军的效力与地面部队的效力，联系在一起考虑。也就是说，地面的非军事区，必须适当地由海空军力量所刻画的实际军事区，衬托在一起来考虑。

　　美国人企图不战而攫取 12000 多平方公里的土地。这一无理要求当然被中朝方面严词拒绝。解方回忆道：

　　在讨论停战分界线问题时，美方提出，把分界线划到平壤、元山以北。当时双方部队都在"三八线"附近，如按他们划的分界线，那我们得撤退几百公里，给他一万二千平方公里土地。我们马上就把他们顶回去了，理由是：你们在战场上得不到的东西，想在会场上得到是妄想。

　　乔埃公然进行军事讹诈，扬言："让炸弹、大炮和机关枪去辩论吧！"

在东京坐镇指挥的李奇微也狂妄地声称："用我们联合国军的威力，可以达到联合国军代表团所要求的分界线位置。"

此时，朝鲜北部连降大雨，暴发40年未遇的大洪灾。山水下冲，河流漫溢，泛滥成灾。一般河流水位上涨三四米，最高达11米，水流速度达到每秒4至6米，最高达7米。洪水所到之处，交通中断，堤防溃决，房屋倒塌，物资冲走，装备毁坏，人畜伤亡。其水势之猛，持续时间之长，危害范围之广，为朝鲜几十年来所未有。

在洪水冲击下，志愿军的主要物资集散地三登里附近变成了一片汪洋，仓库、医院和高炮阵地全遭水淹，千辛万苦运上前线的物资装备被洪水冲走，安州、鱼波车站及平壤附近全被洪水吞没，后方几乎所有的路面被冲坏，路基被冲塌，205座公路桥梁全被冲垮，无一幸免。栗里至逍遥里的沿河公路上连高高的电线杆都没入水中，交通中断了20余天。

更为雪上加霜的是，从8月中旬起，"联合国军"集中其空军和海军航空兵五分之四的兵力，发动大规模的"空中封锁交通线战役"。

美国空军将这次行动称为"绞杀战"，就是以摧毁朝鲜北方铁路运输系统为主要目标，集中在远东的全部轰炸机和绝大部分的战斗轰炸机，在战斗截击机的掩护下，每日出动数百架次至上千架次，对朝鲜北方铁路分区分段进行毁灭性的轰炸，并派出专门的巡逻飞机，在夜间追打铁路和公路上的运输车辆。

"联合国军"为向中朝方施加军事压力，破坏停战谈判，于1951年8月18日，悍然发动夏季攻势

李奇微计划以3个月的时间摧毁朝鲜北方的铁路系统，"尽可能做到使其铁路运输陷于完全停顿的地步"，企图以此来"窒息"志愿军前线部队，在谈判中接受他们提出的无理条件。事实上，美军在朝鲜战争中一直把轰炸破坏中朝军队的后方运输线，作为其战略上的重要组成部分。

　　由于志愿军入朝参战初期，没有空军，只有1个高射炮团，且装备落后，防空力量与美军强大的空中实力相比，几乎可以忽略不计。因此，美军的空中轰炸活动肆无忌惮，非常猖狂。无论白天黑夜，成群结队的美军飞机在朝鲜北方上空活动，到处狂轰滥炸和扫射。整个朝鲜北方的城镇大都成为一片废墟，主要铁路车站和铁路、公路桥梁基本被毁，铁路时常处于瘫痪状态。朝鲜上空一度成为美军飞行员的自由天地，随心所欲，无所顾忌，几乎见到活动目标就打，甚至连单个车辆、单个行人也不放过。飞行高度之低可使地面人员看到飞行员的眼睛和鼻子，经常擦房顶、掠树梢而过，甚至有的钻桥洞追打地面目标。

　　美国空军战史称，整个"绞杀战"期间，仅远东空军的飞机（不计海军飞机）执行这一任务，就出动了8.755万余架次，平均每天300余架次。

　　水灾和"绞杀战"给志愿军运输造成了极大的困难。至8月底，被炸毁和洪水冲坏的铁路桥梁165座次、线路459处次，整个铁路线处于前后不通、中间半通的状态。在"绞杀战"前，志愿军的后勤保障能力仅为50%。经美军高

朝鲜战争中，满载炸弹的美国空军轰炸机

密度轰炸后，志愿军后勤保障能力降为 25%。部队作战和供应面临着前所未有的困难。

杜平在回忆录中写道：

洪水的肆虐和敌机的疯狂轰炸破坏，曾一度给我军造成极大困难。据 8 月 18 日统计，一线部队的 13 个军存粮仅有 3 至 6 天，二线部队的 4 个军存粮最多的也只有 13 天。粮食、弹药得不到及时供应，不少部队以野菜充饥。再加上阵地生活设备简陋，昼夜构筑工事，部队体力消耗甚大，伤病员增多。那时间，总部的电话铃声不断，无非是催粮、要弹。有一个故事很能说明那时的困难状况：在距前沿阵地十来里的地方有一座我军的医院，仅有的一点粮食要省给伤员同志熬粥吃，医护人员只好乘敌人不打炮的时候上山拔野菜。因为没盐，做出的野菜不是苦就是酸。头两天，煮一锅野菜 20 个医护人员怎么吃也吃不掉，三天下来，煮上两锅野菜还不够吃。什么原因？肚子太空了，也就吃着香了。

当时分管后勤的志愿军副司令员洪学智回忆说：

一个是激烈的战争，一个是特大洪水，雪上加霜，困难上加困难。我作为

志愿军铁道兵正在抢修被炸毁的铁路桥

兼后方勤务司令员，日不能安，夜不能寐，心急如焚！为战胜洪水灾害，保证运输畅通，保证前方物资供应和兵员，我和志后其他领导采取了一系列措施。首先是把不通的桥梁和能通的公路连接起来。为此，发动全军动手，另外，朝鲜群众和人民军也要参加，道路不通，大家都困难啊！

8月18日，"联合国军"在发起"绞杀战"的同时，出动地面部队实施夏季攻势。李奇微先后动用了美军2个师、南朝鲜军5个师的兵力，主要进攻北汉江东岸艾幕洞至东海岸高城约80公里的防御阵地。在该线防守的部队为朝鲜人民军第2、第3、第5军团。担任第一线防守的有6个师，第二线为3个师。

"联合国军"夏季攻势的目的很明确，就是为了夺取东线突出部阵地，拉平登大里、五味里至芦田坪地段的战线，以与其中部战线取齐，改善防御态势，并防止中朝军队举行战役反击，迫使中朝方面在停战谈判中让步。

从18日起，"联合国军"以美军第2师，南朝鲜军第5、第7、第8、第11师和首都师各一部，共约3个师的兵力，在大量的航空兵、炮兵支援和坦克的配合下，向人民军第5、第2、第3军团的接合部，实施全面进攻。

战斗异常激烈，人民军在洪水为害、交通运输困难、粮弹供应不足等极端困难的情况下，利用野战工事，进行了顽强的阻击和积极的反击。激战至31日，共毙伤敌2.4万人，粉碎了敌人的进攻。

1951年8月，一架美军F-51野马战机在平壤上空投掷凝固汽油弹

　　"联合国军"重新调整部署，将美军陆战第 1 师由洪川调至第一线，接替南朝鲜军第 8 师加里以西部分防务，南朝鲜军第 8 师则向北延伸至松枝谷一线；另将位于县里地区的南朝鲜军第 5 师一部调至第一线，接替美军第 2 师大愚山地区的防务。

　　人民军则以第 6 军团接替通川、高城至新炭里第 3 军团 2 个师的任务，缩短第 2、第 3 军团的防御正面。

　　从 9 月 1 日起，"联合国军"重新发起攻势，不断以营、团兵力向人民军整个防御地段发起所谓"有限目标一连串进攻"。

　　人民军英勇作战，给敌人予以重大杀伤，共毙伤敌 2.2 万余人。至 18 日，"联合国军"除了在杜密里以北 851 高地至 1211 高地地段继续保持进攻并一直持续到 10 月中旬以外，在其他地段被迫停止进攻。

　　在人民军粉碎敌人夏季攻势过程中，志愿军第一线部队积极配合，克服刚刚转入阵地防御、工事不坚、经验不多、粮弹供应不足和部队极度疲劳等困难，进行有限目标的战术反击。

　　位于北汉江以西的 27 军决定以 81 师 1 个团和 80 师一部兵力，加强轻火炮并组织远程火炮配合，于 8 月 28 日或 29 日向细岘里以东南朝鲜军第 6 师实施局部反击。

　　谁知天公不作美。从 26 日起，金城地区连降大雨，致使河水暴涨，反击作

志愿军用"喀秋莎"火箭炮向敌实施攻击

战未能按计划执行。

在此期间，敌情也发生了突变。美军第7师接替了南朝鲜军第6师左翼美军第24师防务，并于30日向27军防守的金城以南黑云吐岭东西一线发动局部进攻。

敌变我变。27军当即决定更改原先的反击计划，以3个团的兵力，在5个炮兵营的火力支援下，向黑云吐岭东西一线美军阵地实施反击。

9月1日，战斗打响。

27军第一次使用苏制"喀秋莎"火箭炮对美军阵地进行猛烈轰击，一举夺回了黑云吐岭等3个高地，攻占了注坡里以北3个高地。

次日，美军实施反扑。27军与敌进行反复争夺，至3日，在大量杀伤敌人后主动撤离黑云吐岭高地。此战，27军共毙伤俘敌1900多人。

5日至6日，第64、第47、第42、第26军各一部分别向涟川以西德寺里、铁原西南3381高地、铁原西北中马山、平康东南西方山和斗流峰等敌军阵地实施反击。除42军攻击中马山未能成功外，其余均达到预定歼敌目的，占领了西方山、斗流峰等要点，并改善了平康地区的防御态势。

中朝军队英勇奋战1个多月，胜利地粉碎了"联合国军"的夏季攻势。"联合国军"虽然突入东线阵地2至8公里，却付出了死伤78000余人（其中美军

志愿军第一线各军为配合朝鲜人民军作战，积极进行战术反击。图为志愿军第26军战士在平康东南攻占西方山敌军阵地

22000 余人）的重大代价。

就连美国参谋长联席会议主席布雷德利对李奇微发动的夏季攻势也颇有微词，不无讥讽地说："这次的攻势是没选好时机，没选好地点，没选好敌人的败仗。"

9 月 4 日，志愿军在空寺洞再次召开党委扩大会议，对夏季攻势进行总结。彭德怀在会上指出：

自 8 月 18 日开始，敌人向东线人民军进攻，20 天中前进 5 公里，伤亡至少有 5000 人。这仅仅是我整个前线 1/3 的地段。从目前前沿至濊川有 120 公里，我们又有三道纵深阵地，即需要 480 天时间及 30 多万人的伤亡。范佛里特吹嘘其东线攻势，要让我们在开城会议上去想一想，那么，这也要范佛里特去想一想，看他有没有本钱来干！

志愿军副司令员陈赓对这种积小胜为大胜的"零敲牛皮糖"的战法大加赞赏，指出："在目前情况下，我供给困难，进行大的战役，倒不如这样小打，虽然是小的歼灭战，但可积小胜为大胜，逐渐削弱敌人，打击其士气，造成进行大战役的基础。"

会议深入分析了朝鲜停战谈判开始后的战场形势，确立了在持久作战思想指导下，今后战争的样式主要是阵地攻坚和阵地防御。彭德怀指出：

陈赓（左六）与彭德怀（左三）、邓华（左四）等在朝鲜战场
视察阵地

第一，我们虽然胜利地打到了三八线附近，但我军的技术兵种差，特别是整个供应运输，由于敌空军的破坏，相当困难，直接影响到战役的连续进行。

第二，由于我军的胜利前进，使战场变得狭小，敌人兵力相对集中，我要大踏步前进，一下打到釜山是有困难的。

第三，敌人由于遭受了多次的惨败，也不敢大胆地冒进，在大规模的运动战中歼灭敌人的可能性也是较小的。

第四，朝鲜海岸线长，便于敌登陆作战，我如长驱直入，确有后顾之忧。

总之，朝鲜战场上阵地战的战争形势一天一天的明显，大踏步进退的运动战的机会已日益减小。我们必须学习阵地攻坚与阵地防御，坚持持久作战。

杜平后来回忆说：从这时起，朝鲜战场上精彩的运动战已经谢幕，代之而起的是长达两年之久的阵地战。如果说，以前五个战役解决了能不能打的问题，那么此后要解决的则是能不能守的问题了。

会议进行了认真的讨论，确定今后的作战指导方针是：在防御作战中应是积极防御，节节抵抗，对每一阵地必须进行反复争夺，不得轻易放弃阵地。要采取不断的阵地反击及小出击，歼灭出犯或突出部之敌，以求得以较小的代价更多地杀伤敌人。

根据以往的作战经验，面对现代化技术装备的敌人的进攻，要保证防御的稳定性，关键是要有坚固的阵地工事。为此，彭德怀要求全军必须把进一步加强防御阵地作为战略任务来抓。

为增强防御力量，抵御"联合国军"可能再次发动的进攻，志愿军和人民军对作战部署进行了相应的调整：65军调至开城地区；68军从阳德地区调至洗浦里地区，准备接替人民军第5军团防务；以67军接替27军金城地区防务，27军撤至马转里、阳德地区休整。

果然不出所料，"联合国军"并不甘心夏季攻势的失败，仍准备以军事进攻对中朝方面继续施压，以实现其在停战谈判中提出的无理要求。

29日，"联合国军"发起秋季攻势。

战斗首先从西线打响，敌人集中美军骑兵第1师、步兵第3师2个团附菲律宾营，泰军第21团，英联邦第1师（由英军第28、第29旅和加拿大第25旅合编而成），在200余辆坦克、300余门大炮和大量航空兵的支援下，采取

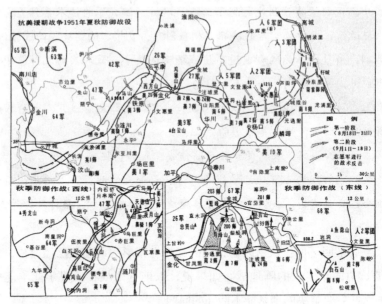

抗美援朝战争 1951 年夏秋防御战役示意图

逐段进攻、逐步推进的战法，企图迫使志愿军放弃临津江以东至铁原以西阵

一架美军 F-80 "射击之星" 战机正在空袭志愿军阵地

地，从而解除对涟川至铁原交通干线的威胁，并从侧翼威胁开城，为以后夺占开城创造条件。

当天清晨，美军第 3 师出动 2 个步兵团的兵力，在 100 余门火炮和 60 辆坦克的支援下，向志愿军 47 军 141 师防守的夜月山、天德山至大马里地段发起猛攻。

141 师集中兵力，扼守要点，激战 5 天，击退了美军的多次冲击，守住了除夜月山外的其他阵地。

10 月 3 日，美军 1 个师又 2 个团连同英联邦第 1 师等共 8 个团，在 160 余辆坦克和大量炮兵、航空兵的掩护下，对 64 军、47 军防守的

40 公里正面发起全面进攻。

其中，英联邦军第 1 师重点进攻临津江以西高旺山、马良山地区。在此坚守的是 64 军 191 师。经过 5 个昼夜的激战，英军以伤亡 2600 余人的惨重代价，向前推进 3 公里，占领了马良山，但再也无力前进，就地转入防御。

美军骑兵第 1 师等 5 个团重点进攻铁原以西天德山及 418 高地。防守该阵地的 47 军 141 师 422 团 1 个营，面对美军疯狂进攻，英勇抗击了三天三夜，平均每天击退敌军 10 余次冲击。

6 日后，美军每天以 1 个团以上的兵力，在飞机、火炮、坦克的支援下，对 334 高地至高作洞地段实施逐点攻击。

47 军与敌人展开了反复争夺，战斗进行得异常激烈。为争夺一个小山头，美军军官用枪硬逼着士兵轮番进行集团冲锋。尽管美军有猛烈的炮火掩护，后面还有军官挥枪督战，但厌战怕死的美国大兵在志愿军的勇猛阻击下就是畏缩不前。

美军骑兵第 1 师第 5 团团长勒菲德亲自督战 7 次，结果无一成功。该团 C 连士兵依勒被俘后，破口大骂勒菲德："长官只是在我们后边狂叫：前进！前进！但前进是一条死路。"

经过 20 多天的激战，"联合国军"在西线只向前推进了 3 至 4 公里，却付出了 2.2 万余人的代价，不得不停止进攻。

在东线，美军第 2 师 2 个团、南朝鲜军第 8 师 1 个团，从 10 月 5 日起，

1951 年 9 月 5 日，美第 2 师第 9 步兵团的士兵正在攀登血腥岭（Bloody Ridge）的陡坡。该团在这里以及其后的伤心岭（Heartbreak Ridge）的战斗中，遭到志愿军的重创

在大量飞机、火炮和坦克的支援下，向人民军第5军团防守的文登里地区发动进攻。

7日，志愿军第68军开始接替人民军第5军团防务。

第二天，"联合国军"突然把攻势重点转向北汉江东西地区的志愿军第67、第68军防御正面，并在战斗中使用了大量的坦克，企图以"坦克劈入战"的新战法攻占北汉江以东文登里地区。

防守文登里地区的是68军204师和1个加强团、1个炮兵团。该师一面迅速接防，一面集中全师反坦克兵器，以步兵防坦克歼击组、无坐力炮分队及工兵分队组成反坦克大队，利用山脚、堮坎、沟渠等自然地形设置反坦克工事，在便于坦克行进的道路、河床等地域布设地雷，开展反坦克作战。

战斗夜以继日地进行着。志愿军官兵白天抗击，夜间抢修工事，尽管得不到充分的休息，甚至有时还吃不上饭，但士气却越打越高昂，战术也越打越巧妙。

一天，美军以49辆坦克摆开阵势，向志愿军阵地猛冲过来。公路上烟尘滚滚，马达声震山谷。敌坦克一直开进到离志愿军前沿阵地2公里的地方。当美军坦克兵打开炮塔的顶盖，探出头来观察四周的动静时，隐蔽在公路两旁的志愿军反坦克部队立即射出密集的炮火，很快就击毁了9辆坦克，其余坦克吓得掉头逃跑。

次日天刚放亮，美军又出动18辆坦克开到志愿军阵地前沿不远处，盲目开炮。在一连发射了300多发炮弹后，7辆坦克越过文登小桥，企图把昨日被

被击毁的坦克

击毁的坦克拖回去。不料，志愿军战士早有防备，在被击毁坦克周围埋设了地雷，一下子又炸毁了4辆坦克。

经过13个昼夜的激战，68军取得了毙伤俘敌7600余人，击毁坦克28辆、击伤8辆的胜利，沉重打击了敌人坦克进攻的嚣张气焰。

杜平在回忆录中写道：

英国装甲团的指挥官劳瑟上校回到英国，在坦克工厂里讥笑美国坦克说："太脆弱，它们是给好莱坞拍电影用的，而不是作战用的。"他说："在一次战斗中，有52辆联军坦克（一半是英国的，一半是美国的），被中国人的地雷炸中。英国坦克都能依靠自己的力量跑掉，但是，每一辆美国坦克都不得不拖回来。"因此，劳瑟的结论是：在朝鲜的交换率是两辆"巴顿"式坦克换一辆"百人队长"式坦克。

劳瑟的发言传到美国陆军部以后，美国陆军部的人觉得脸面上过不去，立即否认"百人队长"式坦克比"巴顿"式坦克跑得快。他们说："虽然'百人队长'式坦克有某些优点，它比'巴顿'式坦克重几吨，但是，它比'巴顿'式坦克慢得多，它的主要武器的性能和'巴顿'式大约相同。"

美、英两国的军人之间互相讥笑这件事，可以从一个侧面说明坦克在朝鲜战场上的狼狈处境。自1951年10月以后，在长期的对峙作战中，美军就再也没有使用较大数量的坦克直接配合作战了。

美军大口径重炮对志愿军阵地实施轰击

从 10 月 13 日起，美军和南朝鲜军各 2 个师在 200 余辆坦克、14 个炮兵营及大量飞机的支援下，向 67 军防守的阵地发起猛攻。在步兵攻击屡屡失利后，敌人再次把取胜的希望寄托在"钢铁战术"上，即使仅仅是攻击 1 个连或 1 个排坚守的阵地，也常常要发射上万发炮弹。

为避免敌人强烈炮火的杀伤，志愿军部队只留少数人守在阵地的高峰上，顽强阻击，另在山腰、山脚的一侧或两侧隐伏适当兵力。当敌人发起攻击时，勇猛地将敌拦腰卡断，或从背后给予打击，并组成反坦克分队，设置防坦克障碍物，抗击敌人的"坦克劈入战"。

激战 3 天，美军损失 1.7 万余人，平均每天伤亡 5600 多人。这是朝鲜战场上美军单日伤亡数字的最高纪录，也创下了美军战争史上的最高纪录。

"联合国军"在全面进攻受挫后，被迫于 16 日转为集中兵力、火力对金城以南志愿军月峰山等几处要点逐个进行重点攻击。

志愿军 20 兵团及时调整部署，以 67 军 201 师接替 199 师防务，以兵团预备队 68 军 203 师接替 67 军 200 师防务，采取昼间抗击、夜间反击的战法，与敌反复争夺每一块阵地。

激战至 21 日，"联合国军"在付出了伤亡 2.3 万余人、损失坦克 47 辆的巨大代价后，占领了梨船洞地区和烽火山、轿岩山等要点。

由于志愿军的顽强抗击，迷信武力的美国人所挑起的这场"辩论"的结

1951 年 10 月 16 日，志愿军第 67 军某部 4 连在月峰山地区与进犯之敌展开激战，创造了敌我伤亡 38.8 比 1 的战绩，荣获"月峰山英雄连"称号

果，完全出乎他们的意料。"联合国军"秋季攻势不仅没有取得谈判桌上得不到的东西，反而损兵折将，连遭重创。尽管范佛里特在 10 月 16 日还向路透社记者信心十足地称："我们第八集团军目前的目标是尽量多地消灭敌人。"

然而，理想很美好，现实很残酷。在整个秋季攻势中，"联合国军"被毙伤俘 7.9 万余人，突入志愿军阵地 6 至 9 公里，平均每向前推进 1 公里，就要损失 9000 人。对此，就连敌人也十分懊丧地称："山连山，堡连堡，攻一座山头，攻一个地堡，都要付出很大的代价，得不偿失。"

曾骄横不可一世的美军在朝鲜战场上连吃败仗，心生畏惧，越打越怕。志愿军则愈战愈勇，并总结出"美军十大怕"：

一怕我军打仗时吹军号。军号一响，美军丧胆。

二怕我军夜战。美国兵说："夜晚想睡个安稳觉是不可能的。"每逢黑夜降临，敌人就心惊胆寒。

三怕打近战。当敌人冲到 100 米，60 米，40 米，20 米……只听志愿军一声喊："打！"打得敌人晕头转向，没死的抱头就跑。

四怕肉搏战。我军个个勇敢，子弹、手榴弹打光了，就用铁锹、十字镐和石头跟敌人拼。我们个子不高，敢于同美军大个子摔跤，并且用手抠牙咬，真使美军十分害怕。

五怕我军的手榴弹加拼刺刀。这是我军的拿手好戏，传统打法。一排手榴

被志愿军俘虏的"联合国军"士兵

弹就炸得敌人晕头转向。此时，我军端上刺刀，高喊"杀！"……敌人死的死，伤的伤，活着的跪地举手来投降。

六怕我军突袭。我军小组、小分队经常突然出现在敌人阵地、敌人后方心脏地带。美军措手不及，晕头转向，乖乖地当了俘虏。

七怕冷枪射击。第五次战役后，敌人被赶回"三八线"以南，双方对峙阻击，我军各部队都挑选了神枪手对敌人开展冷枪射击，积小胜为大胜。有一个战士叫张桃芳，摸清敌人每天的活动规律，冷枪射击打死很多敌人。他打倒一个敌人，就往口袋里装一个小石子。一个月下来，倒出口袋石子数了数，共打死打伤220个敌人。

八怕我军勇敢，不怕死。敌人说："身穿绿布衣、没有帽徽和军衔的中国人，个个勇敢，不怕死。"在决战中有的堵枪眼，有的用炸药炸坦克，有的高举手雷冲向敌群，和敌人同归于尽。

九怕坏天气。每逢刮风下雨下雪，美军飞机因气候影响不能飞行，此时是我军出击的好机会，因此每逢坏天气美军最担心害怕。

十怕过节假日。什么星期六、星期日啊、感恩节啊、圣诞节啊、元旦节等等，每逢过节，美军最怕。他们知道我军专门利用节假日打击敌人。第三次战役就是在元旦之夜向敌人发起突然进攻的，我一举突破敌人"三八线"阵地，解放了汉城，将敌驱逐至"三七线"以南，歼敌1.9万余人。

美军第3师医护人员正在抢救受伤士兵

美军在朝鲜战场上伤亡率的急剧上升，令美国统治集团内部极为混乱和不安。美军参谋长联席会议主席布雷德利在给杜鲁门的报告中更是直言不讳地指责李奇微"所施行的占领个别高地的战术不符合美国在远东的全盘战略"，"用这种战法，李奇微至少要 20 年的光景才能打到鸭绿江"。

李奇微在回忆录中哀叹：

由美军第二师和第九师实施的这些进攻行动增加了美军的伤亡，结果，在国内，尤其在国会中引起了强烈的不满。在国会，人们认为，总的态势并无明显改善，不值得付出如此重大的伤亡。陆军部长弗兰克·佩斯不得不写信将"国内战线"的这种情绪和看法告诉我。

面对大炮与机关枪辩论的失败，美国人陷入进退两难的困境。英国《星期日泰晤士报》一语道破："美国谈判代表愈来愈明白，联军已真的不能再用继续作战的办法来获得进一步的利益了。"

22 日，疲惫不堪、伤痕累累的"联合国军"终于停下了进攻的脚步，美方也不得不再度宣布恢复朝鲜停战谈判。

22. 天德山防御战斗

1951 年 9 月 29 日，"联合国军"在朝鲜战场上发起所谓的"秋季攻势"。

此次，美军第 8 集团军司令范佛里特采取逐段进攻、逐步推进的战法，首先在西线发起进攻，企图迫使志愿军放弃临津江以东至铁原以西阵地，从而解除对涟川至铁原交通干线的威胁，并从侧翼威胁开城，为以后夺占开城创造条件。范佛里特对这次攻势行动充满信心，在战斗发起时居然大肆宣扬联军的秋季攻势开始了。

位于铁原地区附近的美军骑兵第 1 师、第 3 师第 15 团和希腊营等部，在 20 余个重炮群 100 多门火炮和 60 余辆坦克的支援下，向夜月山、天德山至大马里一线阵地发起进攻，企图夺取临津江以东阵地，占领伊川。

夜月山、天德山位于铁原、涟川、朔宁三角地区，可俯瞰铁原、大光里、涟川主要交通线及敌人纵深，为志愿军在临津江以东的重要阵地。这一带周围地形起伏较大，

美军坦克部队准备发起进攻

河渠纵横，选择阵地及交通运输均比较困难。铁原至内外石桥，地形平坦，观察条件好，能纵深梯次配置炮兵，且有公路至兔山、市边里和伊川。

在此防守的是志愿军第47军第141师并加强炮兵第2师第29、第30团及火箭炮兵第202团，防坦克炮兵第404团。

29日凌晨4时许，敌人开始向大马里、夜月山、天德山、345.6高地、高作洞等地区实施炮击。

拂晓时分，约1个营的美军在5辆坦克及炮兵、航空兵掩护下，向白石洞地区423团4连阵地发起进攻。在连长赵无名的率领下，志愿军战士们英勇战斗，顽强抗击，激战3个小时，将敌人击退。

随后，美军2个连在8辆坦克的掩护下，向坚守487.0高地的423团6连8班阵地发起猛烈进攻。8班与敌展开反复拼杀，五次失守，四次夺回。最终因寡不敌众，全班壮烈牺牲，阵地失守。

另一路美军则向292.0高地前沿阵地进攻。坚守该阵地的6班，在一个半小时内，连续击退敌人2个连发起的6次冲击。最后弹药耗尽，全班阵亡，阵地失守。

292.0高地与夜月山之间高地全部被敌占领后，敌人1个营的兵力分两路向夜月山主峰发起冲击。坚守该阵地的志愿军只有约1个排的兵力，敌众我寡。一天之内，敌人连续攻击21个小时，轮番冲锋14次，均未得手。敌人发疯般地向志愿军阵地轰击，小小的阵地弹雨横飞，尘土弥漫，工事都被全部摧毁。

美军炮兵正在向志愿军阵地射击

志愿军官兵拼死血战，在毙敌 300 多人后，全部壮烈牺牲，阵地失守。

夜月山主峰是志愿军主要阵地，事关重大，决不能轻易放弃。

114 师立即组织 12 个山炮、野炮、榴弹炮连，向夜月山主峰及其纵深发起 5 次火力急袭，发射各型炮弹 2000 余发。在强大的炮火支援下，4 连 3 排向夜月山发起反冲击，进至距主峰约百米时，全歼守敌 1 个排，而后与敌形成对峙。

随后，5 连 2 个排和天德山 423 团 2 个排在 10 余个炮兵连的支援下，再次向夜月山主峰发起反冲击。战斗进行得十分激烈，双方打成了拉锯战。志愿军曾连续 3 次占领主峰，但终因后续分队迷失方向未能及时投入战斗而失利。至 30 日天明，志愿军被迫转至 292.0 高地继续阻击。

清晨 8 时，敌人再次出动 2 个连的兵力，在强大的炮火支援下，向 292.0 高地发起冲击。激战两小时，在连续打退了敌人的 7 次进攻后，坚守阵地的志愿军 1 个排全部壮烈牺牲。

美军在付出了 800 余人的伤亡代价后，占领了夜月山和 292.0 高地。釜沼洞、宋村洞等志愿军炮兵阵地，便暴露在敌人火力范围之内，于是被迫转移至二线阵地。

10 月 1 日，美军第 3 师第 15 团和骑兵第 1 师出动 1 个营又 2 个连的兵力，在 10 个炮兵群、12 架飞机和 25 辆坦克的配合下，向天德山志愿军主阵地发起进攻。

天德山位于铁原以西、镇川以北，临津江东岸，距开城 20 余公里。汉城（今首尔）—铁原—金化—金城—昌边里铁路是"联合国军"东线的重要供应线，铁原—金化段北面夜月山、天德山、418 高地等，对铁原、金化的铁路运输构成极大威胁。因此，美军发动"秋季攻势"，就是要首先夺取上述战略要点，然后进一步北犯，进而攻击开城实现其谈判桌上得不到的东西。这些要点中，又以天德山为攻击重点目标。

守卫天德山的 141 师 422 团 2 营 5 连是一支有着光荣传统的连队，组建于 1945 年秋，在解放战争中英勇善战，屡立战功。1948 年参加新开源战斗，涌现出"张殿有排""杨宝山班"等英雄集体。

天德山主峰上有一块长宽高都有 10 余米的孤立的大石头，是由坚硬的石英砂构成的，没有花纹，没有层块，也没有台阶，大部分埋在土石里，表面呈流线型朝天，像一个缩头的大海龟。炮弹、炸弹、子弹无论从哪个方向来一碰撞

5连在坚守天德山的战斗中

就会抛开，不会在石头上面爆炸。更奇的是石头下面，竟是沙子和卵石，最大的也只有一两米，还有贝壳之类，大概以前这里是海底，后来地壳变迁突出来的。

志愿军在大石头下面15米处挖了一个大地洞，可以坐近20个人。洞南面挖有3个通道，每个通道都要拐两道弯，爬两次台阶，才能进入射击掩体和观察哨卡。在洞北面也同样挖有3个出口，分别在大石头的左中右三面。5连战士们利用这个坑道与进攻的敌人拼杀。

在洞北面挖有拐弯的通道，运弹药、武器、护送伤员都要经过这个通道。通道底部有1米多宽、2米来高，即使高个子扛着弹药箱也可直腰行走。通道上方有的地方还用圆木垫起来，以防止塌方。

向北的通道离山表面有2米左右，建有一道门。门的两边用直径三四十厘米的圆木撑起来，每边有6根竖立的圆木。门前搭有一个平台，可以站立10多个人。主要是防止敌人炮击时，运送弹药给养的同志来不及进地道，可以暂时避炮。

在山的脊梁上挖有深约2米、宽1米左右的战壕，战壕南面挖有许多射击窗口，还有观察哨卡。战壕北面底部挖有猫耳洞，距山顶往下10余米挖有环行战壕，与山脊梁上面战壕相通。

这天正是新中国的两周岁生日。一大早，5连的官兵们就把一副崭新的对联"争取创造英雄班，不当英雄不下山"贴在了工事门口。对联是指导员阎成

志愿军在坑道里开展文娱活动

恩口述，6班战士彭光富用燃烧弹烧完的树枝木写的。

班长李乾坤拿出一面鲜艳的五星红旗，挂在直立的圆木上。连长杨宝山对战士们说："今年的国庆节可真是有意思。敌人既然要来，那我们就给国庆节备上一份厚礼——多杀他几个鬼子，也好让祖国人民过好这个节日。"

话音未落，几名战士接着说："我们多杀几个美国鬼子，向毛主席献礼！"

"对，对，对，今天可是个好日子！"。

战士们你一言我一语，面对国旗都非常激动，抢着发言。

战斗打响了。美军的飞机、重炮和坦克向天德山阵地疯狂轰炸扫射，阵地上的树枝被烧焦折断，泥土被翻起，工事也被完全炸塌，山头上不时腾起一柱柱黑烟……

炮火袭击过后，美军的步兵采用集团轮番冲锋，一次冲杀少则1个排，多则2个营的兵力，首先向守在前沿的3排冲过来。8班副班长尚玉芝命令身旁的战士："准备好家伙，沉住气，听口令一起开火，把杜鲁门送来的'礼物'全部收下。"

战士们把手榴弹的拉火圈拉出来，轻重机枪、冲锋枪子弹上膛，打开保险，步枪上好刺刀，六○炮装好弹药对准100米以外。只见美国大兵们一个个端着枪、猫着腰向山上慢慢爬来。

60米、50米、40米、30米，随着尚玉芝投出第一枚手榴弹，战士们争先

志愿军战士浴血奋战，誓死坚守阵地

恐后地投出了手榴弹，手榴弹在敌群中炸开了花。紧跟着，轻机枪、重机枪、冲锋枪向敌群愤怒的猛扫。刹那间，敌人横七竖八地倒下一大片，剩下为数不多的敌人连滚带爬地逃下山去。

班长李乾坤命令全班战士利用战斗间隙，赶快抢修堑壕、猫耳洞，加固射击口、观察哨卡。不到半小时，敌人又开始打炮了。李乾坤下令：快进坑道。

一进洞，战士们就互相询问你甩了多少手榴弹，打死几个敌人，他打了多少子弹，消灭几个美国鬼子，个个都是白牙齿、红嘴唇，满脸被烟熏火燎像抹了黑烟灰似的。每个人都很开心，笑得嘴角扯到耳朵下面去了。在紧张激烈的战斗中，战士们不觉得饿，压缩饼干吃不下去，就是口渴，嘴唇都开裂了。一个人只有半壶饮用水，谁也舍不得喝，实在渴得不行，就用手指沾一点水，在嘴唇上抹一下。

敌人是不甘心失败的，随后立即发起了新一轮的进攻。

3排长刘学武见敌人又爬了上来，立刻端起机枪跃出工事，一阵猛射，打死打伤了40多个敌人。他一边射击还一边高喊："为了祖国，杀呀！"

战士们被排长的勇猛所感染，纷纷跳出战壕，用步枪、机枪和手榴弹、反坦克雷、爆破筒一阵猛打猛冲，把敌人打了下去。

敌人改变了战术，以1个营的兵力，分兵两路从正面和侧翼向3排阵地发起进攻……整整激战了9个小时，3排共击退了敌人的11次冲击，毙伤敌300

余人，顽强地守住了阵地。

战斗中，3排长刘学武中弹倒地，战士谢丛恩立即跑过去拾起机枪继续射击。迫击炮手刘大力在迫击炮架被敌人打掉后，毅然用胳膊当炮架，连续发射60余发炮弹，朝着迎面之敌猛烈开火。由于没有炮架，刘大力的肩膀在多次承受强大的后坐力撞击后严重脱臼，但他仍然笑着对战友们说："没事，你们可别以为我已经废了，我还有另外一只胳膊呢！"

一天的战斗结束了，5连共打退敌人11次轮番冲击，消灭300余名敌人。全连牺牲32人，50多人负伤。

2日清晨，敌人开始重新集结，准备向天德山一线发起大规模的进攻。志愿军炮兵部队率先开火，摧毁了敌人2辆坦克、3个重炮群和1个指挥部，打乱了敌人的进攻部署，迫使敌人停止了进攻。

为应对敌人的再次进攻，47军于3日发布了作战政治动员令，强调指出：全军必须发扬辽沈战役中黑山阻击战的精神，团结奋战，首要任务就是要坚守阵地，粉碎敌人的进攻。

这天拂晓时分，美军炮兵、坦克、航空兵又开始实施炮火准备。10多架佩刀式战斗机，对天德山一线猛烈扫射，投弹轰炸。

随后，美军骑兵第1师第7团向418.0和312.8高地，希腊营向大虎洞和346.6高地，美军第3师第15团向天德山及其以东无名高地，同时发起了猛烈冲击。

141师立即组织15个炮兵连共60门火炮，在敌进攻的宽大正面上，按火炮性能区分任务，以连为单位区分目标，以营为单位担任一定地区任务，实施了连续不间断地压制性射击和拦阻性射击。

在炮火的支援下，坚守阵地的各部队顽强抗击，进攻312.8高地之敌被击退13次，进攻大虎洞东山之敌被击退3次，进攻418.0高地之敌被击退5次，进攻天德山以东无名高地之敌被击退7次。

冲锋，溃败，再冲锋，再溃败。恼羞成怒的敌人竟公然违反国际公约，向天德山阵地发射20余枚毒气弹。坚守阵地的战士们赶快用尿水浸湿毛巾，掩住口鼻，继续和敌人殊死搏斗。

战斗中，5个敌人冲上了班长李乾坤坚守的战壕。李乾坤只身与敌人拼杀，打死了3个。1个敌人抱着他的腰，另1个按他的头，企图活捉李乾坤。肉搏

志愿军战士严阵以待，坚守阵地

中，李乾坤拉响了手榴弹，与敌人一起滚下岩壁，同归于尽。激战至黄昏，除天德山以东无名高地为敌占领外，其他阵地毫发未损。

4日是天德山战斗最激烈的一天。由于423团防守的东北面夜月山和421团防守的西北面418高地相继失守，天德山已陷入三面受敌的困境中。

422团副团长狄进喜是员虎将，剃了个光头，一打仗就摘掉帽子，露出圆圆的大光头。几天激战，他一直坐镇2营指挥，始终没离开阵地半步。战斗间隙，他就跑到各连、排、班的阵地巡查，稳定军心，鼓舞战士们的斗志。

此时，2营已伤亡大半，弹药也所剩无几。狄进喜命令2营把文件全部烧毁，号召全体指战员与阵地共存亡，战至最后一人也不能丢失阵地。

这天，敌人一改往日战法，提早了攻击时间。太阳刚从东方地平线上放射出万道金光时，美军第3师2个团在40多辆坦克、10架次飞机和几十门重炮的掩护下，采取车轮战术，分多路猛攻天德山阵地。

阵地表面工事早已全部被摧毁，虚土有1米多深，随便抓一把土，里面都有弹片、子弹头或碎骨头，用力一捏竟渗出灰黑色的血水。

面对美军连续实施的连、营集团进攻，5连官兵们抱定"不当英雄不下山"的坚定信念，发扬不怕流血牺牲和连续作战的战斗作风，利用弹坑作为掩体，舍生忘死，顽强抗击，越打越勇。

连长杨宝山利用战斗间隙进行宣传鼓动：誓死守住天德山，决不能给祖国人民丢脸。战士们纷纷表示：只要5连还有一个人在这里，天德山就是一道铜

坚守天德山的 8 班勇士们

墙铁壁。他们用自己的行动和生命，捍卫和实践着这一朴实而崇高的诺言。

尚玉芝带领 8 班的勇士们打退了敌人的 5 次冲锋后，阵地上横七竖八地堆着数十具敌人的尸体。工事早已被敌人的炮火摧毁，他们就灵活地转战跳跃在炮弹坑内，继续打击敌人。战士王兴福一个人用两支冲锋枪轮换射击；战士王克勤把敌人扔过来的正冒烟的手榴弹捡起来扔了回去；尚玉芝抱着一挺轻机枪，射击四周的敌人。

王兴福看到尚玉芝的头部负伤，鲜血直流，就跑过去接过他的机枪说："副班长，你负伤了，下去吧。阵地交给我，保证没问题。"

"负伤不要紧，要紧的是杀敌人。"尚玉芝说完，就又端起机枪向敌群扫射。

战斗进行到关键时刻，5 连的手榴弹和机枪、冲锋枪子弹都打光了，战士们就用铁锹、枪托、刺刀、石头与冲上阵地的美军展开搏斗。

连长杨宝山烧毁文件，砸碎手表，抱起石头从 5 米高的岩壁上跳入敌群，只身与敌拼杀，壮烈牺牲。

副班长尚玉芝一个健步跳出战壕，抢起枪托就朝一个美国兵头上砸去。敌人被打倒在地，可英勇的尚玉芝也被敌人射来的子弹击中，壮烈牺牲。

团员战士黄作忠在战前写了入党申请书。战斗中，他身上多处负伤，被敌人的炮弹片炸瞎了一只眼睛、炸掉了一只耳朵，但仍然以惊人的毅力坚守在阵地上不下火线。当敌人冲上阵地，他无所畏惧，与一个高大的美军士兵进行肉搏，死死扭住敌人厮打。虽然个子矮小，肉搏处于劣势，但他紧紧咬住那个美军士兵的喉咙，直至把敌人咬死。

志愿军 47 军 141 师 422 团 5 连在天德山战斗中，与敌血战 4 昼夜，歼敌 870 余人，荣获"天德山英雄连"称号

身负重伤的战士张祚义在击毙 29 个敌人后，昏倒在地。当敌人冲上来时，他醒了过来，乘敌不备，猛地跃起，用尽平生最后的力气，把一个冲过来的敌人扑倒在地，死死掐住了敌人的脖子……战后打扫战场时，战友们看到，他已壮烈牺牲，但双手仍卡住这个敌人的脖子没有松开。

敌人的第 11 次进攻终于被击退了，而 5 连也基本上打光了，共伤亡 230 余人，消灭敌人 870 余人。阵地上只剩下指导员阎成恩和 7 名伤员，仍牢牢地守卫着天德山阵地的每一寸土地。

战后，志愿军领导机关授予该连"天德山英雄连"荣誉称号，记集体特等功；给连长杨宝山追记特等功一次，授予"一级战斗英雄"光荣称号。

1 营和 3 营阵地的战斗同样也打得异常惨烈。

1 营 1 连坚守天德山西侧的 312.8 高地，先后打退敌人 1 个多团的冲锋 20 多次，最后阵地上只剩下十几人。

当美军冲上 1 连的阵地，3 排长刘万英身先士卒，与敌展开肉搏。刺刀捅弯了，他扔掉步枪，冲上去扭住一个敌人厮打，几次翻滚把敌人压在身下，死死卡住敌人的脖子掐死了敌人。又一个美国兵冲上来，他像饿虎扑食一般扑上去，把美国兵压在身下，掏出一枚手榴弹塞进敌人的衣服内，扯掉拉环，顺势把这个敌人推下山坡。只听见"轰"的一声，山坡上冒起一股浓烟，美国兵被炸开了腹腔，他自己也因躲避不及身负重伤。

22. 天德山防御战斗

1951 年 9 月 29 日，"联合国军"不甘心夏季攻势的失败，又发起秋季攻势。图为防守天德山阵地的志愿军第 47 军战士反击"联合国军"进攻

8 班副班长丁一山的子弹打光后，拿出最后一颗手榴弹，等待敌人冲上来，毅然拉下手榴弹的导火索，跃出堑壕扑向敌群。在光与火的映照下，英雄与敌人同归于尽。

敌人冲上阵地前沿时，迫击炮炮架的射击角度已经用不上了，3 营迫击炮连 1 班长尹志杰、2 班长李芳安甩开炮架，双手把持 82 迫击炮炮筒，炮管射角几乎与地面成 90 度，近距离连续向敌群发射了 50 多发炮弹。炮管打坏了，他们就捡起阵地上烈士的步枪和手榴弹与敌人拼杀。子弹打光了，他俩一人抱着两颗迫击炮弹冲向敌群，用弹头引信相互撞击，磕响了炮弹。一片火光照亮了前沿阵地，烈士的身躯也在火光中化为一股青烟。

3 营 7 连 1 排长时雨财带着 1 个班坚守该连的前沿阵地。在战友们相继牺牲的情况下，他一人坚守阵地，不断变换射击位置，利用各种武器沉着地阻击敌人，一直坚持到增援部队到来。

9 连 6 班班长杨宗汉，三次负伤都不下火线。最后阵地上只剩下他一个人，仍然孤身坚守。他利用阵地上的各种武器连续打退敌人的三次冲锋。敌人冲上阵地后，杨宗汉就跃出堑壕和敌人拼刺刀。美国兵最怕与志愿军拼刺刀，他们装配的卡宾枪火力虽猛但不具备拼刺刀的功能。

一次，3 名美军士兵冲上阵地，杨宗汉奋力拼杀，刺死了 2 人，又向第 3 个美国兵冲去。只见这个美国兵把枪高高地举过头顶，"扑通"一下跪在地上，操着刚学会的蹩脚的中国话连声说："投降，投降！"

就这样，422团顽强固守天德山阵地，与美军血战了6个昼夜，平均每天都要抗击美军的10余次进攻，阵地全被炸成了焦土，人员大部伤亡，仍坚守阵地。

日本陆战史研究者协会编辑出版的《朝鲜战争》一书中写道：在"秋季攻势"中，美国第1军付出的代价远比预料的要多，特别是"美骑1师，损失太大"。该书叙述美骑1师在天德山东南地区的进攻计划和作战过程之后，提出疑问"中国军队为什么顽强固守，是一个不可思议的问题，找不出答案"。

5日12时，在天德山等阵地已三面受敌的情况下，422团奉命撤至天德山西344高地及其以北葛岘洞、芝山洞、五里亭一线，继续抗击美军进攻。

在对抓获的美军俘虏审讯得知，敌人的伤亡过大，补充兵员很频繁。美军骑1师一天至少要补充2次兵员，最多的3日一天内，早、中、晚竟然各补了3次兵员。美军补充的兵员，有的是从韩国的美军后方部队补充上来，有的是从日本和亚洲其他美军基地空运过来的。这些补充的兵员一到前线，就马上补充到连队参加战斗。2团抓到的两名美军俘虏中，有一名是从日本冲绳美军基地运到朝鲜，第三天就当了俘虏。

这名俘虏心有余悸地说：跟中国人打仗简直是太可怕了，真的是太可怕了，那就是与魔鬼搏斗。你们中国的军人就那么不怕死，有的人受了重伤，临死还要抱住我们的人拉响手榴弹，"砰"，大家一块死。我们真是没见过像你

被中国军队俘获的"联合国军"士兵

们这样打仗的军人。

此役，47军141师在炮兵部队的支援下，顽强防御了近一周的时间，共毙伤敌2300余人。毛泽东主席在"祝贺中国人民志愿军伟大胜利"的贺词中，总结反秋季攻势取得伟大胜利时指出：照这种打法，要么把"联合国军"赶下海，要么坐下来谈判和平协商解除战争。

23. 马良山战斗

1951 年 7 月 10 日，朝鲜停战谈判在开城正式举行。

为配合停战谈判，志愿军第 64 军采取大纵深、多阵地设防，牢牢地控制着临津江以西黄鸡山、高旺山、马良山和烽火山一线阵地。

9 月底，"联合国军"为在朝鲜停战谈判中捞取政治资本，发起秋季攻势，妄图挽回败局。10 月 3 日，英联邦第 1 师（由英军第 28、第 29 旅和加拿大第 25 旅合编而成）和美军骑兵第 1 师第 5 团一部，在 6 个炮兵营、120 余辆坦克

前往来凤庄谈判会场的"联合国军"谈判代表团

及大量飞机的支援下，向马良山、高旺山地区发起攻击。

马良山、高旺山地区位于开城东北约 40 公里。马良山海拔 317 米，由 5 个小山头组成，北面紧靠着"三八线"，是高栈下里新村、金尺洞、回山洞一带的制高点，也是临津江西岸江湾地带的主要制高点之一，地理位置十分重要。如被"联合国军"占领，则严重威胁着"三八线"以北志愿军控制的大片地区；如守住这一地区，志愿军可威胁南方从涟川至铁原一线敌军的侧翼，控制涟川至市边里、抱川至九化里、高浪浦里至朔宁等 3 条主要交通线，确保临津江西岸广大地区的稳定，同时也可保障志愿军第 47 军在临津江以东防守月夜山、天德山阵地的侧翼安全。

因此，马良山成为当时朝鲜西线战场敌我双方争夺的一个焦点。担负马良山地区防御任务的是志愿军第 64 军第 191 师。

64 军的前身是华北军区第 4 纵队。该部曾参加过晋北战役、张家口保卫战、易满战役、保南战役、清风店战役、石家庄战役、察南战役、平津战役等。1949 年 1 月改编为中国人民解放军第 64 军，隶属第 19 兵团，下辖第 190、第 191、第 192 师，曾思玉任军长、王昭任政委。4 月，参加太原战役。6 月，随兵团调归第一野战军建制，执行解放大西北任务，先后参加扶郿战役、陇东追击战、兰州战役、宁夏战役等。1951 年 2 月改编为中国人民志愿军第 64 军，17 日入朝参战。

志愿军某部指挥员在马良山前线观察敌情

在第五次战役第一阶段作战中，64军进行战略迂回。所属的190师以569团3营加强1营机炮连组成先遣支队，向议政府东南的道峰山实施穿插迂回，以截断"联合国军"的退路。

4月23日18时30分，先遣支队动身出发。他们以坚决、勇猛的动作迅速突破南朝鲜军第1师部队前沿阵地，沿加佐里、加野里、屯防、院基、高洞、东山里向道峰山前进。

当行进到金谷里时，突遭南朝鲜军的三面阻击。先遣支队的先头第7连集中火力猛打猛冲，仅用8分钟就将敌人击溃，抢占石岘附近要地，掩护支队主力迅速摆脱敌人。

当进至加野里附近通过公路时，支队与南撤的美军坦克部队遭遇。他们趁夜暗主动出击，以炸药包、集束手榴弹击毁、击伤坦克和汽车多辆，乘敌慌乱之机，迅速冲过公路。

经过20多个小时的穿插，先遣支队行进60公里，沿途冲破美军、南朝鲜军的七道封锁线，歼敌320余名，于24日14时占领道峰山。

这时，担负穿插任务的64军侦察支队也胜利到达道峰山，与先遣支队会合。随后，两支部队并肩作战，顶住了美军与南朝鲜军的密集火力轰击和四面围攻，坚守阵地三天四夜，并不断派战斗小组主动出击，袭击南撤的"联合国军"部队。战后，3营荣立集体二等功，并被志愿军领导机关授予"道峰山营"锦旗。

军长曾思玉，原名曾世裕，1911年生于江西信丰。1930年加入红军，历任师宣传队中队长、连政治委员、团政治委员、师司令部通信主任等职，参加了中央苏区第一至第五次反"围剿"和长征、直罗镇战役、东征战役。抗日战争时期，历任八路军第115师第343旅第686团政治处主任、鲁西军区政治部主任、教导第3旅政治委员、冀鲁豫军区第8分区司令员，参加了平型关、冀鲁豫边区1942年反"铁壁合围"等战斗。解放战争时期，历任晋冀鲁豫军区第1纵队副司令员、冀察军区副司令员、冀热察军区司令员、晋察冀军区第4纵队司令员、华北军区第4纵队司令员、第64军军长等职，率部参加了邯郸、清风店、石家庄、平津、太原、宁夏等战役。

1951年9月中旬，64军受领了在马良山地区组织防御的任务后，曾思玉向朝鲜停战谈判小组成员李克农、乔冠华汇报了部队备战情况。

朝中方面代表团中国人民志愿军代表邓华（左）、解方（右）和协助志愿军代表进行谈判工作的李克农（前）、乔冠华（后中）

李克农笑着指出：我们的对手是谈起来想打，打起来想谈。时而挑衅，气焰嚣张；时而耍赖，蛮不讲理；总想诱我们上当。

乔冠华补充道：现在敌人内部矛盾重重，在打还是谈的问题上，争吵不休。因此，停战谈判也很艰难。据了解，他们为了扭转战局，正在酝酿秋季攻势，你们要早有准备，狠狠地打，你们打得越狠，我们在谈判桌上就越有本钱。

20日，曾思玉把191师师长谢正荣、政委罗立斌找来，把守卫马良山地区的任务交给了他们，并一再交代：要与敌人不惜一切代价争夺马良山，守住马良山。打好这一仗，至关重要。

果然，马良山战斗从一开始就打得异常残酷激烈。

进攻马良山的敌人是英联邦第28、第29旅，均为英国装备最精良、战斗力最强的部队，1个旅的兵力相当于志愿军的1个师。依靠强大的炮火和空中优势，英军向马良山发动了集团进攻。

志愿军的战术是面对敌人猛烈火力攻击，前沿每个山头只放1个班或1个排，在野战工事很快被摧毁的情况下，浴血奋战，顽强抵抗；一旦阵地失守，师、团预备队先以炮火大量杀伤阵地表面之敌，再利用夜间反冲击夺回阵地。

自10月3日战斗打响后，英军每天以1到2个团的兵力，向191师防御阵地实施逐点、多梯队的轮番攻击。

191师先后加强15个炮兵连、3个高射炮兵营、2个坦克连，依托重型掩蔽部和野战工事，控制前沿阵地，扼守纵深要点，抗击敌人进攻。各要点均经过反复争夺，阵地多次易手。时任191师作战参谋的王有翰回忆道：

志愿军第191师政委罗立斌（左三）和团长们在研究战场形势

4日晨，英29旅、美骑1师一部共两个团的兵力，在七个炮兵群、坦克64辆、飞机二十余架次的支援下，分多路向高旺山进攻。我571团9连打退了敌人一个团的两次冲击，8连1排击退敌两个营的三次冲击。……因工事被毁，将阵地做了调整，集中兵力，防守马良山要点。同时抓紧抢修了工事，改进了战法，为击退敌人更大规模的进攻，做了充分的准备。

从5日起，敌人把进攻重点指向了马良山主峰317高地及其西南216.8高地。平均每天向志愿军防御阵地发射上万发炮弹，集中1个团至4个营的兵力，在大量飞机和坦克的支援下分多路发起猛攻。

坚守317高地的571团3连、4连奋勇杀敌，连续击退敌人2个营和17辆坦克的7次冲击，毙伤敌100余人，击毁坦克3辆；坚守216.8高地的571团7连，依托简易坑道式掩蔽部，顽强抗击3个昼夜，击退了英军2个营的21次冲击，毙伤敌700多人，自身仅伤亡26人。王有翰回忆道：

6日战斗最为激烈，拂晓敌向我216.8高地，用炮兵疯狂轰击达三个小时之久，发射炮弹两万多发，同时以飞机二十余架次，投掷大量的炸弹和凝固汽油弹，阵地主峰被削去一米多，形成一片火海。而后敌以三个营的兵力向我发起进攻。我7连当时仅有战斗人员二十余名，连长、政指负伤，副连长阎志刚负轻伤仍指挥部队作战，连的主力利用背敌倾斜面构筑的半掘开式屯兵坑道，

7连官兵在马良山与敌激战

隐蔽防护。当敌炮火延伸后，敌人进至我20~30米左右时，我各种轻武器突然猛烈开火，手榴弹、手雷一起投入敌群。文书张豪、班长陈东兴、潘山在副连长阎志刚的指挥下，组成"三面铁墙"，打退敌人13次进攻，守住了阵地。

战后，7连被授予一等功臣连。

7日，敌人以密集炮火对马良山志愿军阵地狂轰4个小时，并出动8架飞机轮番轰炸扫射。这种钢铁式的进攻战术，使阵地早已变成一片焦土，却无法迫使志愿军战士后退半步。战士们幽默地说："敌人给我们垦荒来了。"

经夜以继日的反复争夺，马良山几个山头在三天内五易其手。在大量杀伤敌人有生力量后，8日黄昏，191师奉命主动撤至黄鸡山、基谷里、白石洞一线，继续进行防御。

英军第29旅占领了马良山，在12公里宽的战线上向前推进3公里，但其伤亡高达2600余人，平均每前进一米多就要付出伤亡一人的代价，有的连队幸存下来的人员已不足半数，基本丧失了战斗力。

9日，曾思玉率军前进指挥所进至元洞山。在与政委王昭、参谋长马卫华、政治部主任袁佩爵等人商议后，曾思玉决心乘敌伤亡严重、立足未稳之际，以191师预备队并配属炮兵8师，反击马良山，夺回阵地。

这时敌情又发生了变化。

191师师长谢正荣向曾思玉报告：573团从英军俘虏口供中得知，英联邦第1师第28旅苏格兰皇家边防团的4个步兵连、2个火器连已接替伤亡惨重的第29旅防务，正在构筑工事，团部位于马良山317高地主峰侧后凹里无名高地。英联邦第1师主力和美军骑兵第1师第5团等部在纵深支援。

曾思玉判断敌人有新的企图，便果断命令：各部队原地待命。随后曾思玉把敌情变化向兵团司令部做了汇报，并提出自己的看法：从战略全局出发，反击马良山对配合停战谈判有着重要意义，是一场政治仗，应暂时放弃小反击作战行动，重新调整部署，进行一次大规模的反击战。

杨得志司令员当即指示：积极准备，抓住战机，攻下马良山，配合开城谈判。

据此，曾思玉命令谢正荣："你师加强炮火，支援573团坚守马良山西北次峰阵地防御，坚决同敌人对峙激战，消耗敌人的有生力量，创造战机。师主力立即调整部署，抓紧时间做好大反击的准备工作，强攻马良山，歼灭英军28旅边防团，巩固马良山阵地，伺机扩大战果。"

10日，64军召开了紧急作战会议，决定以191师和配属炮兵8师强攻马良山，得手后立即转入固守，坚决歼灭反扑之敌；以192师为军预备队。同时为消耗和麻痹敌人，造成敌人的错觉，192师、190师一线部队有计划地不断袭击马良山、高旺山之敌，积极开展打冷枪、打冷炮活动。

转眼20多天过去了。191师在马良山地区与英军对峙，虽枪炮声不断，但一直没有爆发大规模的战斗。

深知志愿军厉害的英军第28旅苏格兰皇家边防团日夜加修工事。根据马良山的地形特点，英军采取了一个制高点为一个支撑点，彼此以火力相连接，构建了强大的火力防御体系。同时还主动向志愿军"学习"经验，在各制高点上

马良山战斗中志愿军某部联合指挥所

构筑了错综复杂的地堡群和散兵坑、掩体，将指挥所、弹药所和救护所等都进行了伪装。

精心构筑的工事，仍不足以让英军官兵们放心。在布置了众多机枪火力点后，他们还是没有安全感，不知是谁突发灵感，竟然把坦克配置于前沿，作为固定的装甲火力点。

经过 20 多天的苦心经营，英军马良山阵地构筑了防御前沿 10 公里以外由飞机进行火力控制，10 公里以内用炮兵火力封锁，再近则以步兵轻、重火器打击，并结合工事和障碍物，形成了自认为天衣无缝的火力防御网。

除此之外，英军还在防御阵地前沿 50 米，依据地形设置了多道铁丝网。铁丝网上均系有照明雷和罐头盒，并埋设了各式各样的地雷，防止志愿军接近。

英军自攻占马良山后，一个多月内未见志愿军发动大规模的进攻，加之构筑了"牢不可破"的防御工事，便产生了错觉，误以为志愿军伤亡严重，已无力争夺马良山了。

然而，敌人做梦也没有想到：就在这表面的平静下，191 师正全力为大反击做准备。572 团、573 团从烽火山分别向前挖掘了 15 里长的战壕、火炮掩体和隐蔽洞，各攻击分队在敌前沿 200 米至 500 米距离的进攻出发地上，利用夜暗秘密构筑了 5 个步兵连的屯兵洞和相应的指挥所。

至 11 月初，战场准备工作基本就绪。

"联合国军"在防御工事里

曾思玉把军前进指挥所干脆搬到了烽火山，正式下达 35 号作战命令：以191 师强攻马良山，歼灭守敌，巩固马良山阵地，配属炮兵 8 师 31 团和 44 团各 1 个连、48 团 2 个连，火箭炮兵 201 团，军炮团，192 师炮团，坦克团 2 个连，三七高射炮 3 个营等。

接到作战命令后，191 师及其配属部队对马良山地区英军的火力点、暗堡、炮兵阵地，进行了严密侦察，做到了如指掌。同时精确制订了协同作战计划，对步炮协同、步坦协同、通信联络都进行了周密细致的准备，进一步细化了作战方案。

4 日拂晓前，191 师攻击分队 3 个步兵营 1200 人和 14 辆坦克秘密进入阵地。经过一番严密的伪装后，在敌人的眼皮底下悄悄埋伏起来。时任志愿军坦克 1 师 1 团政委的李高升回忆道：

3 日晚，驾驶员关闭了车灯，轻踩着油门，驾驶着铁马，其他乘员在地下给驾驶员引路，炮长观察敌人动向，时而快速行进，躲过敌人的炮火封锁，时而稳健慢行，顺利开过一个个弹坑。黑暗中我们的坦克稳步向马良山下移动。经过四小时的连续行军，人车安全到达预定坦克掩体中，大家又都忙着为坦克做伪装，构建工事，观察地形，擦拭炮弹，做好战前的一切准备。11 月 4 日上午 9 时，敌人的侦察机低空飞行近两小时，竟没有发现埋伏在他们鼻子底下坦克的一点蛛丝马迹。

15 时，马良山反击战斗打响了。

令"联合国军"大吃一惊的是：一向在夜间发动进攻的志愿军居然在明亮的阳光照耀下，气定神闲的对据守马良山的英军发起了攻击。更令他们感到无比惊讶的是：在这次战斗中，志愿军第一次组织步、炮、坦、工诸兵种协同作战。

志愿军首先进行炮火准备，以山炮、坦克炮进行破坏射击，以直瞄射击摧毁英军前沿的防御工事，以榴弹炮、野炮压制敌人纵深炮兵，以高射火器配置在炮兵和坦克阵地附近，担负对空防御作战任务。

只见一发发炮弹从志愿军炮兵阵地上腾空而起，拖着欢快的叫声，像长了眼睛一样，扑向英军阵地上的一个个目标。英军花了无数心思，耗费大量人力

志愿军炮兵支援步兵实施反击

物力建起来的工事，如腾云驾雾一般，在空中散开了花，变为一片废墟。

40分钟的炮火急袭后，志愿军以部分炮火进行延伸射击，同时各种步兵火器向敌前沿猛烈开火。

英军上当了，以为志愿军步兵就要发起冲锋，在长官的督促下，纷纷走出掩体，进入已被炸得面目全非的防守阵地。一阵忙乱后，展开队形，架好枪，做好迎击志愿军步兵冲锋的战斗准备。直到这时，英军官兵们才猛然发现，阵地前面空荡荡的没有一个人！

正当他们丈二和尚摸不着头脑之时，只听空中传来了令人窒息的炮弹撕裂空气的声音。对马良山阵地上的英军来说，这却是来自地狱的召唤声。

刹那间，炮弹准确地在敌群中炸开了花。英军万万没有料到，志愿军炮兵在急袭之后的火力转移，以及前沿步兵的猛烈射击，都是事先设计好的，用来引诱他们走出掩体。

志愿军的第二次火力急袭获得成功，予敌以大量杀伤，打得英军鬼哭狼嚎，四散奔逃，躲避炮火。据统计，两次猛烈准确的炮火射击，摧毁了敌人前沿阵地上90%的堑壕、地堡等工事和地雷、铁丝网等障碍物，为步兵冲锋开辟了道路。

战后，被俘的英军中士班长尤恩说："你们的炮火打得厉害，我们实在难以应付。"

另一名俘虏补充道："在第一次猛烈炮火停顿后，听到步机枪的射击，我

马良山战斗中志愿军俘虏的部分英军战俘

们以为是步兵冲上来了，不料刚探出头来，更厉害的炮火又打过来，不少人被炸死。等你们冲上来，我们还抱着脑袋躲炮弹，连举手缴枪都来不及了。"

16时05分，炮火向纵深延伸，10多辆志愿军坦克轰隆隆开到前沿阵地，对英军火力点进行直瞄射击。李高升回忆道：

我们的14门坦克炮，向马良山高地发起了猛烈的轰击。402号坦克炮长李阳生，只打两炮，就把敌人的指挥所打垮了。201、203、209、403号坦克炮打得准，打得狠，马良山主峰317高地敌人的地堡工事被打得稀巴烂，火光一片，烟雾漫天，敌人死的死，伤的伤，乱作一团。

志愿军出动坦克掩护步兵冲锋，对"联合国军"来说，这还真是第一次面对。英军营长急忙指挥4个炮群一齐开火，炮弹如狂风暴雨般飞向志愿军坦克。

数辆志愿军坦克被英军燃烧弹击中，燃起了大火。此时，离步兵向主峰发起冲击还差2分钟。

坦克连连长董来扶一声令下，英雄的志愿军坦克兵纷纷跳出坦克，不顾敌人的炮弹在身边猛烈爆炸，任凭敌人射来的子弹在身边"啾啾"作响，全然不顾大火烧掉了眉毛、烤焦了头发、点着了衣服，拼命地扑打着坦克车上的火苗。炮手则始终没有停止射击，将一发发坦克炮弹准确地射向英军工事。

在朝鲜战场上被"联合国军"称为"金日成大嗓门"的"喀秋莎"火箭炮

23.

马良山战斗

在马良山战斗中，连续摧毁敌人 6 座工事的 402 号英雄坦克

也开始怒吼了，一枚枚火箭弹准确地砸向了英军炮兵阵地，直炸得人仰炮翻，死伤惨重。

眼看顶不住了，英军急忙呼叫美军飞机前来助战。美军倒也挺讲义气，马上派飞机赶到马良山支援。13 架敌机连续 5 次扑向战场，打算向志愿军进攻部队轮番轰炸、扫射。

但美军飞行员却发现，这次"变天了"。空中到处是高射炮弹炸出的黑烟，几十门志愿军高炮已布成严密的防空火网掩护着进攻地域的上空。

无奈之下，美军飞行员在空中无所作为地胡乱飞着，匆忙丢下炸弹，就掉头飞回机场了。

有了炮兵和坦克的助阵，还有高射炮兵打得敌机狼狈逃窜，志愿军的步兵们真是乐得嘴都合不拢了。以前都是敌人的飞机在我们头上耀武扬威，火炮压得我们抬不起头来。由于缺少反坦克器材，战士们经常拿着手榴弹去跟敌人的坦克拼命。现在好了，也让敌人好好尝尝被炮弹炸、被坦克碾的滋味。

这时，572 团、573 团攻击分队开始发起冲击。在坦克、炮兵的密切协同下，志愿军官兵们高声呐喊着冲向英军阵地。他们以正面牵制、翼侧攻击、分割包围、断敌退路的战法，迅速突入了敌阵，用步枪、冲锋枪、机枪、手榴弹、手雷一起向敌人开火。

573 团 5 连仅用 5 分钟就攻克 280 高地以西无名高地，全歼守敌 1 个连。

4 班战士赵发明从战斗一开始，就如下山猛虎般冲了出去。攻入敌军阵地后，他顺着敌人构筑的交通壕，端起枪边扫射边向前冲。子弹打完了、手榴弹也投光了，见前边还有敌人躲在地堡里负隅顽抗，就顺手抄起缴获来的一包手

志愿军发起进攻

榴弹，向敌人的地堡冲了过去。

"轰"的一声，一个地堡开花了；"轰"的一声，又一个地堡消失了……就这样，赵发明一口气消灭了4个地堡。

5班长赵再柱在身上4处负伤、腿被打断的情况下，仍咬紧牙关，爬上一个地堡，用手榴弹将里面负隅顽抗的敌人消灭。

战后，5连荣获一等功臣连称号。

572团6连同样打得干脆利落，仅用13分钟就攻克了216.8高地，全歼1个加强排。

战斗中，排长郝恩铎用英语喊话，向敌军宣传：志愿军是正义之师，在战斗中已取得了绝对优势，如果再顽抗下去，只会是死路一条，并讲解志愿军优待俘虏政策。

在强大的军事压力和政治攻势面前，16名英军举起双手，走出阵地向志愿军投降，还主动上缴了8挺重机枪、10挺轻机枪和1具火箭筒。

572团3连官兵作战机智勇敢，在向216.8高地以北无名高地进攻时，针对守敌正面火力强、侧面力量弱，只顾头、不管腰的防守特点，有意避开正面，用少量人员吸引敌人注意力，出其不意地从侧面狠狠地一刀扎了下去。连长侯西林在炸毁2个地堡后连续打退敌人的两次反扑，战士杨朝银投出5颗手雷炸毁了2个地堡。

战后，3连也荣获一等功臣连称号。

志愿军第64军战士在防守马良山的战斗中依托坑道式的工事进行反击

在3连出奇制胜的同时，572团4连也顺利地攻占了280高地，歼敌1个连大部。至19时，573团3连最后攻占了主峰317高地。

整个马良山反击战用时不到3小时，191师全歼英联邦第1师第28旅苏格兰皇家边防团1个营，500余名英军官兵的尸体横七竖八地布满了马良山主峰，48名英军举手投降。战后，在被坦克击垮的碉堡里，发现了英军营长的尸体。

针对敌人"有失必反"的特点，191师连夜调整部署，以573团2连坚守马良山主峰317高地，以572团2连坚守216.8高地以北无名高地。各部立即组织火力，补充粮弹，抢修工事。

果然，5日拂晓，敌人出动2个步兵团的兵力，以4辆坦克、百余门火炮猛烈轰击216.8高地和马良山主峰317高地，同时20余架飞机轮番轰炸和投掷凝固汽油弹，进行疯狂反扑。

时任573团政委的马瑛回忆道：

敌两个营在四辆坦克、二十余架飞机、各种火炮的支援下，向我反扑。其中一个营向573团2连防守之马良山主峰317高地连续冲击六次，均被我击退。敌另一个营向防守在216.8高地以北无名高地的572团2连发起猛攻。在连长、政指、1排长牺牲，部分阵地被敌占领的危急时刻，2排长赵清义挺身而出，指挥战斗。因枪支损坏严重，他就让两名新战士揭手榴弹盖，一连投了九十多颗手榴弹，杀敌二十余名，虽几处负伤，仍打退敌人四次反扑，夺回了阵地。

激战持续了整整一天，15时30分和23时，64军以火箭炮和192师炮兵向高栈下里、新村、幕岱洞东北山上集结的敌人预备队，分别实施了两次炮火急袭，打得敌人胆战心惊。571团趁机发起突击，歼敌一部，并俘敌26人。

一名俘虏兵供认："这个阵地上有美军第3师第7团一个营指挥所、一个加强步兵连、一个指挥排，被你们炮火击中，伤亡甚重。"接着，他又连声说："美军第一次遭到你们的火箭炮轰击，厉害！厉害！"

6日8时许，敌人再次出动步兵1个团的兵力，在坦克、炮兵和飞机轮番支援下，向216.8高地和317高地反扑。

坚守阵地的志愿军指战员沉着应战，待敌距前沿阵地只有50米时，以炮火实施突然压制射击，步兵适时组织反击。敌人伤亡惨重，丢下上百具尸体，狼狈地逃下山去。

经过3天激战，英军第28旅损失惨重，被毙伤1300多人，丧失了战斗力，被迫退到二线休整。无奈之下，英军只得又换上了第29旅。

这个旅是64军的手下败将，一个月前在进攻马良山的战斗中被歼2600余人，后由英伦三岛抽调的诺法克斯团和维尔曲团，再加上从香港抽调的莱斯特团组成。面对老对手的英勇抗击，第29旅心中生怯，终于停止了反扑。

在马良山防御和反击作战中，191师各兵种密切协同，共毙伤俘英、美军4400余人，击落飞机14架，击毁坦克6辆，确保了临津江西岸广大地区的安全，有力策应了临津江东岸47军的防御作战。

马良山成了西线"联合国军"的"伤心岭"。战后，敌人惊呼：志愿军从国内来了有新装备的兵团，火力强，步炮协同密切，步兵勇敢惊人。

一时间，英雄阵地马良山吸引了国内大批的作家和记者，但亲身上到马良

志愿军第64军战士在防守马良山的战斗中

山阵地采访的并不多，因为上到马良山采访是非常危险的。

志愿军在攻占马良山阵地后，敌人每天都要用多种大口径火炮向阵地前沿、纵深及交通线轰击，平均每天落弹3000多发。敌机也频繁出动，进行轰炸、扫射。坚守马良山阵地的连队即使没有战斗，白天也不敢轻易在地面活动，绝大部分时间都要蹲在坑道里。

1952年，新华社记者王玉章终于登上马良山，采访了战斗在这座山岭上的英雄的志愿军战士们，并以《英雄守卫着马良山》为题发表在当年6月19日的《人民日报》上。

去年九月底范佛里特发动所谓"秋季攻势"的时候，美国将军们就叫嚣着要攻下马良山这座"战略山头"，但战争的实际却严酷地粉碎了他们的狂妄企图。九个多月来，攻击马良山的敌军已经更换了四次：先是英国帮凶军第二十九旅，这个旅被打残废了，换上英国帮凶军第二十八旅，这个旅又被打得焦头烂额，就又换上美国侵略军第三师，今年四月间又换了李承晚伪军第一师。美、英侵略军已在这座山上损失了六千多名官兵，但他们妄图侵占的目标——马良山，却仍然只能在他们的望远镜里看到。

炮火日夜地在马良山上轰鸣着，山岭的自然面貌已经改变了：山上的丛林早已被连根拔起，烧成灰烬；主峰上的尖顶也被炮火削平，成为光溜溜的秃头。在山顶上的每一个弹坑，每一块石头，都镌刻着志愿军英雄们的胜利业绩。

志愿军某部指挥员正在组织马良山战斗

在这座英雄山岭上，有个弹坑累累的二一六点八高地，那就是"马良山阻击英雄连"先后歼敌七百余人的地方。在去年十月五日，英雄连长阎志刚率领二十几个战士，以高度勇气和巧妙战术迎击四百多个敌人的进攻，使敌人遭受惨重的伤亡。当时敌人已侵占了山峰，阎志刚他们据守的三个大地堡受到敌人的猛袭，燃烧手榴弹炸在地堡门口，火焰烧着了阎志刚和战士们的衣服。他们一边扑火一边猛烈射击，使冲锋过来的敌人一批又一批地倒下去。后来阎志刚率领战士们反扑到山峰上，把敌人打下山去。

　　在马良山上有一段勇猛地战斗过的堑壕，这就是被赞为"三面铁墙"的战斗英雄张豪、潘山、陈忠兴和他们的战友们立下战功的地方。去年十月六日，英雄们迎击近千个敌人的猛烈进攻：陈忠兴用一颗反坦克雷炸死了十六个敌兵；六零炮班班长潘山打完了炮弹又拿起冲锋枪来射击敌人；战斗英雄张豪连续向敌人猛掷手榴弹；通讯员、司号员也奔忙在阵地上，将一大把一大把揭开盖子的手榴弹和压满子弹的冲锋枪梭子输送到战士们面前。这条堑壕没有一处不向敌人喷吐复仇的火焰，打得倒在前面的尽是一堆堆敌人的尸体，数目足有五百多具。

　　马良山诸峰经过了许多次激烈的争夺战，我军暂时主动撤离这座山岭。但英国帮凶军第二十九旅爬山马良山诸峰时，已被打得疲惫不堪了，他们足

1951 年 10 月 22 日，中国人民志愿军和朝鲜人民军经过一个多月奋战，粉碎了"联合国军"的秋季攻势。图为在马良山战斗中被志愿军俘虏的英军官兵

足付出了死伤二千六百人的惨重代价。英国帮凶军只好把二十八旅调来替换二十九旅。

但英军二十八旅在马良山上同样遭受到沉重的打击。该旅苏格兰边防团在马良山上修了一个月的工事，山上碉堡林立、布满了地雷、照明雷和密密层层的铁丝网。志愿军英雄们却在不到一小时的反击战斗中，就把马良山诸峰全部夺了回来，苏格兰边防团几乎全部被歼。

这次反击战是愈战愈强的中国人民志愿军步兵和炮兵共同的杰作。十一月四日下午三点钟，反击马良山的命令同时传到了步兵和炮兵部队，沉寂的前线突然沸腾起来了。炮兵们向着马良山诸峰猛烈轰击，敌人阵地前沿的照明雷被炸响了，敌人的地堡一个又一个地被打塌了。草包、木头、铁丝网被掀到半空。当步兵突击队发起勇猛的冲锋后，所有的炮火一齐延伸轰击，在敌人阵地的后面筑起了一道火墙，挡住了溃逃的敌人和前来增援的敌人。反击二一六点八高地的英雄们仅在十八分钟时间内就占领了阵地。接着马良山诸峰都先后升起了反击胜利的信号。

英国帮凶军第二十八旅在这次战斗中被歼二千七百人。美国侵略军又不得不调它的第三师来接替。但是美三师同样遭到了志愿军部队的猛烈打击。

马良山回到志愿军的手中以后，英雄们以坚忍的意志修建了一座新的坚如钢铁的马良山。敌人打在山顶上的重炮弹，爆炸的巨响传到工事里面只是一阵阵沉闷的低微的轰响。敌人来向这座山岭进攻，只消哨兵一声报告，遍及山岭的每一个工事，都有手榴弹和机关枪在等着他们。

今年一月九日下雪的晚上，一个营的敌人披着白衣偷袭马良山。当时满山一片寂静，好像没有人在

参加马良山战斗的志愿军坦克部队

守卫。但当敌人接近到离阵地三十多公尺的时候，忽然一声枪响，冰雹一样多的手榴弹、交错射出的机关枪弹和飞啸的小炮弹，就像长着眼睛一样地猛击着敌人，杀得敌人死伤枕藉，滚下山去。敌人每次向这座山岭进攻，都遭到了这样的惨败。

守卫在马良山上的英雄们不仅打击了陆地上的敌人，他们还严惩了美国空中强盗，仅在今年四月份就击落击伤了十三架敌机。

美国侵略军第三师带着创伤从马良山前撤走后，今年四月间李伪军第一师又被调到那里去送死。夏天已把朝鲜的群山染成一片翠绿，马良山却仍以它那特有的黑黄色的秃顶傲然屹立在敌人面前。九个月来战斗在这座山岭上的志愿军英雄们，永远放射着胜利的光芒。

23.
马良山战斗

24. 文登里地区反坦克作战

1951 年 9 月 29 日，"联合国军"发起秋季攻势，准备以军事进攻对中朝方面继续施压，以实现其在朝鲜停战谈判中提出的无理要求。

为增强防御力量，遏制"联合国军"的秋季攻势，中国人民志愿军和朝鲜人民军对作战部署进行了相应的调整：第 65 军调至开城地区；第 68 军从阳德地区调至洗浦里地区，准备接替人民军第 5 军团防务；以第 67 军接替第 27 军金城地区防务，第 27 军撤至马转里、阳德地区休整。

中国人民志愿军和朝鲜人民军进行秋季防御战役。图为防守某高地的人民军战士英勇抗击敌人

10月5日，美军第10军在大量坦克、飞机、火炮支援下，向北汉江以东地区的朝鲜人民军阵地发起进攻。

美军凭借装备优势，在进攻中以集群坦克集中沿文登里谷地公路向北逐步突击。攻击1个连或1个排的防御阵地时，都反复以飞机轰炸，并且一天内即发射上万发炮弹，随后以数十辆坦克引导步兵反复冲击，实施所谓的"坦克劈入战"。

这个新战法是美军第8集团军司令范佛里特创造的。顾名思义，就是用坦克劈开志愿军和人民军的防线。其作战方式是每次以20~40辆坦克组成一个集群，在大量飞机掩护和步兵、工兵伴随下，一面以阵地上的火炮和坦克炮实行密集射击，一面沿山路迂回割裂志愿军前沿各个高地的防御阵地，再由其步兵进行"逐山占领"。

其实，这并不是一个真正的新发明。早在第二次世界大战时期，北非、欧洲战场上，美军、德军、苏军经常出动数十至上百辆坦克协同步兵作战。尤以发生在库尔斯克地区苏军与德军的坦克大会战最为著名。

当时，德军调集了"帝国坦克师""骷髅坦克师""阿道夫·希特勒坦克师"及坦克第3军的主要兵力，在这个坦克集团内有大量"虎"式重型坦克和"斐迪南"式强击火炮。德军企图由此突破苏军防线，然后再从东南实施突击，夺占库尔斯克。苏军也调集重兵对德军实施反突击。

1943年7月12日，双方在普罗霍夫卡相遇，爆发了第二次世界大战中最大的坦克遭遇战。双方在只有15平方公里的普罗霍夫卡地区，总共投入坦克和

库尔斯克会战中被击毁的德军坦克

自行火炮多达 1200 余辆（门），还有大量飞机支援战斗。这场人类战争史上规模最大的坦克战整整持续了一天。战后，在普罗霍夫卡草原上，到处是冒着滚滚黑烟的坦克残骸。最终，德军战败，损失 1 万多人，坦克约 400 辆。

美军也擅长打坦克战。在二战的北非战场上，有着"美国第一坦克兵"美誉的美军第 2 军军长巴顿，曾与号称"沙漠之狐"的德军元帅隆美尔多次进行过坦克交锋。巴顿笑到了最后，把德国人赶出了北非。随后，美军装甲部队在欧洲大地上横冲直撞，打得德军节节败退。

在朝鲜战场上，美军依旧把坦克作为地面作战的主要突击力量，广泛使用坦克遂行各种作战任务，企图重现二战辉煌。

进攻时，以坦克支援、掩护、引导步兵冲击；防御时，以坦克作为固定的或移动的火力发射点，协同步兵防守阵地或实施反冲击；被围时，以坦克为先导实施从内部突围作战或从外部增援解围；退却时，以坦克作为殿后掩护力量，保障步兵部队快速撤离阵地；追击时，以坦克和摩托化步兵组成特遣队，快速推进，分割、破坏志愿军部署。

美军如此依赖坦克，以至于有人评论：美军的步兵离开了坦克就不会打仗。这也难怪，美军的坦克实在是太多了，1 个步兵师就拥有各型坦克 149 辆、装甲车 35 辆，以及配属作战的独立坦克部队。此外，美军还拥有丰富的坦克战经验和引以为豪的战绩。

第二次世界大战中，美军坦克部队在欧洲战场上所向披靡

然而，美军万万没有料到他们在北非和欧洲战场上所向披靡的装甲部队，在朝鲜半岛文登里地区竟然遭遇到克星，被"小米加步枪"的中国人民志愿军打得丢盔卸甲，颜面尽失。

　　位于北汉江以东的文登里地区，是一条宽几十米到数百米不等的南北走向的山谷，西靠鱼隐山，东邻中七峰，杨口至末辉里的公路纵贯其间，直通志愿军后方，极利于机械化部队纵向行动。如果在一场大的进攻战役中选择突破口的话，文登里无疑是最好的选择。

　　10月7日，美军乘中朝两国军队正进行换防之际，集中近200辆坦克，沿文登里向北公路两侧的川谷平原地带实施"坦克劈入战"。

　　志愿军第68军在敌情不明、地形不熟、阵地不完善的困难情况下，在人民军既设阵地上打了一场仓促防御战。主要依靠轻便的无后坐力炮、火箭筒和反坦克手雷、地雷进行反坦克作战，边作战边补充边抢修工事，白天失去的阵地夜间夺回，于10日提前完成接替人民军防务的任务。

　　68军的前身是华北军区第6纵队，参加过察绥晋东、察绥、平津等战役。1949年1月改称中国人民解放军第68军，隶属第20兵团，下辖第202、第203、第204师。参加会攻太原。10月，由山西移驻天津、唐山地区，担负海防任务。1951年6月改编为中国人民志愿军第68军，入朝参战，重点防守鱼隐山一线。

　　鱼隐山是一座具有和五圣山相同价值的战略制高点。第20兵团司令员杨成武十分关注此山安危，在战斗最激烈的时刻，把36门榴弹炮加强该山的防御。当68军报告阵地危急时，杨成武说："不是给你们加强了一个炮团吗？你们

志愿军反坦克炮兵阵地

108门炮，是多大的力量？"68军回答：地势太险，拉不到射击位置。杨成武命令："那就拆了再搬上去。"

敌人见鱼隐山屡攻不下，便打起了文登川的主意。

为增强防御阵地的稳定性，抗击"联合国军"集群坦克的进攻，68军军长陈仁坊命令204师加强1个步兵团、1个炮兵团坚守文登里地区。

文登里战斗打响时，恰好是抗美援朝战争一周年，志愿军较入朝初期已发生了较大的变化。

兵种更加齐全，不再是单一的步兵，炮兵、装甲兵、工程兵、铁道兵、通信兵等一应俱全，实力大增。在这次秋季防御作战中，第47、第64、第67、第68军除军属榴弹炮团和师属山炮营外，每个军都配属了预备炮兵1至2个团的榴弹炮、1个营至1个团的反坦克炮，有的军还配属了1个火箭炮团和1个坦克团。

炮兵是志愿军陆军建设的重点。入朝初期，志愿军仅有9个炮兵团（装备火炮284门）和1个高炮团，不仅型号陈旧，而且多由骡马牵引，机动能力差。队属炮兵主要装备小口径山炮、步兵炮和迫击炮。从1950年底至1951年春，国内紧急建立了6个炮兵训练基地，组建了5个地炮师和4个高炮师。这些部队全部采用苏式装备，进行1至3个月的突击训练，初步达到走得动、摆得开、打得响即入朝参战，以战代训，边打边学。

反映志愿军装甲兵部队英勇作战的电影《英雄坦克手》（剧照）

装甲兵则临时接收了苏军的坦克、自行火炮500余辆，都是二战期间生产和使用过的 T-34、JS-2 坦克和 SU-100 自行火炮。经过苏军坦克乘员3个月手把手地教练，在刚刚能把坦克开得动、打得响时，就于1951年3月入朝参战。首批入朝的装甲兵部队是坦克第1师第1、第2团，第2师第3团，第26师第53团。

步兵的武器装备也有长足发展，进行了大规模的换装。入朝初期，志愿军的装备是来自十几个国家的杂式武器，既有日制三八式步枪，也有美国造、捷克造、德国造，可谓"万国牌"。这是源于那时的中国是个积贫积弱的农业国，没有大规模的现代军事工业。"没有枪，没有炮，敌人给我们造"的人民军队只能依靠缴获来装备自己，手中的武器型号自然杂乱且大都破旧，关键是没有弹药和零配件生产线。这无形中给后勤供给部门带来了巨大的麻烦，必须把各种口径、不同型号的枪炮弹一一分类后，再送给对应的部队，否则就不能使用。更为严重的是，朝鲜战争是一场高强度的现代战争，弹药损耗巨大，仅仅几个月就把国内军用仓库的储备用光了。于是，中央军委决定立即换装，统一装备苏制步枪、冲锋枪、机枪等轻武器。

反坦克武器更加丰富。入朝参战时，志愿军缺少反坦克兵器，每个军仅编有直射火炮108门、火箭筒81具，只能依靠步兵反坦克器材对付敌人的坦克。战斗中，步兵连临时建立若干个由2至3人组成的反坦克歼击小组，携带反坦克手雷、爆破筒、炸药包、集束手榴弹等攻击敌坦克。同时将数量不多的战防炮、无坐力炮、火箭筒等反坦克兵器集中使用，采取山炮、野炮直瞄射击和利用有利地形设置障碍物的做法，进行反坦克作战。尽管志愿军的武器装备简陋，甚至许多战士在国内连坦克都没有见过，但他们以英勇无畏的气概与敌坦克搏斗，并在实战中逐步摸索出一套反坦克作战经验。第三次战役中，50军149师446团在高阳以南佛弥地，与英军第8骑兵（坦克）团直属中队激战三小时，击毁和缴获坦克31辆。但就总体而言，志愿军对敌人的集群坦克进攻尚无有效打击手段。为扭转反坦克作战的被动局面，中央军委除增调大批炮兵和坦克部队入朝参战外，还专门增派反坦克炮兵部队参战，并为步兵部队增配反坦克兵器，不仅有反坦克手雷、地雷，还有专门对付坦克的无坐力炮和火箭筒。

有了新装备，志愿军反坦克作战的信心更足。204师决定集中全师的反坦克兵器，以12门口径76.2毫米加农炮、4门山炮和49门（具）无坐力炮、火

志愿军某部反坦克小组袭击敌坦克

箭筒，以及1个工兵连，组成反坦克大队，下辖2个反坦克中队和6个打坦克歼击组，归610团指挥，专门对付美军坦克。同时在文登里、内洞、下深浦、上深浦、柏岘岭公路两侧，利用山脚、塄坎、沟渠等自然地形构筑了各种反坦克工事，在便于坦克行进的道路、河床等地段布设反坦克地雷，形成纵深梯次的反坦克阵地。

从8日起，美军第2师附法国营、南朝鲜军第8师在大批坦克的引导下，轮番猛攻志愿军阵地。

由于志愿军战士初上阵地，没有打坦克的实战经验。反坦克火器发射距离远，屡屡失手。志愿军战士曾描述"美军坦克跑得太快，追不上瞄不准"。美军坦克长驱直入，直扑志愿军纵深的榴弹炮阵地。危急关头，志愿军炮兵急中生智，把榴弹炮直瞄平射，击退了美军坦克集群。在战后总结中专门出现了一个新名词："闸止阵地"。就是用大口径火炮平射，起到最后一道闸门的作用。

11日，美军第2师以10余辆坦克在飞机、火炮的支援下，引导步兵向610团坚守的阵地进攻。志愿军沉着应战，采取打头、截腰、斩尾的战法，打击美军坦克。

首先由反坦克大队组织76.2毫米加农炮和山炮实施直接瞄准射击，一群群弹丸飞入美军坦克阵中，引发剧烈的爆炸；伴随着步兵作战的反坦克手，肩上扛着无坐力炮和火箭筒在阵地前沿游动，实施抵近射击，一枚枚破甲弹、火箭弹飞向美军坦克；同时以打坦克歼击组迅速从侧翼向美军坦克隐蔽接近，在约 10 米的距离上，把一颗颗大头萝卜似的反坦克手雷投向数十吨重的"铁乌龟"。

激战一天，610 团反坦克大队初战告捷，共击毁坦克 2 辆，击伤 3 辆，打退了美军的坦克进攻。

12 日，美军先以航空兵、炮兵火力攻击 610 团防御前沿及纵深阵地，继之以 30 余辆坦克向前沿阵地进行约 1 个小时的破坏射击，然后以 48 辆坦克在炮火掩护下，呈梯次队形沿公路引导步兵冲击，企图一举突破 610 团的防御纵深。

志愿军在文登里公路上打击美军坦克

204 师首先以纵深炮兵实施拦阻射击。当美军先头坦克行进至阵地前沿时，反坦克大队立即出击，以无坐力炮隐蔽进入发射阵地，实施直接瞄准射击，一举击毁坦克 2 辆，击伤 1 辆。接着，利用美军先头坦克被击毁、后续坦克前进速度放缓、队形较为密集的有利时机，集中各种反坦克火器一起开火，又击毁坦克 3 辆、击伤 1 辆。

美军遭到迎头痛击后，以数辆坦克火力压制志愿军反坦克兵器，掩护抢修被击伤的坦克，并集中 30 辆坦克继续向纵深冲击。

610 团则以步兵火力阻止美军修复被击伤坦克，反坦克分队迅速机动至前进发射阵地，加农炮、山炮实施直接瞄准射击，无坐力炮、火箭筒实施游动射击，又击毁、击伤坦克 7 辆。

美军坦克兵没有料到志愿军反坦克的战斗力如此之强，一个个心生惧意，不敢恋战，遂施放烟幕，掉头便跑。

志愿军打坦克歼击组乘机前伸，拦头截击，又以手雷、爆破筒炸毁、炸伤美军坦克各 2 辆。

激战至 17 时，美军终于支撑不住，丢弃 18 辆被毁伤的坦克，狼狈撤出战斗。

此时已是黄昏时分，文登里战场上美军遗弃的坦克燃烧升起一股股巨大的

被志愿军击毁的美军坦克

黑烟笼罩着天空，一辆辆坦克残骸周围横七竖八地躺满了美国大兵的尸体。

14日7时50分，休整了一天的美军卷土重来，再次发动进攻。先头8辆坦克交替掩护攻击前进，行进至志愿军阵地前200米处。

志愿军隐蔽配置在附近的反坦克大队无坐力炮突然开火，击毁其中的1辆。接着，迅速转移到预备发射阵地，向冲击的坦克抵近射击，又击毁3辆。其余4辆坦克见势不妙，掉头就跑。然而为时已晚，反坦克大队早已严阵以待，用火箭筒、手雷、爆破筒和地雷将这4辆坦克全部击毁、击伤。

经过几天反坦克作战的实战磨炼，204师总结出了有效对付美军"坦克劈入战"的基本经验，摸到了许多打坦克的窍门。例如尽量靠近射击，利用美军坦克跨越障碍减速时射击等。如某无坐力炮手事先预守在美军坦克前进路线的弹坑前，趁美军坦克减速的瞬间射击，一战创造了4发3中的好成绩。而且各种兵器配合默契，先由远距离火器攻击，乘美军视线被挡或转向躲避时，步兵再迅速靠近以反坦克手雷在10米以内的近距离实施攻击。

美国人也不傻，在接连受挫后，改变了战法。坦克沿公路两侧的河边、沟渠、稻田，采取逐段破坏、逐段前进的战术继续进攻。

敌变我变。志愿军反坦克大队当即调整部署，将反坦克火器前推于防御前沿，同时在坦克可能运动的地方大量埋设梅花形、三角形雷区，至20日又炸毁坦克多辆，有效地阻击了美军的坦克进攻。

在整个文登里地区反坦克作战中，204师共击毁美军坦克28辆、击伤8辆，

美军坦克部队在朝鲜战场上一败涂地

彻底粉碎了敌人的"坦克劈入战"。这次战斗被列为典型战例，还被拍成《激战文登川》的电影。

横行一时、不可一世的美军装甲部队在朝鲜战场上折戟沉沙，自此变成了缩头乌龟，再也不敢用坦克向志愿军部队阵地进行穿插，也再不敢使用集群坦克实施进攻。

文登里反坦克作战，开创了人民军队战史上的先例，创造了几个纪录：一次战斗中敌人同时出动坦克最多，人民军队历史上规模最大的反坦克战斗，人民军队第一次构筑专门的反坦克阵地，第一次建立专门的反坦克战斗编组。

战后，204师总结出三条反坦克作战基本经验：

一是阵地与地形相结合。依托两侧山地，将中间的川谷平原地带改造成反坦克阵地。二是火力与障碍相结合。反坦克与反步兵火力相结合，正射、侧射、斜射、反射火力相结合，天然障碍物与工程障碍物相结合，爆炸性障碍物与非爆炸性障碍物相结合。三是坚守部队与反坦克部队相结合。两侧坚守部队依托山地，伸向川谷，并肩卡口，反坦克部队在川谷中同时配合两侧作战，既可以一帮二，也可三并肩。

这些成功经验，对长期指导人民军队建设发挥了极大作用。20世纪七八十年代，"三北"地区的国防工程建设和全军部队坚守防御及反坦克训练，仍在贯彻这些思想。叶剑英元帅曾指示部队："把打坦克之风吹向全军去。"

杨成武曾为文登里反坦克战赋诗道：

24. 文登里地区反坦克作战

中国人民解放军某部开展反坦克训练

谈判无计挑战端，

坦克劈入文登川。

以劣胜优破甲阵，

智勇将士震敌寒。

25. 朝鲜西海岸岛屿登陆作战

　　抗美援朝战争初期，美军在西朝鲜湾鸭绿江口至清川江口一线沿海的岛屿上设置了大批情报基地，驻扎美国、南朝鲜的情报人员和南朝鲜武装人员，利用各种设施专门搜集中国人民志愿军和朝鲜人民军的情报，并经常潜入朝鲜北部西海岸地区，疯狂进行破坏活动。

　　位于朝鲜西海岸铁山半岛以南 20 公里的大和岛、小和岛，是其中两个比较大的情报基地。当时，岛上有南朝鲜军 1200 余人和 400 多名美国、南朝鲜的军事情报人员，架设有大功率的雷达，并装备有对空电台和窃听监视设备，大肆收集情报，引导美军轰炸机对中国东北城镇和志愿军入朝交通线实施轰炸，指

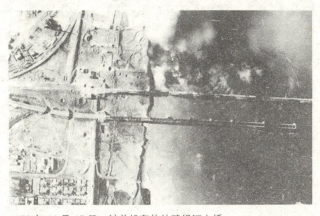

1950 年 11 月 15 日，被美机轰炸的鸭绿江大桥

挥美军舰只在该岛以东及中国东北附近海面游弋、炮击志愿军阵地，危害极大。

经过 1951 年夏秋季防御作战，志愿军在刚刚转入阵地防御，工事不坚，洪水为患，后方交通遭严重破坏，供应困难等异常艰苦的条件下，取得了重大胜利，毙伤俘敌 11 万余人，迫使美国人不得不恢复停战谈判，重新回到谈判桌上。

10 月 25 日，中止 63 天的朝鲜停战谈判在板门店恢复。为打开谈判僵局，中朝方面先后提出根据实际接触线全面调整和稍加调整作为军事分界线的新方案。

然而，心高气傲的美国人并未接受战场上的失败教训，在谈判中仍无理要求其海、空军优势要在军事分界线的划分上得到所谓的"补偿"。当中朝方面谈判代表提出，停战后美军应从朝鲜西海岸沿海岛屿上全部撤出部队时，美方谈判代表断然拒绝，反而提出以所占沿海岛屿换取开城的荒谬要求。

负责幕后指导谈判的外交部副部长李克农认为大和岛、小和岛"对我威胁很大。美国人在谈判桌上又在岛屿撤退问题上纠缠不休，不拔掉它，势必对谈判造成十分严重的威胁和影响"。

为肃清美军和南朝鲜军的情报基地，配合停战谈判，彭德怀做出了一个大胆的决定：实施陆空联合渡海登陆作战，拔掉这个钉子。

志愿军空军司令部是 1951 年 3 月 15 日成立的，刘震出任司令员。为争取

1951 年 11 月，志愿军在西海岸进行渡海作战。图为某部在进行战前动员

志愿军空军战机起飞迎敌

让更多的部队尽快达到参战水平，志愿军空军用两个半月的时间进行了突击强训，并举行了由参战部队飞行大队长以上干部参加的各机种联合飞行技术演习，为志愿军空军以师为单位参战打下了坚实基础。

至8月，志愿军空军有2个歼击机师（共装备米格-15歼击机100架）和2个轰炸机师（共装备图-2轰炸机60架），基本完成作战准备，可以参战。另有2个强击机师和4个歼击机师在9月后可以出动参战。

在此期间，志愿军空军边训边战，共出动28批145架次，击落敌机1架，击伤2架，获得了非常宝贵的实战经验。

志愿军空军刚参战时，更多的是靠勇敢和不怕死的精神。正如一名被志愿军空军击落的美军飞行员说："我们费了很多工夫研究一个问题：中共空军究竟用的是什么战术？研究了很久，终于明白了，原来中共的空军根本没有战术！"

其实，这种最初始的"没有战术的战术"，正是由人民空军特有的无畏和牺牲精神构建的。随着时间的推移，志愿军空军飞行员在经过实战锻炼后，越来越注意摸索和总结经验教训，不断提高指挥水平，讲究技术和战术，越战越猛，愈打愈精，创造了许多以少胜多、出敌不意、攻敌不备、密切协同、化险为夷的著名战例，也涌现了许多英勇善战、战功卓著的英雄集体和个人。

初出茅庐的人民空军在朝鲜战场上大显身手，在与世界头号空中力量美国空军的较量中屡创佳绩，震惊了世界。

美国远东空军司令威兰中将后来回忆道："中国空军对我们来说，一直是一个谜，他们好像一个晚上便学会了一切，飞行员只要很少的时间，就能够空战，他们好像在冥冥之中似有神助，对于我们来说很多事情不可思议！"

美国空军司令范登堡则惊呼："共产党领导的中国几乎在一夜之间就变成了世界上主要空军强国之一。"

在朝鲜西海岸实施渡海登岛作战，是志愿军第一次陆空联合作战。为此，志愿军总部反复研究，最终确定由50军在志愿军空军轰炸机第8、第10师的配合下，攻占这些岛屿，并明确了"由近而远，逐岛作战"的方针。

从10月中旬开始，50军即着手调查朝鲜西海岸海潮规律和各岛地形，与志愿军空军共同制订协同作战计划，并组织部队进行渡海作战训练。

11月1日，中朝人民空军联合司令部向执行大和岛轰炸任务各参战部队下达了作战命令。

2日，空军歼击机第3师出动拉-11和米格-15飞机各4架，对大、小和岛和椵岛进行了两次侦察照相，为作战部队提供了敌军部署和工事配置的重要情报。

轰炸大、小和岛，是由空军轰炸机第8师打的头阵。

领受任务后，全师上下一片欢腾。在反"绞杀战"中，歼击机第4师曾在1个月内与美军进行大小空战十余次，共击落敌机17架、击伤7架，捷报频传。这也让轰炸机部队的官兵们看着眼红，个个摩拳擦掌，求战心切。

轰炸机第8师党委提出了"打好第一仗，争取第一功"的口号，师、团、大队层层动员，空、地人员的战斗积极性空前高涨，就等上级一声令下，直扑敌人岛屿。

初建时的人民空军歼击航空兵

经认真研究，轰炸机第8师决定由22团2大队承担轰炸任务。师长吴恺亲自下达任务："这次出击，关系重大，刘震司令员亲自指挥。要求周密准备，隐蔽出击，务求必胜。"

飞行员们心情无比振奋，围成一圈，跪在大比例尺地图前，仔细地数着等高线的走向，记牢目标的地形、地物特征。

5日晚，50军148师443团出动2个营，在海岸炮火掩护下，乘17只小汽船和49只折叠舟，分为两个梯队，在椴岛实施登陆作战。

战斗进行得十分顺利，至6日3时，志愿军占领椴岛。附近岛屿上的南朝鲜武装纷纷撤离，退守大、小和岛。

中午，沈阳于洪屯，晴空万里，风和日丽。

一架架银色的战鹰前，空军轰炸机第8师22团2大队的飞行员们身穿飞行服，个个英姿勃发，整装待发。全师官兵在跑道两侧列队，欢送战友出征。

师政委葛振岳振臂高呼："同志们，这是我们的轰炸机第一次在朝鲜战场作战，首战必须打胜，打出我们志愿军空军的威风来！"

师政治部主任崔林当场赋诗一首："丘丘小岛是敌巢，神鹰到来哪里逃。空中健儿多英勇，坚决打响第一炮！"

随着一声令下，飞行员们跳进座舱。为隐蔽行动，轰炸机第8师规定以信号弹下令起飞，非特殊情况，禁用无线电。

14时30分，"啪！啪！"两颗绿色信号弹腾空升起，9架草绿色的图–2

志愿军空军准备出击

轰炸机同时响起雷鸣般的吼声，依次滑入跑道。

参与此次轰炸行动的飞行员王光斗回忆道：

冬天下午的阳光照射着宁静的机场，我们的轰炸机队，整齐而雄伟地排在灰色的长长的跑道上。我和我的战友们已经着好飞行装具，坐在舱屋里，等待着起飞的命令。

焦急的最后两分钟过去了，起飞信号终于发出，我们驾驶着飞机，一架跟一架地升入高空。

在与护航战斗机会合的集合点附近，领航员通知我，并且指点着下方的地标给我看。这时，无线电里正好传来了战斗机领队长机向我们长机请示加入我们混合编队的报告。战斗机与我们会合了。我看到它们，心里感到格外高兴。我们像亲密的兄弟一样，肩并着肩，满怀胜利信心，奋勇地向前飞去。

轰炸机升空后，迅速组成能攻易守的楔形编队，准时进入预定航线。当沿着沈阳至安东（今丹东）的铁路右侧前进时，从草河口机场起飞的空军歼击机第2师4团16架拉-11护航歼击机由左侧迎头飞过来，默契地转变，占据到轰炸机编队左右侧的后上方，组成混合机群，直扑战区。

15时38分，从浪头机场起飞的空军歼击机第3师7团24架米格-15歼击机，到达预定空域，在轰炸机上方1000米的高度上执行掩护任务。一切都严格

志愿军空军米格战机起飞迎敌

按照协同计划实施。

时任空军轰炸机第8师22团6中队领航员的李清扬回忆道：

机群过了鸭绿江桥，渐渐接近铁山半岛，我开始频频地观察地标，判断位置，搜索轰炸目标。遍地弹痕的战场景象立即映入眼帘。当我远远地发现浮出海面的大和岛时，喜怒同时涌上心头，我迅速调整好投弹装置，打开弹舱，两眼紧盯带队长机弹舱。当时唯一的念头是紧随带队长机及时投弹。

9架图-2轰炸机飞临大和岛上空，岛上的敌人压根也没想到天上的机群竟然是志愿军的。在刺耳的防空警报拉响好久后，才想起四处躲藏，地面的高射炮也开始对空胡乱射击。

机群在敌人的炮火中穿行，如穿越在电闪雷暴中的雄鹰，振翅前行。炮弹在轰炸机前后爆炸，闪着一团团火花，气浪使飞机产生了剧烈的颠簸。

2大队大队长韩明阳发出命令：压制敌人的火力，冲过去。机群斜翅直向敌人地面的高射炮阵地扑去。

"向敌人地面炮火还击！"大队射击主任杨震天胸有成竹地组织全体射击员用航炮还击。轰炸机机头射出一排排机关炮弹，敌人的高射炮顿时哑了。混合编队无一损伤，怒吼着扑向大和岛。

李清扬回忆道：

长机上，大队长韩明阳与领航主任柳元功配合默契，精确地修正着飞机与目标的相对位置。由于轰炸计算准确，柳元功果断地按下了投弹电钮。我们后面的八架僚机，看到长机弹舱下露出了一串黑点点，紧跟着按下了自己的投弹按钮，又快速地拉了一下机械投弹手柄，以扫清弹舱。我很快地俯在轰炸瞄准具上，向后下方观察弹着点。只见一团团黑烟冒出了地面，81颗炸弹腾起的硝烟笼罩了岛上的所有军事目标，我情不自禁地在机内通话器里连声叫好。

大和岛上火光冲天，烟雾弥漫。岛上的敌人向美军第8集团军紧急呼救。然而，当美军几架F-86式战斗机匆匆赶来增援时，岛上的指挥所已完全笼罩在冲天的浓烟中，岸边的两栖登陆艇也被拦腰炸成两截。

16时19分，轰炸机群安全地降落在浪头机场。志愿军战史是这样记录的：

此次轰炸，我轰炸机群共投弹81枚，命中71枚，共炸死包括敌少将作战科长、海军情报队长在内共60余人，炸毁敌房屋40余幢、粮食20余吨、弹药15万余发以及登陆艇两艘，彻底摧毁了预定目标。

一向习惯在别人头上乱扔炸弹的美国人，怎么也不能相信志愿军竟用航弹回敬了自己。美联社当晚即发出惊呼："这次袭击不会是中国人干的！"

志愿军首次轰炸大和岛取得巨大成功，极大地鼓舞了地面部队。

7日、8日，50军148师连续发动登岛作战，相继攻占大加次岛、小加次岛和蝶岛。

16日晚，50军以150师448团、450团各2个连又1个排，从东西两个方向在艾岛实施登陆作战。西侧部队登陆成功，东侧部队登陆受阻。攻击部队立即调整部署，继续强攻，于17日攻占全岛，共毙敌85人，俘虏158人。

24日，50军148师443团以2个连又1个排攻占炭岛。

志愿军渡海登岛作战连连告捷，驻朝鲜西海岸沿海岛屿上的南朝鲜残余武装吓破了胆，纷纷逃往大、小和岛，继续搜集、侦听志愿军活动情况，负隅顽抗。每天夜间，敌人还派出3艘军舰到附近海域，炮击驻守椴岛的志愿军部队。

据此，志愿军空军决定再次轰炸大、小和岛。这次轰炸采取夜袭，任务交

美军飞机轰炸朝鲜村庄

给了轰炸机第 10 师。

师长刘善本，1915 年生于山东昌乐。1935 年考入国民党空军中央航空学校，1938 年毕业后任国民党空军飞行员。1943 年入美国道格拉斯等飞行学校学习。1945 年回国，任国民党空军上尉飞行参谋。

为反对国民党的内战政策，刘善本于 1946 年 6 月 26 日率机组驾 B-24 型轰炸机起义，飞抵延安，成为国民党空军驾机起义第一人。后被派往东北，参与建立航空学校工作，任东北民主联军航空学校副校长、领航主任、飞行主任、副大队长。新中国成立后，刘善本出任中国人民解放军第一航空学校校长、航空师师长。1951 年任志愿军空军轰炸机第 10 师师长，入朝参战。

刘善本把夜袭任务交给 28 团夜航大队。这个大队是中国空军第一支夜航部队，飞行员都是从全师飞行员里挑选的尖子好手。

29 日夜，3 颗绿色的信号弹划破了宁静的夜空。夜航大队在大队长姚长川的率领下，飞入沉沉暗夜中。

23 时 12 分 40 秒，轰炸机群达到第一转弯点，鸭绿江就在机翼的下面。过江后 4 分钟，发现地面上闪烁着三角人工火把地标，机组人员立即将机关炮上膛，做好了战斗准备。

编队长机边领队边利用机载电子干扰设备，向敌防空雷达进行主动干扰。僚机上的射击员们则在飞行中不断向空中撒播金属锡箔干扰片，这是世界空军当时最先进的作战样式，直到今天也是各国空军的标准作战样式。

志愿军火箭炮兵对敌实施攻击

到达大和岛附近时，飞行员们看到地面上壮观的一幕："喀秋莎"火箭炮弹的尾焰连成一片巨大的火舌，那是志愿军地面部队向大和岛猛烈射击，为空中夜航机群指示目标。

这次战斗是人民军队历史上的首次陆空协同夜间作战。

23时22分13秒，机组准确进入了轰炸起点。然而就在这时，通信员传达长机通知：海面上没有发现敌舰。

按照备份计划，机组决定轰炸岛上的雷达站。此时，海面上已经被先期飞临的轰炸机投下的照明弹照得如同白昼，飞行员从空中俯视海面，能清楚地看见墨蓝的海水、白色的浪花，大和岛就在眼前。

3分钟后，李增发机组投下照明弹，大和岛上山谷清晰可辨。在人造光辉的照明下，夜航大队的轰炸机扑向了各自的目标，完成投弹。飞机开始返航时，尾炮塔上的射击员仍然能清晰地看见大和岛上的冲天火光。

原来，已被志愿军空军炸怕了的敌人十分识趣地早早就躲了起来，使得这次轰炸没有取得预期的效果。整个战斗动作周密严谨，可谓天衣无缝，却无功而返，令刘善本和夜航大队的指战员们深感遗憾。

美国空军第5航空队闻报后大惊失色，在给美国远东空军司令官威兰的报告中称："共军首次用电子对抗和照明手段夜袭我战略要地，航线两侧竟形成了40多公里宽的干扰区！"

由于二炸大和岛没能取得理想的战果，志愿军空军决定：以轰炸机第8师9架图-2轰炸机，在歼击机第2师16架拉-11歼击机和歼击机第3师24架米格-15歼击机的掩护下，于次日下午轰炸大和岛灯塔的敌指挥所。

时任航空兵师长的刘善本与飞行员亲切交谈

担任轰炸任务的轰炸机第 8 师 24 团 1 大队，在一个月前刚刚参加过国庆阅兵，并获得"安全飞行大队"的光荣称号。大队长高月明时年 25 岁，一个个头不高的山东汉子，东北老航校毕业，原是空军第 4 混成旅轰炸机团的飞行员，以艺高胆大著称。

遗憾的是，还沉浸在第一次轰炸大和岛胜利中的第 8 师选择了与上次轰炸同样的航线，同样的高度，甚至几乎完全相同的轰炸时间，而且没有注重空中防御，只排成了便于轰炸的飞行队形。

参加此次轰炸行动的飞行员杨大方回忆道：

下午 14 时 20 分，起飞时间到了，大队长首先驾机升空，我起飞后，迅速靠拢中队长机编好队。我们九架飞机以中队"品"字形、大队纵队队形前进，由沈阳直飞凤城。由于我们早到三分钟且航线稍偏右，直到凤城上空才与空 2 师 4 团的 16 架拉-11 歼击机会合，编成联合作战机群。当我们机群通过鸭绿江大桥进入轰炸航线时，比预定时间还早三分钟。此时我浪头机场空 3 师 7 团的米格-15 战机仍按时起飞，未能赶到掩护空域。这时机群很快进入战区上空，我及时加大发动机转数，紧跟中队长机保持好准备投弹的密集队形，并提醒领航员做好投弹准备。

联合编队继续向东南方向飞去，从侧方飞过龙岩浦进入海面上空。飞行员

美军 F-86 在朝鲜冰天雪地的战场上

越过泛着白光的海岸线，看到远处碧蓝的天与蔚蓝的大海水天相连。

突然从云层中钻出一些迅速移动的黑点，2个、4个、6个、8个……越来越多，越来越近，共有30多个，是美军的F-86"佩刀式"喷气战斗机。

转瞬之间，敌机迅疾而来，一下子就把志愿军空军的机群包围起来。

这是一场强弱悬殊的较量，一方是30多架世界最先进的喷气式战斗机，另一方是20多架第二次世界大战时的活塞式螺旋桨飞机。

拉-11是苏联制造的活塞式螺旋桨歼击机，最大时速为700公里，而F-86则是时速1100公里的喷气式歼击机。无论时速、升限，还是攻击能力，拉-11都远远不能与之相比。但拉-11也有自己的一点优势，那就是转弯灵活，机上3门航炮的火力大。

在敌众我寡、敌优我劣的极其险恶情况下，志愿军空军勇士们遵照指挥员"保持队形，坚决回击，勇敢前进"的命令，立即组织火力奋勇反击。

16架拉-11纷纷用自己的身躯挡住了射向轰炸机的炮弹，掩护着体型大、速度慢的轰炸机群一面猛烈还击，一面紧缩队形，穿越敌人的炮火，向大和岛的方向疾飞。

激战中，歼击机第2师副大队长王天保利用螺旋桨飞机速度慢、转弯半径比喷气式飞机小的优点，在十多架敌机中上下翻飞，不停地切半径转开了圆圈。

喷气式飞机速度快，一冲就冲过头了，美军飞行员只能看着王天保的拉-11干瞪眼，无计可施，一时间乱了阵脚。

好个王天保，看准时机，绕到一架美机背后，用机炮猛烈射击。他先后开火6次，最近的距离只有100米，共击落1架、击伤3架领先于拉-11整整一代的F-86，创造了

王天保空战归来后，向飞行员们介绍战斗经验

世界空战史上以活塞式歼击机击落击伤喷气式战斗机的范例。如今，这架创造了奇迹的战鹰陈列在北京小汤山航空博物馆里，向参观者默默地叙述着当年的传奇。

杨大方回忆道：

这次偷袭，敌机主要是以四机或双机从后、侧上方对我机进攻。由于3中队三架飞机殿后，所以他们首当其冲地遭到敌机连续多次攻击。宋凤声的左僚机首先被敌机击中冒烟起火，随后梁志坚的右僚机两台发动机也中弹起火。战斗越来越激烈，我们每架飞机的通讯员、射击员都向敌机猛烈射击，护航的拉－11也与敌机展开格斗。接着我们中队张孚琰的右僚机也被击中，油箱和发动机冒烟起火。

3架被敌机航炮击中、冒着滚滚浓烟和烈焰的轰炸机，在碧蓝的天空中如同浴火的凤凰，异样的壮烈。

大火迅速蔓延到9号机的座舱，飞行员宋凤声命令机组成员："你们赶快跳伞，我留下来完成任务。"

后舱的射击员和通讯员异口同声地回答："要活我们一起活，要死我们一起死！"

宋凤声一边双手紧握着驾驶杆，加大油门追随着机群向大和岛疾进，一边高声喊道："跳伞，快，这是命令！"

领航员陈海泉第一个跳出飞机，但其他人已经来不及了。9号机带着宋凤声和机组战友们的一腔热血与壮志未酬的遗恨，在空中爆炸了！

张孚琰的6号机和梁志坚的10号机仍顽强地在编队中飞行着。通讯员陈以德、曹新广和射击员王道哲跳伞后，两架飞机也先后凌空爆炸。

3中队左右僚机被敌机击落后，中队长邢高科的战机成为敌机攻击的重点目标。邢高科的飞机舵面操纵拉杆差点被完全打断，后舱盖也被掀掉了，射击长吴良功身负重伤。

"哗"的一声响，通讯座舱的玻璃被击碎了，通信长刘绍基脸部被玻璃划破，鲜血直流。高空的寒风呼呼地冲进后舱，无情地撕扯着刘绍基的伤口。但他不顾一切地接过吴良功手中的机枪，继续向敌机猛烈射击。

年轻的志愿军空军不畏强敌，在朝鲜战场上与美军进行殊死搏杀

轰然一声巨响，一架 F-86 凌空爆炸——刘绍基创造了世界空战史上用活塞式轰炸机击落喷气式战斗机的奇迹！

这时，剩下的 6 架轰炸机中已有 5 架负伤。大队长高月明沉着指挥，保持着投弹密集队形，组织火力网互相支援，且战且进，终于杀开一条血路，突破重围，飞向大和岛。

杨大方回忆道：

当我们快要到达目标上空时，敌机又扑来了，大队长的右僚机毕武斌的飞机又被敌机击中，双发动机起火，机组有的同志牺牲了。火势越来越凶，飞机即将爆炸，大队长见情况危急，命令他们跳伞，毕武斌回答说："我要为牺牲的战友报仇，为朝鲜人民雪恨！"只见他驾驶着熊熊大火的飞机冲向敌岛目标，壮烈牺牲。

战后，战友们给毕武斌的挽联是："大和岛上神鹰坠，空军出现董存瑞"。

高月明率领剩下的 5 架轰炸机，按计划把全部炸弹倾泻在大和岛上，完成了轰炸任务。

悲壮的三炸大和岛战斗结束了，志愿军空军共击落美军 F-86 战斗机 3 架、击伤 5 架，志愿军飞机被击落 8 架、击伤 7 架（其中轰炸机被击落 3 架、击伤 5 架），15 名空勤人员壮烈牺牲。

当晚 21 时 21 分，50 军 148 师以 442 团 2 个营（欠 1 个连）分乘 30 只登陆船、

志愿军第 50 军进行渡海攻岛作战，攻占大和岛

7 只炮兵火力船，向大、小和岛发起攻击。参加此次登岛作战的战士于德全回忆道：

离岛还有一千多公尺，岛上的敌人打起一排照明弹，照得海面白森森的。紧接着又打出一串串红色的曳光弹，各种口径的炮也开始向我们轰击。我们的心里都火急起来，恨不得一跨步迈到岛上去，大家都齐声大喊："加马力呀！加马力呀！"

船工同志瞪大眼睛，满头大汗地忙着。船，飞一般地往前闯，后面的船只也箭一般紧紧相跟着。

敌人的炮弹在我们船前船后激起了高大的水柱，海湾里的轻重机枪也一排排地向我们扫射过来，水花溅了我们满身，子弹从我们的耳边掠过，但排长仍然纹丝不动地站在船头，大声喊道："同志们，沉住气，不准放枪！船工同志，再加马力！再加马力！"

我们的船冲向登陆的海湾，离敌人滩头阵地只有四百公尺了，排长这才发出了命令："对准敌人的机枪，射击！"

顿时，我们船上吐出了一道道红色的火舌，紧接着后面火力船上的无坐力炮也向敌人轰过去，友邻的船只也向敌人开火了。海面上响起了一片密集的枪声和炮声，爆炸的闪光和飞溅的水沫交织在一起，好像在喷水池旁点放着花炮。

呼的一声，船靠在一块大岩石旁，排长高举着枪，大声喊着："同志们！

志愿军实施登岛作战

登陆啊！冲啊！"

伴随正在怒吼着的海浪，我们呐喊了一声，就卷上了敌人的滩头阵地，沿着陡峭的崖壁，攀着小树丛向滩头高地爬去。手榴弹随即在敌人的火力点上爆炸了，敌人丢下了他们的炮和轻重机枪向后溃逃了。排长向天空射出两颗红色的信号弹，它告诉陆上的指挥所，我们已经胜利地登上大和岛了。

至12月1日18时，登岛部队占领了大、小和岛。随后又经清剿作战，肃清溃散之敌，共歼敌249人，为空军战友们报了一箭之仇。

朝鲜西海岸岛屿登陆战规模并不大，战果也不辉煌，但在抗美援朝战争史中却写下了浓墨重彩的一笔，创造了中国人民志愿军战史上的诸多第一：第一次也是唯一一次陆空联合作战，第一次空军多机种协同作战，第一次陆空军协同夜间作战。

经过四次攻岛登陆作战，志愿军先后收复椴岛、艾岛、大和岛、小和岛等14个岛屿，共歼灭武装匪特570余人。在此期间，朝鲜人民军海防部队也先后攻占了大同江口的避岛、青羊岛和瓮津半岛附近的龙湖岛、昌麟岛、巡威岛等岛屿，基本上肃清了美军和南朝鲜军在朝鲜西海岸沿海岛屿的情报基地，巩固了后方的安全，有力地配合了停战谈判。

26. 正洞西山反击战斗

　　1951年秋，朝鲜战争在"三八线"地区出现了相持局面。10月25日，中止63天的朝鲜停战谈判在板门店恢复。

　　虽然在刚刚结束的秋季攻势中，以美军为首的"联合国军"再次遭受到中国人民志愿军和朝鲜人民军的重创，连同夏季攻势共损失了15.7万余人，不得不再次回到谈判桌上来。但美国仍十分迷信他们的武力，一面恢复停战谈判，

朝中停战谈判代表团步入板门店谈判会场

一面又不断发起小规模的进攻。

就在板门店谈判开始的当天，美军骑兵第1师占领了正洞西山，并以第7团3个连的兵力赶修加固阵地，交通沟、散兵坑、地堡群密布山头，铁丝网、地雷区层层环绕，企图在此长期据守。

正洞西山位于临津江东的驿谷川南岸、榆岘东北，是控制涟川至朔宁公路咽喉的制高点，突出于志愿军阵地前沿，俯瞰驿谷川，地势险要。美军妄图以此作为向朔宁地区进犯的依托。

对于这种军事斗争与政治斗争交织的边打边谈的相持局面，中共中央和毛泽东主席早有预料，确定了"充分准备持久作战和争取和谈达到结束战争"的指导方针，在军事上采取"持久作战、积极防御"的作战方针，作战与谈判紧密配合。彭德怀也指出："我们绝不能指望敌人放下武器，立地成佛。要立足于打，以打促谈。"

为配合停战谈判、歼灭美军的有生力量，志愿军第47军决定以139师415团和141师421团各一部共11个连的兵力，夺取正洞西山阵地。

11月4日晚9时40分，正洞西山反击战斗打响了。

志愿军114门各种口径火炮，顷刻间将成百上千发炮弹喷射出去，打得敌人阵地像火海一般翻滚起来。随后，11辆坦克勇猛出击，支援步兵进攻。

在415团团长李洪杰和421团团长郑波的指挥下，各步兵攻击分队如同一把把锋利的尖刀，狠狠地插进了正洞西山。

志愿军炮兵部队进行支援性炮击

415团8连的勇士们从正面直攻主峰。他们端着冲锋枪边打边冲，脚下踏翻的照明雷一个接一个升上天空，照得夜晚像白天一样明亮。借着美军照明雷的亮光，勇士们迅速前进。

敌人还在负隅顽抗，发疯般地射击，雨点似的机枪和自动步枪子弹在阵地前形成了一道密不透风的弹幕。冲在最前面的2班被压制在密集的火网下，抬不起头来。

关键时刻，紧跟在2班后面的机枪手王新云，猛地端起机枪站起身来，一边扫射一边高喊："好家伙，我叫你打！"

敌人的火力点被消灭了，2班的勇士们争先跃起，迅速抢占了前沿阵地。这时离发起冲锋仅仅过去了7分钟。

从另一侧向主峰同时发起攻击的是421团1连。突击排运动到敌人阵地前，副连长于海龙命令3排副排长张福俊带领7班冲锋。7班一口气攻下了两个山头。

这时，志愿军的火箭炮又唰唰地射向敌人的阵地和主峰，榴弹炮也开始猛烈轰击，坦克一边开进一边炮击。当炮火延伸射击时，于海龙发出继续前进的命令，战士们一股劲冲了上去，消灭了第三个山头上1个排的敌人，残余的几个美军士兵向后面山头狼狈逃去。

1连长带着1排、2排也上来了。他命令1排用机枪将敌人火力吸引到正面，于海龙带8班和9班分两翼直插第四个山头。

主峰的敌人见势不妙，用两挺重机枪疯狂射击。

于海龙马上部署2门六〇炮、4挺轻机枪、1挺重机枪，一阵猛轰猛扫，把敌人的火力给压制住了。趁着这个时机，他带领战士们迅速冲锋，向敌人的阵地和地堡投掷手榴弹。

眼看就要攻上主峰了，于海龙高喊："这是共产党员挺身而出的时候了，坚决冲上去啊！"随后，一马当先，举着4颗手榴弹就往上冲。

敌人的机枪疯狂地向于海龙扫射。他抓起2颗手榴弹扔过去，炸哑了机枪。接着又向2个地堡投掷手榴弹，炸得敌人哇哇乱叫。在他用发音不准的英语连喊几声"缴枪不杀"后，4个美国大兵高举双手从地堡里走出来，当了志愿军的俘虏。

415团、421团的各路突击队在主峰胜利会师，全歼守敌美军骑兵第1师第7团1营2个连和火器连400余人。

26.

正洞西山反击战斗

志愿军部队向主峰奋勇冲锋

　　为防止美军空炮火力报复，5 日凌晨，志愿军攻击部队大部撤走，只留下 421 团 2 连和 415 团 4 连共 5 个排的兵力，坚守正洞西山阵地。

　　果然，天刚刚放亮，美军就集中大量火炮向正洞西山阵地猛烈轰击。炮击过后，1 个营的美军在 10 辆坦克的掩护下，向 2 连 1 排阵地发起疯狂反扑。

　　一连三次冲锋，美军终于占领了 2 班的阵地。1 排副排长王振生带领 11 名战士随即组织反击，冲到距敌十五六米时，冲锋枪、手榴弹一齐开火。

　　阵地上美军立足未稳，在志愿军的一顿猛冲猛杀下，仓皇败下阵去。

　　一个小时后，7 架美军飞机赶来参战。敌机贴近山头飞来，把成串的重磅炸弹扔向 2 连的阵地。阵地上一片火海，工事已全部被摧毁。紧接着，美军出动 2 个营的兵力，分两路冲来。

　　阵地上的志愿军战士以短火器实施近距离猛烈射击，大量杀伤敌人。在反复争夺 4 次之后，美军终于支撑不住，丢下一大片尸体，败退下去。机枪手霍树德打急眼了，抱起机枪跳出掩体，追扫着狼狈逃窜的敌人。

　　王振生抓紧战斗间隙，一面派人向连指挥所报告情况，一面重新调整部署，号召大家节省弹药，顽强抗击。

　　不大一会儿，敌人又爬了上来，激战再起。敌人实在是太多了，打倒一片，又冲上来一片。眼看就要涌上阵地了，而王振生他们的弹药也打光了，就抡起枪托、挥动铁锹、抓起石块，与敌人拼杀。

一场惊心动魄的肉搏战结束了，美军在付出巨大伤亡代价后，攻占了 1 排阵地。

10 时许，敌人稍作喘息后，即开始向 2 排阵地进攻。4 班、6 班的战士们在炮弹坑里跳来跳去，运动着打击敌人。

4 班长徐金蓝身上 3 处负伤，战士彭忠贵劝他下去。但他仍坚持战斗，还鼓励彭忠贵："我们要坚决守住阵地！"

4 班副赵树云的脸被炮弹炸伤了，鲜血直流，但他咬紧牙关，连续投出了几十颗手榴弹，炸死了一大堆敌人。新战士田正富没弹药了，就挥动铁锹把与敌人搏斗，把一个美国兵砍得脑浆迸裂。

下午 2 时，美军又集中 2 个营兵力向阵地进攻。

连长王汝启和指导员王占德把阵地上的勤杂人员和轻伤员都组织起来，分两路反击，用手榴弹和石头英勇地击退了敌人。

战斗中，敌人的一挺重机枪拼命地喷吐着火舌。2 排长魏田林摘下帽子，放在一个明显的位置上吸引敌人的注意力，自己却悄悄地从侧面爬了过去。当他爬到离敌人的火力点不远处，扔出一颗手榴弹，将敌人的机枪和射手一起炸了个稀烂。

激战至下午 4 时，坚守正洞西山阵地的志愿军 5 个排与敌军已经鏖战了 9 个小时，共击退敌人 2 个营 7 次反扑，歼敌 400 余人，达到杀伤敌人有生力量

志愿军坚守阵地

的预期目标，奉命主动撤出了阵地。

撤出阵地时，谁也没有注意到在阵地一角的一个掩蔽部里，还有3名重伤员。他们是2连炮班班长、共产党员钟万福，17岁的连部通讯员周彬和6班新战士向一双。

三人都是负了重伤后，被战友们背到这里进行隐蔽，等待担架队员后送。当三人感觉到阵地上的枪炮声渐渐停息下来，周围静无人声时，才知道战友们已撤出了战斗。

怎么办？敌人肯定会冲上来占领阵地的，我们绝不能坐以待毙。于是，三名顽强的战士挣扎着爬出掩蔽部，分头找来几支步枪、一些子弹和手榴弹。

果然，没过多大会儿工夫，几个端着卡宾枪的美国大兵东张西望地朝掩蔽体走来。

钟万福轻声说："注意，等他们走近些再打。"

三人轻轻地将手榴弹盖揭开，把里面的拉环套在手指上，眼睛瞪着不断逼近的敌人。当敌人走到离掩蔽部还有十多米的时候，三颗手榴弹飞过去了，紧接着又是三颗。

随着一阵猛烈的爆炸，敌人大部分被炸倒了。有两个敌人想跑，向一双眼疾手快，连开数枪，把这两个敌人都报销了。

时近黄昏，天色渐暗，敌人也搞不清阵地上到底有多少志愿军战士，就试探着发起几次攻击，但都被三人打退了。

坚守在坑道口的志愿军战士

志愿军战士在坑道中接水喝

就这样，三名志愿军重伤员凭着顽强的意志和无畏的牺牲精神，忍着伤口的剧烈疼痛，在美军占领表面阵地的情况下，英勇打击敌人。当敌人逼近时，就投手榴弹炸；当敌人后撤时，就用步枪打。激战数小时，把30多个敌人毙伤在掩蔽部外面。

当晚，47军决心趁占领阵地的美军立足未稳之时，再攻正洞西山，重新夺回阵地。

夜幕下的天空中升起了耀眼夺目的红色信号弹。421团和415团出动3个多营的兵力，在坦克和强大炮火的掩护下，分两路发起攻击。

421团3营在孙洪昌营长的指挥下奋勇冲击。7连3排如一把锋利的尖刀狠狠地插向敌人的阵地。他们迅速攻占前沿阵地，消灭了敌人1个加强排。担任突击的8班进攻速度最快，逼近主峰下面100多米高的小山包。

这时，敌人的一颗子弹射中了8班长蒋白治的腿，鲜血浸透了棉裤。蒋白治忍着伤口的剧痛侧着身子，用手和另一条腿爬行前进，对准地堡洞口，连打几梭子子弹，将敌人的火力点消灭掉。战士金邦文投出两颗手榴弹，刚才还疯狂射击的机枪也哑巴了。

激战还在继续。8连连长命令2排5班配合7连3排并肩继续突破敌人的防御阵地。5班长尚瑞海受领任务后，命3组从右侧迂回，吸引敌人的火力，自己带着1组趁机从正面扑上去，夺下了敌人的火箭筒，并用手榴弹解决了敌人的重机枪。

在主峰的前沿工事里，敌人配置了20多挺轻重机枪，猛烈地扫射着，企图用强大的火力网阻止志愿军前进。

9连1排副排长王宝财亲自带着3班由右翼突进，很快运动到距敌交通壕15米处。敌人的3挺重机枪交叉火力猛烈地扫射过来。王宝财喊道："同志们，沉着大胆，迅速前进！"

这时，3班副班长姜和鸣身上已经挂了彩。他忍着剧痛，抓住敌人一个射击空隙，几个箭步冲上去，机智地从敌人机枪火力的右侧跳上了重机枪工事。

真是怪事。只见敌人的机枪口不断向外喷火，却看不见射手。姜和鸣仔细一瞧，差点没笑出声来。原来机枪扳机上系着一根细绳，通到后面的洞里，一个美国大兵正在洞口露着半个脑袋，用绳子在那里一拉一拉的，向外射击。

姜和鸣举起冲锋枪一个点射，把这个自以为聪明的美国鬼子送上了西天。3班的同志们趁势冲进了机枪阵地，又打哑了两挺重机枪。

当尚瑞海从左翼冲进敌人的工事时，一个美国大兵突然用卡宾枪堵住他的胸口。机警的尚瑞海用左手一下将卡宾枪挡开，右手同时扣动扳机，但枪没响。说时迟，那时快，尚瑞海从背后掏出颗手榴弹，捣蒜似的砸在美国兵的头上，结果了这个家伙的性命。

与此同时，另一路415团2营也成功地突破了敌人的前沿阵地，攻占主峰。415团3营8连随即向纵深发展，继续扩大战果。

指导员张祝三高喊："同志们，冲啊！不叫一个敌人漏网！"

副连长方奎利带领2排冲在最前面。4班长徐国庆端着冲锋枪，照准敌人就是一梭子，打得敌人连滚带爬地骨碌下去。其他战士也不甘示弱，手中的机枪、冲锋枪一个劲儿猛扫，手榴弹、手雷一齐投向敌群，把敌人炸得血肉横飞。

就在这时，美军又以1个连的兵力发起反扑，向8连的侧后方迂回包

陈尸战场的美军官兵

抄过来。

1排、3排立即冲上去，把这股敌人截住猛打。2班副班长龙银发用刚从敌人那里缴获来的两门六○炮，一口气打出30多发炮弹。喊杀声、爆炸声、枪声，连同美国大兵的号哭声响成一片。

激战一直持续到6日清晨，志愿军再次占领了正洞西山阵地，歼敌1个营另1个连大部。当钟万福、周彬、向一双与战友们在阵地上重逢时，兴奋得热泪盈眶。

在这次反击战斗中，建军已有160多年的美军"王牌部队"——骑兵第1师的7个连队被全部歼灭了。其中有些建制单位被歼灭过两次，如第7团B连在4日夜被全歼，5日重建，当夜再次被全歼。

据被俘的该连中尉排长克洛彭那交代：B连在第一夜的战斗中就全部被歼。第二天营里又从后方补充了一个连，恢复B连的番号，但在当夜又和全营一起被歼，无一漏网。克洛彭那就是白天才补充到B连的。他垂头丧气地说："有许多刚从美国国内补充来的新兵，连一枪也未放就被打死或当了俘虏。"

此役，美军骑1师败得极惨，彻底丧失了元气，不得不于战后撤到日本进行长期休整，从此朝鲜战场上再也没有出现这支"王牌军"的身影。

正洞西山反击战斗历时不到3天，志愿军47军一部共歼敌2496人，俘敌53人，缴获各种火炮20门、轻重机枪180挺，给美军骑兵第1师第7团以歼灭性打击，创造了志愿军在阵地进攻作战中打小歼灭战的光辉范例。

一名美军士兵站在被击毙的战友旁不知所措

27.开城保卫战

开城位于朝鲜"三八线"以南、汉江口以北、临津江以西平原地区，是历史上有名的古城。雄伟的石造城墙的遗迹以及古代皇宫的废墟展示着历史上曾经的辉煌。抗美援朝第二次战役后，开城便为中国人民志愿军和朝鲜人民军所控制。

1951 年 7 月 10 日，朝鲜停战谈判在开城西北角来凤庄正式举行，开城也因此被划为交战双方的中立区。

20 世纪 50 年代的开城

朝鲜停战军事分界线示意图

　　然而美国人对停战谈判并无诚意，不断在会场周围制造事端，妄图给中朝代表团施压，获取在谈判桌上得不到的东西。

　　谈判中，美军曾出动飞机轰炸了中朝代表团住所，南朝鲜军则枪杀了正在中立区执行巡逻任务的军事警察、志愿军排长姚庆祥。

　　虽在五次战役中遭受中朝军队的沉重打击，但美国人仍十分迷信其技术装备的强大优势，竟荒谬地提出其海、空军优势要在军事分界线的划分上得到所谓的"补偿"，企图不战而攫取中朝方面控制的1.2万平方公里的土地。

　　在遭到严词拒绝后，美方首席谈判代表、美国远东海军司令乔埃中将竟公然进行军事讹诈，扬言："让炸弹、大炮和机关枪去辩论吧！"

　　8月18日，"联合国军"乘朝鲜北方发生特大洪水灾害、志愿军和人民军供应困难之机，以其空中力量对朝鲜北方铁路、公路等主要目标实施空中封锁战役，即"绞交战"；在地面则发起夏季攻势，进攻人民军防守的北汉江东岸艾幕洞至东海岸高城约80公里的防御正面。

　　夏季攻势失败后，"联合国军"于9月29日卷土重来，发起更为凶猛的秋季攻势，妄图迫使志愿军放弃临津江以东至铁原以西阵地，解除对涟川至铁原交通干线的威胁，并从翼侧威胁开城，最终夺占开城。

　　没承想这次败得更快，也败得更惨，战至10月22日，"联合国军"以损失7.9万余人的巨大代价，只把战线向前推进了十多公里。

　　无奈之下，美国人只得重新回到谈判桌前。

　　10月25日，中断63天的朝鲜停战谈判在板门店恢复。位于开城东南约8公里的板门店，只有4间无人居住的小土屋，在被确定为谈判会场前严格地

27.
开城保卫战

朝鲜停战谈判新地址板门店

说连个小村庄也算不上。随着朝鲜停战谈判的复会，这个名不见经传的山野小村，立刻随着无线电波传遍了全世界。

此时已是深秋初冬之际，阵阵寒风似乎也影响到了谈判会场的气氛。

25日上午，双方代表团步入板门店的会议帐篷内，每个人都板着面孔，也不打招呼，好像从未见过面。

没有争吵和辩论，大会顺利批准双方联络官达成的扩大开城中立区的协议条款，同意续开第二项议程的小组会。

但朝鲜停战谈判注定不会一帆风顺。美方虽然放弃了将军事分界线划在志愿军和人民军后方的无理要求，却依旧在其提出的新的军事分界线方案中，把开城划入其控制区，并企图武力夺占开城。

为配合停战谈判，粉碎敌人的痴心妄想，彭德怀于29日命令以65军加强对开城及临津江以西地区的防御，并明确不能轻易放弃一寸土地，尽可能把战线向前推进。

11月10日，志愿军总部决定，除65军担负保卫开城任务外，以63军前进至开城东北长和洞、华藏洞地区，准备协同65军打击进犯开城之敌，特别要加强反坦克和防空作战的准备；以40军119师派干部前往开城以西地区了解情况，在必要时准备参加保卫开城的作战；如敌军不进攻，则65军在充分准备的前提下，依托阵地和火力向长湍以北地区作小规模的局部攻击。

据此，63军于16日接替了板门店以东65军1个师的防务，缩小了65军的正面防线，增强了开城防御的第二线力量。

两名身着棉衣的志愿军战士在板门店中立区站岗。"联合国军"与中朝两国在此进行了长达两年多的停战谈判

19日，志愿军第19兵团下达命令：要求各军充分认识确保开城对停战谈判的重大意义，"必须寸土必争，反复争夺，不许随便放弃寸土"；完成作战准备后，如敌军不进攻，则采取稳步推进的方针，选择敌防御薄弱处，打掉其突出部；65军负责扫清汉江以北的南朝鲜军海防部队。

领受任务后，63军和65军各部迅速抢修工事，准备粮弹物资，作坚守防御准备。

从11月16日起，63军全体官兵在"平时多流汗，战时少流血"的口号鼓舞下，操起钢钎，举起大锤，不怕艰难困苦，夜以继日地构筑工事。

经过三个月的奋战，63军在西起开城东北之井洞、东至九华里东南之阳飞、正面约35公里的地域内，构筑了65公里长的坑道和33公里长的堑壕、交通壕，以及各种掩体30148个、掩蔽部7235个，使整个阵地形成了能攻能守、能藏能生活、以坑道为骨干的支撑点式的防御体系。战士们广泛开展了建立"阵地之家"活动，时任志愿军政治部主任的杜平回忆道：

这个活动开展后，战士们的丰富创造力简直使人难以想象，他们酷爱生活的热情好像一下子高涨了几倍。阵地背后到处是用松枝和各种花草搭起的牌坊和彩门。纵横贯通的堑壕、交通壕都用木牌标出了好听的名字："胜利大街""前进路""英雄路""北京路"。各防炮洞和坑道也都有了雅号："立功洞""光荣洞""抗美洞""援朝洞"等等。许多洞口都张贴着战士们自己创作的对联或标语。一个炊事班在灶台上贴了副对联，上联是："不管好饭孬饭，保证持久作战思想不变"。下联是："哪怕缺油少盐，努力打完鬼子再来改善"。据说横批起初写的是"好坏吃饱"。大家横挑鼻子竖挑眼，认为太平淡，表现不出大家艰苦杀敌的决心，于是改为"艰苦奋战"。我现在还记得战士们自己创作的几副对联。如："志愿军如钢铁，烈火燃烧，越烧越硬，非胜不可；美国鬼似稀饭，干柴煮熬，越熬越干，一定完蛋。"还有一副写得不但幽默，而且颇具文采。上联写的是："进洞去防寒避炮爱自己杀敌立战功"，下联写的是："出洞来坚守阵地歼敌人大战秋柯岭"。

彭总对建立"阵地之家"这件事很支持，他多次说："热爱生活的战士才是勇敢的战士，无敌的战士。"在彭总的支持下，"阵地之家"有了进一步发展，陆续开办了各种业余文化学校，建立了俱乐部和图书室，"阵地之家"成了战士名副其实的家。尽管敌人飞机大炮在头上轰炸扫射，战士们还是泰然自若地看书、读书、下象棋、打扑克，或围坐在收音机旁听祖国的消息和音乐。当时的收音机可不像现在这样普遍，一架收音机简直比现在的电视录像机还珍贵。一个军才有几架收音机，由专门保管收音机的收音员轮换下连组织收听。战士们都把收音机称为"活宝贝"。

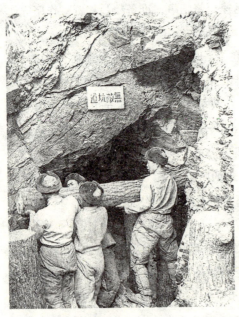

志愿军官兵在构筑坑道

虽说"联合国军"在大规模进攻上占不到便宜，可装备优势毕竟是事实。志愿军空中没有飞机支援，地面炮火也有限。因此，在不打大仗的两军阵前，"联合国军"士兵们就显得格外骄狂，不愿待在阴冷潮湿的地堡里，经常三五成群地躺在草地上晒太阳，抽烟喝酒吃罐头，甚至跑到两军阵地之间的河沟里洗澡。敌人的坦克也明目张胆地开到最前沿的阵地上，机枪和大炮对准志愿军的阵地，不时寻找可供发泄的目标，一有风吹草动，就狂轰滥炸一番。

为打击敌人的嚣张气焰，志愿军决定遵照毛泽东提出的"零敲牛皮糖"、积小胜为大胜的作战原则，在构筑坚固阵地的同时，广泛开展"冷枪冷炮"运动，积极打击敌人。

当时双方阵地平均距离400~500米，最近处仅有100多米。而这时志愿军的阵地基本上还是野战工事，没有形成坚固的防御体系，难以抵御敌军密集炮火的轰击，加之缺乏制空权，实在无法与敌进行火力对抗。为避免招致无谓损失，尽快完成第一线坑道防御体系的建设，许多部队曾一度给前沿部队规定了不主动惹事的纪律。

面对敌人的嚣张气焰，志愿军一线部队指战员们可咽不下这口气。他们在积极构筑、巩固坑道工事的同时，选派优秀射手和炮手组成狙击组或枪炮联合狙击组，隐蔽在前沿阵地上，以步枪或轻、重机枪准确地射杀敌阵地前沿暴露人员，以直接瞄准火炮、火箭筒、无坐力炮摧毁敌土木质工事和固定坦克发射点，以野炮、榴弹炮射击敌浅近纵深的小群目标，不失时机地消灭敌人有生力量。

"冷枪冷炮"运动的开展，使"联合国军"吃尽了苦头。看着自己的同伴在不留意之间就丢了性命，变成了一具具冰冷的尸体，吓得敌人一个个钻进工事里不敢露头，也不换哨、不送饭、不抬伤员、不拖死尸，甚至连大小便也只能在工事里解决，拉在罐头盒里往工事外扔。

志愿军狙击手在前沿阵地时刻准备打击敌人

就这样，敌人失去了在阵地前沿的活动自由。而志愿军军的伤亡则大大减少，比运动战时期的每月平均伤亡数减少了 2/3，充分显示了坑道工事的巨大优越性。

除了广泛开展"冷枪冷炮"运动外，志愿军各部还派出小分队，主动袭扰和打击敌人。

这下，"联合国军"更是慌了手脚，白天不敢出工事，怕挨枪子、遭炮炸，晚上也睡不踏实，担心自己在睡梦中当了志愿军的俘虏，或稀里糊涂地成为志愿军的枪下鬼。白天还好说，不能在外边活动，就老老实实地待在工事里。但志愿军的夜袭则让"联合国军"防不胜防。无奈之下，只好在阵地前沿大量埋设地雷，以阻挡志愿军的进攻。

敌人自以为有地雷给自己站岗放哨，就可以高枕无忧了。

谁知志愿军来了个"地雷大搬家"。敌人头天晚上埋在阵地前沿上的各种地雷，第二天就被志愿军的工兵挖出来埋在自己的阵地前沿。更有胆大心细的战士，以其人之道还治其人之身，把挖出来的地雷悄悄地埋到敌人的阵地上，或在敌人常走的道路上设置雷区。敌人怎么也想不到，自己埋下的地雷最终还是炸到了自己头上。

在开城志愿军右翼阵地前，有一块不足 1 平方公里的地方，坐落着一个风景秀丽但饱受战火摧残的小村庄——板门店。朝鲜停战谈判恢复后，谈判地点便由开城迁到了这里。

志愿军将排出的地雷埋在敌人活动的通道上

板门店西北方10多里便是开城，为交战双方划定的中立区。四周插着红布旗子，规定飞机不准在上空飞行，也不许往里打炮。但"联合国军"经常对开城中立区进行破坏骚扰。

65军遂以4个侦察连和194师1个营的兵力，在开城以南、砂川河以西、汉江以北地区，向"联合国军"发起小规模的反击，扩展控制区280平方公里，将阵地向前推至汉江北岸和砂川河西岸，形成西起礼成江东至板门店的长约50公里的防线。

位于板门店东北约10公里处的智陵洞北山、杜梅里北山和88.6高地，地势突出，可居高临下瞰制志愿军纵深阵地，是"联合国军"一线主要支撑点阵地之一。由南朝鲜军第1师的1个营驻守，阵地筑有野战工事和屯兵洞，前沿设有铁丝网和雷区。敌人凭借有利地势，经常向志愿军开枪开炮，进行挑衅活动。

为扭转防御态势，63军决心以188师563团配属部分炮兵分队，攻取智陵洞北山、杜梅里北山和88.6高地。

1951年12月28日，563团以1个加强营的兵力在炮火支援下，一举攻占智陵洞北山。杜梅里北山和88.6高地的守军慑于被歼，丢弃阵地而逃。563团立即抢修工事，转入防御，准备抗击敌人的反扑。

从29日起，南朝鲜军在飞机、坦克和大炮的配合下，分别以团、营、连规模的兵力连续发动反扑。563团战士们在"保卫开城，为谈判代表撑腰""保卫会场，一步不退"的口号鼓舞下，在师、军预备队和炮火有力支援下，顽强

志愿军63军某部向敌发起进攻

防御，与南朝鲜军反复争夺 11 个昼夜，毙伤敌 2700 余人，巩固了阵地。

189 师的防御阵地紧靠板门店谈判会场西北侧。站在阵地上，可以看到谈判会场绿色的帐篷，这里的枪炮声可以震撼会场的窗户。防御阵地的稳定性对保证谈判正常进行有着直接的重要意义。

沿着板门店向东至青延里，189 师阵地前沿的山沟像一个横写的"3"字。美军占据的两处阵地凸入志愿军一方，态势如同一把张着大口的老虎钳子，随时可以从两侧发起攻击。

为改变不利的防御态势，189 师决心向美军发起进攻，攻占该地区的制高点。

1952 年 1 月 28 日 14 时 50 分，战斗打响了。

63 军首先集中炮火向美军进行 20 分钟急袭。随后，2 个连的志愿军开始向美军发起冲击。经 50 分钟激战，志愿军歼敌 2 个排，占领了阵地。

针对美军"有失必反"的特点，负责防御的志愿军部队对新占阵地的防御进行了严密组织和部署，专等美军自投罗网。

果然，在此后的 10 天里，志愿军共粉碎了美军 7 次大规模进攻，最终使遭受重创的美军放弃了重新夺回阵地的企图。63 军把防御阵地成功地向前推进了 16.5 平方公里。

进入 3 月后，志愿军一线部队的坑道工事已初具规模，在巩固已有阵地的基础上，各部队开始有计划有组织地发起小规模进攻作战，重点挤占敌我中间

志愿军向敌阵地发起勇猛冲锋

地带和攻取"联合国军"突出的个别连、排支撑点。

3月18日，63军经过精心计划和准备，以8个步兵排，在2个榴弹炮连、1个野炮连和2门山炮、5辆坦克的支援下，攻击上金谷西南无名高地的南朝鲜军第1师1个加强连。

战斗仅用时20分钟，志愿军就攻占了阵地，歼敌156人，之后主动撤回。

19日，志愿军总部充分肯定了这次作战的经验，指示第一线的部队，依实际情况在3月底至4月间，各组织一两次小型的以歼敌连以下部队为目标的"有准备、有计划、有节制的主动攻击"战斗。

159高地位于板门店东北约4.5公里，与63军警卫板门店会场的150高地隔沟相对。这个高地北陡南缓，地形险要，是"联合国军"防御体系中的一个突出部位。美军"王牌"陆战第1师派第5团5连在此据守。每次谈判开始前，美军都用火力向志愿军阵地猛烈射击，以显示其"威风"，配合谈判。

为消除美军对板门店的直接压力，63军决心夺下159高地。

30日夜，志愿军突然袭占敌外围警戒阵地。由于战前对159高地的敌人工事构筑、障碍设置和活动规律进行了细致的观察，因此战斗打响后，攻击分队以隐蔽行动进至距敌前沿约30米处，迅速排除了地雷。攻击开始后仅3分钟就突破敌前沿阵地，歼敌30余人，缴获各种枪支57支，击毁坦克2辆、汽车4辆。

4月1日，65军以1个加强连，在炮兵支援下，向砂川河以东、西场里以南的楸村发起攻击，一举歼灭南朝鲜军陆战第1团1个连大部。志愿军谈判记录中记载：

"联合国军"谈判代表

4月1日，当志愿军把捉到的俘虏押过开城时，中朝谈判代表团的同志们和开城百姓都欢呼雀跃，载歌载舞，如同过节一样高兴，代表团还专门在开城设宴招待打了胜仗的勇士们，而"联合国军"的谈判代表们，则垂头丧气，面红耳赤，一时间不知如何是好。

63军和65军在开城地区防御作战历时4个多月，保卫了开城地区的安全，有力地配合了朝鲜停战谈判的进行，对最终达成军事分界线协议产生了重要影响。

28. 反细菌战

在开城保卫战相持阶段，美军因为捞不到什么便宜，竟然不顾国际公约，开始在朝鲜北部地区和中国部分地区秘密实施细菌战，企图制造疫病流行，残害中朝两国人民，削弱中国人民志愿军和朝鲜人民军的有生力量，增加对中朝方面的压力，以影响停战谈判。

1952 年 1 月 27 日夜，美国飞机分多批在铁原志愿军第 42 军的阵地上空低飞盘旋，但却没有像往常一样俯冲投弹，很是令人奇怪。

第二天大清早，42 军 375 团战士李广福首先在驻地金谷里山坡上发现了大

一架美军 F-80 喷气式战斗机在实施攻击

量苍蝇、跳蚤和蜘蛛等昆虫，散布在长约 200 米、宽约 100 米的雪地上。

随后，志愿军又在内山洞、龙水洞、龙沼洞、伏慕里等地区的阵地、河岸及居民区的积雪地面上，发现形似虱子、黑蝇或蜘蛛的大昆虫，但又不完全相似，散布面积约 6 平方公里。

时值朝鲜冬季最寒冷的日子，这一反常现象立即引起 42 军的高度警惕，一面向兵团部报告，一面派出军后勤部防疫保健科和卫生队前去调查。据当地朝鲜老百姓反映，历史上从未见到雪地出现苍蝇的现象，而且也不认识这些昆虫。

防疫人员在综合分析了上述情况后，初步判断："此虫发生可疑，数地同时发生，较集中密集，可能是敌人散布的细菌虫。"但由于当时 42 军的卫生技术设备和水平有限，无法确认这些昆虫到底携带有何种细菌，因此除立即采取措施焚烧昆虫外，马上把情况报告志愿军总部。

军情如火，志愿军总部接到报告后高度重视，要求 42 军立即紧急采取消毒预防措施，并马上写出详细的书面报告，上送昆虫标本，以便培养化验，请专家鉴别。彭德怀当天就打电话向 42 军军长吴瑞林询问详细情况，并指示采取措施，消灭可疑昆虫。

2 月 6 日，志愿军司令部向所属各部队转发了 42 军关于发现异常昆虫的报告，要求各部队在驻地进行仔细搜索检查，查看有无同类昆虫存在，并要求各岗哨严密注意敌机投掷物品，一旦发现可疑征候要立即上报。

中共中央和中央军委在接到报告后，指示志愿军要采取有力措施进行防疫工作，同时派出解放军总后勤部卫生部防疫处副处长马克辛率细菌专家魏曦、寄生虫专家何琦于 12 日前往朝鲜，实地了解情况，并对相关昆虫标本进行培养化验，指导志愿军部队的防疫工作。

从 1 月 29 日起，志愿军又先后在伊川、铁原、平康、市边里、朔宁、金化等地，多次发现疑似美军飞机投掷的蜘蛛、苍蝇、跳蚤等昆虫及鼠雀等小动物。到 2 月 17 日，42 军、12 军、39 军等部队驻地相继发现了美军投掷昆虫的情况 8 起，昆虫密度最高的地方竟达每平方米 1000 只。

大量昆虫的反季节出现，且大多在美国飞机低空盘旋后出现，情况反常得厉害。虽然暂时无法证明这些昆虫就是美国飞机所投掷，但可能性极大。同时国内派往朝鲜的防疫专家经过昆虫学检查和细菌培养证明：苍蝇为黑蝇，体内带有霍乱弧菌；跳蚤为人蚤，带有鼠疫杆菌。

志愿军防疫人员在雪地上收集带菌昆虫

　　仅仅在一个月的时间里，朝鲜北部从东海岸至西海岸、从南到北，各地都相继发现了类似的带菌昆虫。防疫急如星火。一旦暴发疫情，不但将在志愿军部队中引发极大的恐慌，直接影响部队的作战，而且将对战争的进程和结局产生无比重大的影响。

　　2月17日，中国人民志愿军和朝鲜人民军联合司令部下达了防止敌人投放细菌的指示，要求全军必须高度警惕敌人投掷细菌昆虫的阴险行为，发现敌人投放的细菌性昆虫或者其他可疑物品，除收集上送标本外，应立即采取严格的防疫措施进行消毒杀灭，同时迅速做出详细报告。

　　当天下午，4架美军飞机在平康西北下甲里志愿军第26军234团阵地投下一件物品，爆声轻微，但却异味弥漫，位于炸点附近的几名志愿军官兵当场即被熏倒，周围雪地则立时布满苍蝇，阵地上的官兵目睹了全过程。由此可以充分证实，雪地上的昆虫确系美机投掷。

　　志愿军总部在接到报告后，于次日将此情况通报全军，指出：此前在其他各部队驻地发现的各类昆虫，"为敌机投掷而后散布者已无疑"，要求各部队必须加强对空警戒，一旦发现敌机投下菌虫，立即扑灭，以免蔓延。

　　参加过扑灭菌虫行动的志愿军护士秦祖椒回忆道：

　　敌人撒下的带有细菌的毒虫，都具有耐寒力，幸好太阳没出来，天气太冷，使它们一时还无法活动，没有散开。我们穿上手术隔离衣，戴上口罩、手

美军投掷的细菌弹

套和帽子，一手拿着一把换药用的镊子，一手拿个擦干净的罐头盒，便从细菌弹壳的周围开始捕捉。程序烈同志首先在树枝上捉到一个苍蝇，他满口四川腔地向我喊道："快来看哪！老子捉住个'李奇微'喽！"接着，林国来同志也嚷起来："嗨！俺捉住个'杜鲁门'！"大家一看，原来他从枯草里夹起个圆肚子的大蜘蛛，接着又捉到很多蚊虫、跳蚤和一些不知名的小虫。我用小瓶子装了一些，交给炮团参谋，要他派通信员送到医政科去化验。

我们在山坡上，像打扫战场时搜索溃散的敌人一样，到处扑打着昆虫。炮团参谋怕我们冻着了，给我们提来一盆红通通的木炭火，我们的两手确实冻得够受，可谁也顾不得去烤一下，只把捉来的虫子，都倒在火里烧掉。火盆里不断发出吱吱的响声和一股股难闻的臭味。

紧张的战斗，驱走身上的疲劳与寒冷，不觉过了两小时。参谋跑来告诉我们，医政科来电话说，进行化验的结果，发现昆虫的身上带有鼠疫、伤寒菌、痢疾杆菌和霍乱弧菌。

就这样，经过20多天的观察、检验，志愿军总部和解放军总参谋部初步得出结论，美军可能在朝鲜北方使用了细菌武器，对中朝部队实施细菌战。

18日，中国人民解放军代理总参谋长聂荣臻向毛泽东等中共中央和中央军委领导人呈送报告，汇报了在朝鲜发现美军投放带菌昆虫的情况和对收集到的昆虫标本检验后所得出的初步结论。报告说：美军投放的昆虫中，究竟带何种病菌，还需要两天时间检验，"据专家估计以霍乱、伤寒、鼠疫、回归热四种病菌之可能性较大，如化验证实，防疫与灭疫工作，即须火速以大力进行"。

毛泽东阅后批示："请周总理注意此事，并予处理。"为防止意外，朱德还特别批示：病菌标本"不宜送回，以免传染"。

19 日 12 时，解放军总参谋部作战部综合朝鲜战场的情况和来自其他渠道的情报，向周恩来呈送了《关于敌人在朝鲜大规模进行细菌战情况的报告》，判定：美军正在朝鲜使用细菌武器对中朝军队进行细菌战。报告还指出：美军此次进行细菌战，是经过了长期的准备，并得到了日本细菌战战犯石井四郎、若松次郎和北野政藏等人的帮助。

同日，志愿军总部向解放军总参谋部电话报告：15 军部队发生了霍乱、斑疹、大脑炎等病症，已经有两人死亡。

情况变得越来越严重，特别是死亡情况的出现，开始在中朝部队和朝鲜当地居民中引发了恐慌。尽管对美军投放细菌的检验工作依旧在进行，所发现的昆虫中到底带有多少种病菌尚需进一步检验，但是根据志愿军部队的现地观察、来自各部队的疫情报告、通过各种渠道所收集的情报，特别是防疫专家们对昆虫标本检验后已经做出的结论，中共中央和中央军委判定美军正在朝鲜对中朝部队实施细菌战，于是断然决策：立即在志愿军部队展开反细菌战斗争。

日军在侵华战争中曾发动细菌战。图为 1941 年 11 月 4 日，日军第 731 部队在常德偷撒鼠疫细菌的机组人员出发前合影

志愿军防疫人员在扑灭细菌毒物

这场反细菌战的斗争，正如周恩来后来指出的那样："敌人突然以细菌武器袭击，我们事先毫无准备，因此表现有些慌乱"，属于"仓促应战"。尽管如此，但在毛泽东、周恩来等人的领导下，反细菌战斗争立即步入了正轨，各项工作迅速有条不紊地展开。

19日晚，根据毛泽东的指示，周恩来确定了六项计划要办的事情：一是要加紧对前方送回的昆虫标本进行检验，做出结论；二是要立即向朝鲜派出防疫队和运送各种疫苗及各类防疫器材；三是要电告朝鲜方面，商请朝鲜政府先发表声明，中国政府随后也发表声明，向全世界控诉揭露美国罪行；四是通过民间组织中国人民世界和平大会向世界保卫和平大会理事会建议，发动全世界人民谴责美国进行细菌战罪行的运动；五是指示志愿军进行防疫动员；六是向苏联政府通报情况，请求给予帮助。周恩来确定的事项得到了毛泽东的批准，立即付诸实施。

代理总参谋长聂荣臻和副总参谋长粟裕按照周恩来的指示，同外交部副部长章汉夫、总后勤部卫生部部长贺诚等人连夜开会，讨论了具体落实措施，确定：立即将现存的全部340万份鼠疫疫苗、9000磅消毒粉剂及其他防疫用具连夜装运，在三天内用飞机全部运到安东（今丹东）转送朝鲜前线部队，并立即再赶制出1000万份鼠疫疫苗分批送往朝鲜。同时确定由贺诚负责拟定防疫计划，章汉夫负责草拟新闻稿、社论及与朝鲜政府的协调工作。

20日上午，聂荣臻、粟裕紧急会晤了苏联驻华总军事顾问克拉索夫斯基、卫生顾问阿萨杜良。在听取中方情况介绍后，苏联顾问表示，完全同意中方的判断和处置。阿萨杜良肯定美方是在实行细菌战，认为他们的目的可能是试探志愿军对细菌战的防御能力和细菌的作用。如果志愿军方面暴露出弱点，美方将会大量使用。因此，建议中方必须大力开展防疫工作，成立由政府重要负责人领导的中国政府非常防疫委员会，以处理有关防疫事宜。克拉索夫斯基要求苏联卫生顾问立即协助中方确定防疫计划。

会谈结束后，聂荣臻、粟裕马上向毛泽东做了汇报，表示同意苏联顾问的判断和建议。毛泽东就是否马上成立该委员会征求周恩来的意见。周恩来表示目前可以缓一缓，视情况发展再定。

21日，反细菌战斗争正式开始。中央军委向志愿军下达进行反细菌战斗争的指示，明确指出："据许多征候看来，敌人最近在朝鲜散放的各种昆虫显系进行细菌战的行动，应引起我们各级领导的高度注意。现在虽然还不能最后确定敌人所散放者为何种病菌因需经过培养和反复检验，故时间上需两日，但事不宜迟。"

在告知已经采取的防疫措施后，军委又强调："现在的重要问题是必须抓紧每一分每一秒的时间，进行细菌散布区的消毒和隔离，克服麻痹大意和侥幸心理。但在部队中则亦应特别注意不要造成惊慌和恐怖。"

志愿军防疫人员正在为朝鲜儿童注射防疫疫苗

28.
反细菌战

同日，中共中央向各中央局、分局发出了《反对美帝细菌战的宣传工作》指示，指出：对于美国这一新的罪行，"必须加以揭露和打击"。指示还通报了中央决定的外交和宣传斗争步骤：新华社从22日起发布新闻，《人民日报》发表社论，外交部发表声明，向全世界提出控告；中国人民保卫世界和平反对美国侵略委员会向世界和平大会提出控诉，建议世界和平大会发起反对美帝进行细菌战罪行的运动。要求各地党委在新华社发布新闻后，应及时发动控告和反对美帝罪行的宣传运动，动员"全国人民加强抗美援朝工作，支援中国人民志愿军"。

志愿军总部在向中共中央和中央军委报告发现美军飞机投掷带菌昆虫情况的同时，也向朝鲜党和政府详细通报了有关情况。朝鲜劳动党中央和朝鲜政府高度重视这一情况。朝鲜军事委员会决定，将怀疑遭受美军投放细菌武器污染的江原郡、铁原郡、平康郡、伊川郡、金化郡等地区划定为危险地区，实施严格的疫学监视和消毒杀虫对策，并规定：在这些地区内，一旦发现特殊传染性病例，要立即采取隔离措施。

21日，毛泽东致电金日成，通报了中国方面掌握的美军飞机撒放毒虫细菌情况和中国方面已经决定采取的防疫措施，并建议除采取防疫措施外，"我们应在世界人民面前进行控诉，并动员舆论进行反对"。彭德怀也在同日致电金日成，通报了有关情况。

金日成马上指示有关部门采取具体对策，并将朝鲜军事委员会决定寄送给彭德怀，希望通知志愿军部队，以便在防疫工作中互相配合。

金日成与彭德怀庆祝胜利

以揭露美国实施细菌战罪行和大规模杀虫灭毒防疫工作为重点的反细菌战斗争由此迅速展开。

22日，朝鲜外务省发表声明，抗议和揭露美军实施细菌战的暴行。

24日，周恩来代表中国政府发表声明，控诉美国军队公然违反国际公约，悍然在朝鲜和中国东北地区对中朝军民投放细菌武器，实施惨无人道的细菌战，犯下了新的战争罪行，表示"中国人民将和全世界人民一道，为制止美国政府这一疯狂罪行而坚决斗争到底"。

新华社、中央人民广播电台和《人民日报》等新闻媒体也从22日起连续发表消息、社论与评论，深入揭露美军在朝鲜战场撒播细菌毒虫的情况。

25日，中国人民保卫世界和平反对美国侵略委员会主席郭沫若向世界和平理事会主席约里奥·居里致电，控诉侵朝美军进行细菌战的罪行。

中朝方面的控诉震惊了世界，美国政府立即矢口否认，并组织人员从学理上进行辩解。

为查明和揭露美军进行细菌战的事实真相，中国人民保卫世界和平反对美国侵略委员会发起组织的"美帝国主义细菌战罪行调查团"于3月下旬和4月上旬，分赴朝鲜和中国东北进行调查。随后，由奥地利、意大利、英国、法国、中国、巴西、波兰、比利时等八国著名法学家组织的"国际民主法律工作者协会调查团"和由英国、法国、意大利、中国、苏联、瑞典、巴西等国著名

调查团成员在朝鲜观看美军投掷的细菌弹

科学家组成的"调查在朝鲜和中国的细菌战事实国际科学委员会"，也先后赴现场调查。

时任志愿军炮兵第 7 师第 20 团测绘员的方元回忆道：

1952 年春季的一天，我和曹景馥两个测绘员在平安南道的松洞地区执行任务后，坐在伐倒的树干上休息，忽然发现在裤脚上爬着一些褐色的大个跳蚤，我们立即想到这可能是美军使用的细菌武器，遂戴手套抓了十几只，放入擦脸油的铁盒里，并在附近寻找蚤源。我们起身走出不远处，就搜寻到一片椭圆形的密集跳蚤群，估计长约 6 米，短约 4 米，中间密度较大，周围密度渐小。这里是山谷，与我炮兵团指挥机关所在地仅隔一道山脊。我们立即报告团卫生队，他们上报后用些草浇上汽油进行焚烧消毒。我和曹景馥也作卫生处理，并将我们采集的跳蚤样品上送鉴定。不久从志愿军卫生部得知，那些跳蚤带有鼠疫杆菌，把我们吓了一跳，庆幸这种烈属传染瘟疫没有传播、蔓延开去！

一个月以后，专门为考察美军在朝鲜使用细菌武器的国际（科学委员会）调查团来到朝鲜，志愿军卫生部要求曹景馥和我赴平壤做见证人。据说，我们发现的这一例证是美军在朝鲜使用细菌武器最重要的例证之一⋯⋯

这是我第一次参加可以称其为"国际性"的活动，它使我感受到，在这些不同国度的专家中情况是不同的，多数人立场公正，维护国际法的尊严，赞同揭露美军使用细菌武器的罪行，有正义感，尊重事实；少数人持怀疑态度；个别人有敌对情绪。这使我相信正义总是属于多数。

当时国内许多报纸报道我们参加会议、揭露美军使用细菌武器的情况。不久还出版公布了国际调查团的考察报告书，报告书中收集美军进行细菌战的大量罪证，我们的例证、证言也在其中，并确认在朝鲜和中国东北很多地方，已成为细菌武器攻击的目标。

三个调查团经过实地考察和验证，认为：志愿军所收集的标本和"防疫队所做的各种化验是非常丰富和成功的"，"基本打消了"专家们"所怀的疑团"，因为美军撒毒的容器也找到了；昆虫标本经过化验后，确定带有鼠疫等数种病菌，"而且这些化验是无懈可击的"；各地出现的死亡事件，死者经解剖与化

朝鲜战争中，美军在朝鲜北部投下的四格型细菌弹

验后，确定为患鼠疫。

"调查在朝鲜和中国的细菌战事实国际科学委员会"在调查报告中指出："朝鲜及中国东北的人民，确已成为细菌武器的攻击目标；美国军队以许多不同的方法使用了这些细菌武器，其中有一些方法，看起来是把日军在第二次世界大战期间进行细菌战所使用的方法加以发展而成。"

在此期间，中国还在北京、沈阳举办了美国细菌战罪行的实物、图片展览，并陆续公布了美军被俘飞行员关于美军进行细菌战的供词，有力驳斥了美国政府的抵赖，取得了全世界人民的极大同情和支持。世界各国舆论和国际性民主组织纷纷谴责美国进行细菌战的罪行。

当年志愿军防疫大队队员赵光辉在朝鲜战场发现了第一例鼠疫病人。他回忆道：

那是1952年初春，防疫大队得到消息说，2分部3分站的1个战士连日高烧不退。我们5人防疫小组立即穿上全套防疫服装赶去现场检查，发现这位小战士发高烧，身上有出血点，两侧鼠蹊部淋巴结肿大，遂向上级报告，经专家检查化验，确诊这个战士被美国细菌武器传染上了鼠疫。防疫大队发现这一病例后，这一地区即被严格隔离控制、灭菌消毒，使疫情没有蔓延。

美军飞机大多白天侦察，夜间投掷细菌弹，细菌弹落地后弹开两半，每一半有数个隔层，隔层内携带传染病菌的老鼠、蚊子、跳蚤等活虫便四散奔逃。但因美军发动细菌战恰值冬季，朝鲜各地普遍被大雪覆盖，容易发现带菌病虫和鼠类，在发现细菌弹空投下来后，或某地集中出现裂开有隔层的炸弹，尤其是发现成批的鼠、蝇等生物后，防疫大队战士及流行病专业军医立即与驻地战士一起奔赴现场，对投弃物集中焚烧，对污染地带进行杀虫、消毒，对接触传染物的战士隔离观察，并将投弃物由专职人员送检。正是防疫大队与其他将士们的英勇抗击，使美国发动的细菌战以失败告终。

为了"报复"这支战胜细菌战的"主力部队"，美军轰炸机"特别光顾"了志愿军防疫大队驻地。当年志愿军防疫大队技术组组长喻纯光讲述了那不堪回首的一幕：

1953年初的一天，防疫大队除少数留守人员，大部分队员都上山砍柴去了。就在这时，轰炸机成群结队而来，在防疫大队所在地的上空，扔下了大约50余枚炸弹、燃烧弹才离去。5男2女共7名留守人员壮烈牺牲，驻地朝鲜百姓伤亡惨重。

据被俘的两名美国空军上校马胡林和爱文斯供述：早在1950年12月，美军从清川江向"三八线"败退时，美军参谋长联席会议就希望使用细菌武器来

被俘美军飞行员奎恩供认了自己在朝鲜投掷细菌弹的罪行

挽救战场上的败局。

曾经两次参与过空投细菌炸弹的被俘美国空军飞行员奎恩交代：

投下的炸弹容器里装有花蝇、黑跳蚤和其他昆虫。每个炸弹长137厘米，宽36.4厘米，由两瓣组成，内分四格，弹壳为钢皮，厚0.5厘米。炸开后分为完整的两瓣。驾驶的是P-51型战斗机。头一次低空投掷在宁远郡宁远面马上里。第二次在博川郡龙西面星里山地上空盘旋，正准备投弹，飞机被高炮击中，跳伞着陆被俘。

针对美军实施细菌战"具有试验性和威胁性的"特点，中共中央和中央军委确定的反细菌战任务是："反对美帝细菌战，进行杀虫灭毒的防疫运动"，并号召部队官兵，既不要恐慌也不要麻痹，要坚信以群众的防疫力量，是能够战胜敌人细菌战的。

在短短的几天时间内，总参谋部和总后勤部卫生部向朝鲜紧急运送了数百万份各种疫苗与防疫用品，派出了52名防疫队员。随后又从北京、天津各高校和上海军事医学科学院紧急抽调出专家、助教44人，组成检验队，携带检验药品、器材等，前往朝鲜，以弥补志愿军检验和防疫技术力量的不足。

25日，中央军委致电彭德怀，就反细菌战斗争的组织领导、疫苗接种、疫情监控、派出防疫队和化验检疫工作、病人收容和隔离、宣传教育等，做出了非常详尽的规定。

志愿军成立了以邓华为主任的防疫委员会，统一领导防疫工作，对各级防疫工作领导体制、疫情报告、防疫对策等问题，均做出了非常具体的规定，指出：敌人实施细

保卫孩子 欧沐粉碎美帝国主义的细菌战

当年的反细菌战宣传画

菌战，"必须引起我全军高度警惕，战胜敌人这一恶毒阴谋。只要能严格进行预防工作，细菌战是不可怕的"。

志愿军上下动员，展开了规模庞大的宣传教育和防疫工作，其组织工作之复杂，所投入力量之巨大，丝毫不亚于实施一场战役行动。部队的疫情很快得到了控制，官兵情绪也平稳下来。

就在这时，情况突然急转直下。从2月29日开始，中国东北的抚顺、安东、凤城、临江等地区，在美军飞机入侵后，也都发现了各种带菌昆虫。中共中央和中央军委判断：这些情况表明，美军很可能已经将细菌战的范围扩大到了中国东北。反细菌战斗争的形势更加严峻。

3月4日晚，周恩来召集聂荣臻、粟裕和有关部门负责人开会，紧急商议对策，讨论在东北和沿海地区进行防疫工作的措施，确定：在报刊上公开揭露美军新的罪行，并在外交上进行正式抗议；组织力量进行调查；扩大和加强防疫队伍；加强东北和国内的防空力量。

周恩来指示聂荣臻，会后向苏联总军事顾问克拉索夫斯基、卫生顾问阿萨杜良介绍会议情况，并商讨聘请苏联防疫专家、订购疫苗和加强东北防空力量等问题。

5日，聂荣臻、粟裕与克拉索夫斯基、阿萨杜良分别进行了谈话。阿萨杜良完全同意中方的应变措施，认为"目前的情况非常严重"，种种情况证明，敌人散播的细菌是经过特别培植的，不是一般的细菌。克拉索夫斯基表示将把会谈情况马上报告苏联政府，建议除目前在东北的苏联志愿空军部队外，还要再向中国东北增派1个苏联空军师，而且这个师应该是具有各种气象条件下作战能力的师。聂荣臻当即表示同意这一意见，请其先向苏联政府请示，然后再由毛泽东正式向斯大林提出请求。

由此，反细菌战斗争的范围进一步扩大，防疫区域也由朝鲜北部扩大到中国东北以及内地部分地区，反细菌战斗争逐步进入了高潮。

8日，周恩来代表中国政府发表声明，控诉美国政府扩大细菌战范围，派遣飞机入侵中国东北地区投放带菌昆虫的罪行。随后，中国的各大新闻媒体也刊载消息，揭露美军在东北地区实施细菌战。

中央军委确定朝鲜北部与中国东北为紧急防疫区，除在区域内进行消毒、注射、化验和必要的隔离外，还于12日发布命令：对由朝鲜进入东北和由东北

志愿军战士向卫生防疫人员报告美军投掷细菌弹的情况

进入关内的所有车辆，进行强制消毒，所有人员进行强制注射，发现有症状者，立即隔离治疗；非必要的物资暂停运回，非必要人员和部队暂停来往与调动。

政务院和中央军委决定改组 1950 年成立的中央防疫委员会，建立新的中央防疫委员会，周恩来亲任主任委员，郭沫若、聂荣臻任副主任委员，委员会下设办公室，贺诚为主任，统一领导组织和协调各地防疫工作。同时还决定各地应该立即以春季防疫为口号，展开广泛的卫生清洁运动。

14 日，周恩来主持召开政务院第 128 次会议，正式成立了中央防疫委员会，并对全国的防疫工作进行研究部署。

19 日，中央防疫委员会向各大行政区、各大军区和志愿军发出了《反细菌战指示》，宣布志愿军所在的朝鲜为疫区，东北地区为紧急防疫区，华北、华东、中南沿海地区为防疫监视区，华北、华东、中南内地及西北、西南为防疫准备区，并对各种区域内的防疫任务和措施做出了详细规定。

此后，反细菌战斗争在中央防疫委员会的统一领导下，不但在朝鲜的志愿军部队深入展开，而且还在全国范围内全面铺开，形成了全民动员、全民防疫的运动。各种防疫措施不断进行调整完善，宣传动员更加普及深入，揭露美国实施细菌战罪行的外交等各种斗争也全面展开。这样，反细菌战斗争在几个领域同时展开，达到高潮。

28.反细菌战

志愿军防疫人员灭杀带菌媒介物

　　战斗在第一线的志愿军部队就地取材，根据条件，缩小洞口，加设门框，制木炭草帘，用雨布、棉被堵洞口，洞口设水缸、柴草、石灰水、肥皂水等。没有现代化的物资器材，就用土办法。每个人做一个木炭口罩。由于防护措施得力，组织严密，使美军施放的细菌传播媒介物大部丧失作用。因防护较好，抢救及时，部队中没有发生重大伤亡。据63军军史记载：

　　从1952年2月25日至5月4日，敌人在开城地区的志愿军阵地上撒布昆虫、毒物33次，计有苍蝇、蚊子、蜘蛛、老鼠、树叶、传单、锡纸片等12种，每次撒布昆虫面积约18700平方米。英勇的志愿军全体指战员在坚守阵地的同时，与敌展开了反细菌战的斗争。63军连以上单位，从上至下成立了防疫委员会和小组，军、师成立了防疫队，负责领导卫生防疫工作。各级防疫组织摸索防护经验，制定防护措施，集训防疫骨干，还选调了13位同志回国到防化兵学校学习。他们依照各部队任务及防区，划分了防疫责任区；建立了疫情侦察勤务，连、排设抢救组，团、营设救护所；阵地派出监视哨、游动侦察组；交通要道设检疫站，进行现场监视，及时报告疫情，消除细菌媒介。

　　美军所实施的细菌战，的确给中朝军民造成了一定的危害。据统计，在美军投撒病菌的地区，最终查出并确认的病菌达10余种之多，包括鼠疫杆菌、沙门杆菌群、痢疾杆菌、霍乱杆菌和炭疽杆菌等。确诊和疑似与细菌战有关的传染病患者共 384 名，死亡 126 名。其中包括确诊和疑似的鼠疫患者 57 名，死亡 7 名；疑似霍乱患者 13 名，死亡 7 名；确诊天花患者 6 名。

经过近一年的斗争，志愿军控制了疫病的流行，提高了人员的健康水平，与朝鲜军民一起，粉碎了美军的细菌战。

28.
反
细
菌
战

29. 志愿军空战

抗美援朝战争开始后，中国人民志愿军只有地面部队，而以美国为首的"联合国军"拥有各种类型的飞机约1200架，最多时高达2400余架，占有绝对的制空权。"联合国军"凭借强大的空军实力，不仅支援地面部队作战，而且全面轰炸、封锁志愿军和朝鲜人民军后方设施与交通线，给中朝军队作战行动造成了极大困难。

朝鲜战场上的美军空军飞机，不仅数量庞大而且性能优良，在战争初期占有绝对的制空权

为此，中共中央和中央军委把组织有效的对空防御作为一个重大战略问题，在缺乏制空权的条件下，采取严密防护和积极打击相结合的方针，增强对空防御能力，同时决定派志愿军空军参战，以改变对空防御的被动局面。

　　抗美援朝战争开始时，中国人民空军组建尚不足一年，其中作战部队组建只有4个月，仅有2个歼击机师、2个轰炸机师、1个强击机师，飞机有英制、美制、日制，机种有战斗机、轰炸机、运输机、教练机等，全部加起来不足300架。飞行员除少量的国民党军起义人员外，绝大部分是东北老航校早期毕业的飞行员或刚从陆军青年连排干部中选拔的，文化水平不高，飞行时间最多的也只有五六十个小时，但作战勇敢。

　　相比之下，"联合国军"不仅在飞机数量上占有绝对优势，而且飞行员大都参加过第二次世界大战，作战经验丰富，平均飞行时间在1000小时以上。"联合国军"总司令麦克阿瑟曾狂妄地叫嚣："中国根本没有空军。"

　　1950年底，志愿军接连发动了第一、第二次战役，迫使"联合国军"向南撤退。美军遂增调两个空军联队，以"空中封锁交通线"和"密切支援"等方式加紧对志愿军实施狂轰滥炸，使志愿军作战行动受到严重限制。

　　面对世界上最强大的美国空军，能不能参战，敢不敢参战，对新生的人民空军来说，无疑是一个现实而又严峻的考验。

　　空军司令员刘亚楼在空军党委常委扩大会议上指出："中国人民志愿军地面部队主要以步兵和为数不多的炮兵、坦克兵参战，与拥有陆、海、空军相互配合的美国军队作战，制空权完全操在美军手中，这对中国人民志愿军的战斗行动极为不利，后方交通运输严重受阻，严重的战争形势要求我们必须迅速组织志愿军空军开赴

年轻的人民空军飞行员不畏强敌，在朝鲜战场上与世界头号空军强国交手，屡创佳绩。图为志愿军空军一级战斗英雄赵宝桐。他一人共击落美机7架、击伤2架，被誉为人民空军历史上的"空战之王"

前线参战。"

后来，刘亚楼回忆说："虽然我们技术很低，毫无空战经验，但共产党领导的军队具有英勇无畏的政治品质和陆军的战斗经验，所以他们经过短期突击训练，就能和帝国主义第一流空军的飞行员见面，而且能够击落它。"

与会人员个个群情激昂，认为现在是党和人民最需要空军的非常时刻，也是人民空军接受战火考验、建功立业的紧要关头。在这种情况下，不可能等到练好了再打，只能是边打边建，边打边练，在战斗中锻炼成长。

刘亚楼非常赞同大家的意见，指出："中国人民解放军的历史，就是从战争中学习战争，在战斗中成长壮大的历史。毛主席说得好，革命战争'常常不是先学好了再干，而是干起来再学习，干就是学习'。在战斗中锻炼成长，不仅是战争客观形势的要求，而且是促使空军迅速成长壮大的正确道路。"

会议研究认为：志愿军地面部队是非常强大的，在朝鲜战场上，打仗主要靠的是陆军，最后歼灭敌人、解决战斗还是要靠陆军。所以，空军部队一切行动的出发点，应该是密切配合陆军作战。在各军兵种协同作战中，空军部队的活动目标应该是以保障地面部队的战斗活动，满足地面部队的需要。最后，会议明确提出了"为陆军服务，以陆军的胜利为胜利"的指导思想，确定了"积蓄力量，选择时机，集中使用"的作战方针。

1950 年 12 月 3 日，刘亚楼将上述作战方针及兵力使用的设想报告了毛泽东。毛泽东做出批示："刘亚楼同志：同意你的意见，采取稳当的办法为好。"

21 日，志愿军空军第 4 师第 10 团 28 大队，在师长方子翼的率领下进驻到丹东浪头机场。在秘密出动的苏联空军带领下进行实战锻炼，为大批部队参战摸索经验。

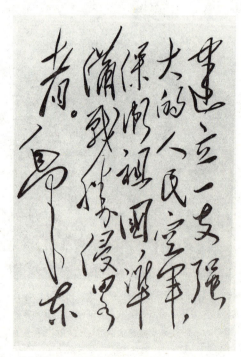

毛泽东给人民空军的题词

此时，28大队的飞行员人均驾驶米格飞机飞行时间只有22个小时，技术还很不熟练，但他们都具有高度的政治觉悟和求战热忱，纷纷表示：敌人的技术虽高，但我们的觉悟高，要坚决打好第一仗，为祖国人民争光。

1951年1月21日，28大队率先迎来了志愿军的第一次空战。

当天下午，美国远东空军20架F-84战斗轰炸机沿着平壤至新安州一线对铁路进行轰炸，企图阻滞志愿军的后勤供应。大队长李汉率领6架米格-15歼击机奉命跃上蓝天，奋起迎击。

李汉回忆道：

我们是第一批对美国空中强盗作战的志愿军空军部队。在入朝作战之前，我们的决心都很硬："一定要在空中打响第一炮！坚决打下美国空中强盗的疯狂气焰！"可是现在呢？从第一次战斗起飞到今天，已经好几天了，我们还没打落过一架敌机。是我们见了敌机打不下来吗？不是，而是我们在战区里根本就没搜索到过敌机。

"为什么搜索不到敌机呢？"

这个问题，使我们几乎绞尽了脑汁，日夜寻思，以至于白天停止了唱歌，夜晚长久不能入眠。但是结果，它对我们这些还没有实战经验的飞行员来说，仍然是一个难于回答的问题。

"难道今天还……"我正想着，机械员李秉忠向我报告了：

"大队长同志，飞机一切良好。"

"好的。"我说着就跳进座舱检查飞机。飞机维护得的确良好，这在每天检查中都是如此的。但维护它的人——机械师和全机组的地勤同志们，却都消瘦了。他们满身油渍，手冻得像红萝卜似的。他们望着我，好像想说什么，可又什么也没说，只是投过来那种热情的、期待的眼光。还用说什么呢？这比语言都叫人心里发烫啊！

然而今天，我们没有辜负自己的誓言，没有辜负地面上战友们的期望。

无线电耳机里传来地面指挥员的通报："敌F-84正在你们附近，发现目标，立即攻击。"

"右侧发现敌机两架。"随着3号机的报告，李汉同时也在右下方发现了

志愿军空军的米格-15（后）战斗机与美军战斗机进行空中格斗

敌机。

此时，20架骄横的F-84正兜着圈子，肆无忌惮地对着清川大桥进行疯狂轰炸扫射。看着大桥周围冒起的缕缕浓烟，李汉浑身的血液都要沸腾了，大吼一声："攻击！"

他猛一推操纵杆，不顾一切地向敌机俯冲下去。由于过于激动，导致动作猛烈，米格战机"刷"地一下就从敌机腹下冲了过去。

敌机被这突如其来的攻击吓慌了手脚，立即四下逃窜开来。李汉敏捷地扭转机头，迅速咬住了右后方正在逃窜的2架敌机，对准长机，按下炮钮。"咚！咚！咚！"，射出数炮，敌机中弹，像断了线的风筝，歪歪斜斜地向南逃去。

8天过后的1月29日，李汉又首创志愿军空军击落敌机的先例。

这一天，美军16架F-84窜至新安州地区上空，企图袭击清川江大桥。

李汉率2个中队共8架米格-15歼击机起飞迎战。在地面指挥所的指挥引导下，志愿军飞机利用阳光，隐蔽迂回至敌机后方，迅速抢占高度和有利位置。李汉乘敌机尚未发现，命令第2中队掩护，亲率第1中队发起攻击。

这时，敌机发现了志愿军战机，慌忙迎战，4架敌机转头扑向李汉。

"好小子，想打对头。"李汉驾机迎面猛冲上去。狭路相逢勇者胜，美军飞行员胆怯了，相距还有1000多米，急忙来了一个侧翻，想向右躲避。但为时已晚，李汉敏捷地向左一侧，截了过去。

在僚机的掩护下，李汉紧紧地咬住敌机，套进瞄准光环，猛按炮钮，一下子打出40多发炮弹。敌机拖着浓浓的黑烟，一头栽进了大海里。

与此同时，另外8架敌机冲了上来。李汉和战友们勇猛无畏，像支支利箭疾射而去，将敌机编队冲得七零八落，仓皇逃逸。李汉乘胜追击，又击伤了1架敌机。

28大队无一损伤，胜利返航。"三比零"，初出茅庐的人民空军在朝鲜战场上大显身手，战胜了世界头号空中力量，震惊了世界。

初建时的人民空军部队

3月15日，志愿军空军司令部成立，刘震任司令员。为争取让更多的部队达到参战水平，志愿军空军用两个半月的时间进行了突击强训，并举行了由参战部队飞行大队长以上干部参加的各机种联合飞行技术演习，为志愿军空军以师为单位参战打下坚实基础。

至8月，志愿军空军有2个歼击机师（共装备米格-15歼击机100架）和2个轰炸机师（共装备图-2轰炸机60架），基本完成作战准备，可以参战。另有2个强击机师和4个歼击机师在9月后可以出动作战。

在此期间，志愿军空军边训边战，共出动28批145架次，击落敌机1架，击伤2架，获得了非常宝贵的实战经验。

8月中旬，美军发动了以轰炸破坏朝鲜北方铁路为主要目标的"绞杀战"，并将清川江南北地区铁路和桥梁作为轰炸封锁的重点。为此，美国空军增加至19个联（大）队，作战飞机达1400余架，并以更先进的F-86E型飞机替换了F-86A型飞机。

为配合地面部队粉碎美军"绞杀战"，年轻的志愿军空军从9月中旬开始大规模出动，采取以师为单位轮番作战的方式，在苏联空军的配合下，投入反"绞杀战"的斗争中。

首先出动的还是空4师。从9月20日至10月19日的一个月内，空4师与

大队长王海向飞行员讲解空中战术

美国空军进行大小空战 10 余次，其中敌我双方共 200 多架飞机的大规模空战有 7 次，共击落美机 17 架，击伤 7 架，与苏联空军一起夺取了清川江以北地区制空权。毛泽东在战报上批示："空四师奋勇作战，甚好甚慰。"

10 月 20 日，空 3 师进驻中朝边境地区一线机场，接替空 4 师，投入掩护后方交通线的空中作战，86 天中共击落击伤敌机 64 架。毛泽东在作战情况报告上批示："向空军第三师致祝贺。"

随着时间的推移，志愿军空军飞行员在经过实战锻炼后，越来越注意摸索和总结经验教训，不断提高指挥水平，讲究技术和战术，越战越猛，愈打愈精，创造了许多以少胜多、出敌不意、攻敌不备、密切协同、化险为夷的著名战例，也涌现了许多英勇善战、战功卓著的英雄集体和个人。

11 月 23 日，美军先后出动 6 批 116 架 F-86、F-84、F-80 飞机对肃川和清川江地区地面目标进行轰炸。

12 时 45 分，志愿军发现正向轰炸目标区域飞行的美机。空 3 师第 7 团副团长孟进率 20 架米格-15 歼击机起飞迎战。进至肃川上空时，发现美军 20 余架 F-84 正在北窜。孟进立即区分作战任务，令长机、僚机保持双机攻击队形，向美机展开攻击。

空战中，1 大队大队长刘玉堤机智灵活，沉着冷静，率 2 中队 4 架米格战机从 8000 米高空作 180 度下滑转弯，向美机活动空域扑去。

当刘玉堤闪电般接近敌机时，8 架敌机拼命下降高度，企图从海面上空逃窜。刘玉堤紧追不舍，从尾后紧紧咬住2架美机。

头上是天，脚下是海，海天一色，分不出上下。狡猾的敌机使出了一个险招，一个俯冲扎下去，做海上超低空飞行。

从未进行过海上飞行训练的刘玉堤紧随其后，急追而下。眼看就要贴近海面了，敌人终于沉不住气，慌忙把飞机拉起，想转弯逃跑。可是太晚了，刘玉堤紧追其后，在距敌长机440米处，按动炮钮，一阵猛烈的炮火，将其打得凌空开花。敌僚机在慌忙逃跑中，正好将机身暴露出来。刘玉堤抓住有利战机，在距敌机130米处，再次开炮，将其打得起火，拖着浓浓的黑烟，一个筋斗栽入大海。

刘玉堤一口气打下2架敌机后，掉头寻找自己的僚机，却不见僚机的踪影。

在单机返回战区上空时，刘玉堤发现7架F-84正在轰炸铁路运输线。他立即冲上前去，对敌机群翼侧及尾后的飞机实施突然攻击，死死咬住其中的1架。敌机一拨机头，钻进了一条狭长的山谷。越战越勇的刘玉堤冒着撞山的危险，追进山谷，在山谷尽头开炮，最终将这架敌机击落。

这时，刘玉堤的燃油已经不多了，遂退出攻击，驾机上升到5000米高度，准备返航。飞至清川江口上空时，他发现50多架敌机正在海湾上空盘旋。

战机不容错过。刘玉堤悄悄降低高度，快速向敌机群的左后方接近，并咬住了最后的2架敌机。当距离敌机400米正欲开炮射击时，被敌机发现了。敌机陡然一下子双机分开，企图各自逃命。就在这一瞬间，刘玉堤一个急转弯，

志愿军空军一级战斗英雄刘玉堤

切半径瞄准敌僚机，在 150 米距离上开炮，将敌机打得凌空爆炸。黑压压的敌机群像炸了窝似的四散奔逃。

刘玉堤趁敌机惊魂未定时，一个燕子钻云，乘势退出战区，安全返航。就这样，刘玉堤首创志愿军飞行员在一次空战中击落 4 架敌机的纪录。这也是人民空军战史上的最高纪录，至今仍无人打破。

在朝鲜战场上，刘玉堤一共击落敌机 6 架、击伤 2 架，他所驾驶的 74 号战鹰机翼下涂上了象征着击落击伤敌机的八颗红色五角星。1952 年刘玉堤被授予"一级战斗英雄"荣誉称号。朝鲜最高人民会议常任委员会授予他二级国旗勋章和二级自由独立勋章。

此战，空 3 师第 7 团打得干脆利落，共击落美机 7 架、击伤 1 架，而自己仅被击伤 1 架。"八比一"的辉煌战果，给美国空军以极大的心理震撼。

美国远东空军司令威兰中将后来回忆道："中国空军对我们来说，一直是一个谜，他们好像一个晚上便学会了一切，飞行员只要很少的时间，就能够空战，他们好像在冥冥之中似有神助，对于我们来说很多事情不可思议！"

美国空军司令范登堡则惊呼："共产党领导的中国几乎在一夜之间就变成了世界上主要空军强国之一。"

从 1951 年 11 月至 1952 年 6 月，空军歼击机第 14、第 2、第 6、第 15、第 12、第 17、第 18 师先后入朝参战，分别由第 3、第 4 师轮番带领，每番作战三四个师，每师作战三个月左右即行轮换。

刘玉堤向战友们介绍击落敌机的战斗经过

这期间，志愿军空军总结制定了以四机编队、多批多路、多层配置、集中一域、协同作战的"一域多层四四制"战术原则，作战的机动性和灵活性有了明显提高。至5月底，共击落敌机122架、击伤41架，敌我飞机损失比例为1.46：1，与高射炮兵、铁道兵、后方勤务部队等一起粉碎了美军的"绞杀战"。

1952年2月10日清晨，美军出动数批飞机侵入平壤、沙里院和价川地区上空，其中有F-84、F-80战斗轰炸机两批16架，在18架F-86战斗截击机掩护下，轰炸军隅里附近的铁路交通线。

空4师立即起飞34架米格-15歼击机，以第10团16架飞机为攻击队，第12团18架飞机为掩护队，飞往战区迎战。

时任空4师第12团3大队大队长的张积慧回忆道：

我们根据方子翼师长的命令，做好战斗准备。7时零7分，耳机里传来了空联司刘震司令员的声音："命令10团、12团立即起飞到定州、价川空域作战！"顿时，轰鸣的发动机声撼山震地，34架米格-15歼击机，像支支离弦的利箭，腾空而起。

机群有序地穿出基地上空的薄雾，霎时间展现在我们眼前的是湛蓝的万里晴空。机群由10团团长阮济舟（代号201）率领，采取师编队团"品"字队形前进。一会儿，耳机里又传来刘震司令员的声音："201注意，今天出来的是'狗熊'，你们要严加警戒，勇敢沉着！"

"狗熊"是美国空军主力第4联队的代号。张积慧暗下决心：这次一定要消灭它几只，决不能让"狗熊"逃掉。

3大队位于第一梯队。在鸭绿江

空军一级战斗英雄张积慧

上空发现左下方有 1 架敌机，同时又看到从远处海面上飞来黑压压的敌机。张积慧一面报告带队长机，一面命令僚机单子玉（代号 230）迅速爬高。

当张积慧双机升至 1 万米高度时，这群敌机却不见了。

空中战场瞬息万变。敌机突然消失，张积慧意识到这批敌机飞行员一定是老手，非常狡猾，看来今天将是一场恶仗。

在瞬间的思考中，张积慧和僚机单子玉已脱离编队。当他们加大油门追赶编队时，在泰川郡纳清亭上空与 8 架美军 F-86 战斗机遭遇。

张积慧命令僚机投掉副油箱，继续爬高，准备迎战。

这时，敌机从右后方云层间隙突然俯冲下来进行攻击，为首的 2 架敌机已经接近张积慧双机的尾后。

"230，防止'狗熊'咬尾！"张积慧赶紧提醒僚机。单子玉反应敏捷，与张积慧配合默契，迅速右转弯爬上高空，摆脱了敌机的尾追。

敌机因速度太快，从张积慧双机下方冲出。张积慧命令僚机："230 快向左反扣。"

说时迟那时快，张积慧双机风驰电掣般地同时向左急反扣，占据敌机右后上方有利位置，并咬住敌机中的长机。

为摆脱被动挨打的不利境地，敌长机急忙俯冲，企图逃跑。张积慧双机猛冲下去，紧追不舍。狡猾的敌长机见不能摆脱追击，突然抬起机头，向太阳方

细心传授空中格斗战术

向急速上升。

张积慧双机位于敌长机正后方，面对太阳不便观察跟踪，遂向右侧滑，避开了刺眼的阳光，继续咬住敌长机，猛追不放，步步紧逼。

一计不成，又施二计。敌长机又做了个意外的动作，由上升突然改为向下冲去，企图再次寻求摆脱。张积慧胸有成竹，猛地俯冲下去，紧紧咬住敌长机。僚机单子玉紧紧跟在后面，配合张积慧。

张积慧一边接近敌长机，一边瞄准。当瞄准器的光环套住敌机后，张积慧按动电钮，一串仇恨的炮弹射了出去。不料，炮弹从敌长机旁边飞过，没有击中目标。

张积慧右手紧握操纵杆，左手不停地调节着油门，两眼目不转睛地盯着敌长机，继续瞄准。敌长机再次被套进了光环，距离600米，张积慧又按下了电钮。

这次敌长机没能逃脱，被打得晃动了几下，旋即喷着浓烟大火，一个筋斗栽落在朝鲜博川地区三光里以北2公里的山坡上，剧烈爆炸，飞行员当场毙命。

接着，张积慧又向敌僚机发起攻击。正要开炮，敌僚机猛地上升转弯摆脱。好个张积慧加大油门，疾速切入敌僚机内圈，在400米的距离上猛烈射击，将其打得凌空解体。

空战结束后，志愿军陆军部队从地面敌机残骸中找到了一枚美军飞行员的不锈钢质证章，上面刻着：第4联队第334中队中队长乔治·戴维斯少校。

戴维斯是美国空军王牌飞行员，有着3000多个小时的飞行经历，在第二次世界大战中参加过260多次空战，被美国空军称为"百战不倦""特别英勇善战"的空中英雄。

1951年8月，美国空军为了取得喷气式战斗机空战经验，增强空战力量，开始以轮换方式派遣一批参加过二战的老牌飞行员到朝鲜参战，戴维斯便是其中之一。据说，戴维斯在朝鲜执行60次战斗任务，击落11架歼击机、3架轰炸机，是朝鲜战场上美军"成绩最高的喷气机王牌飞行员"。谁也没有想到，这位王牌飞行员竟然会败在一个只有100多个小时飞行经验的年轻的志愿军飞行员手里。

当戴维斯命丧朝鲜的消息传到美国后，立即引起了极大震动。

威兰司令发表特别声明称：这是对远东空军的一大打击，"是一个悲惨的

美国空军王牌飞行员戴维斯

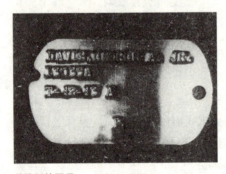

戴维斯的军号

失败""给朝鲜的美国喷气机飞行人员，带来了一片暗淡气氛"。

美国国会议员、共和党头面人物勃里奇还为此在国会上大发雷霆，说朝鲜战争"是美国历史上最为绝望的战争"。

好戏才刚刚开始。12月2日下午，美军出动1个机群，其中32架F-86飞机活动于定州、铁山、龙岩浦、永山市等地区上空，对铁山半岛及鸭绿江沿岸侦察照相，并间接掩护战斗轰炸机对清川江以南地区地面目标进攻攻击。

空3师第9团副团长王海率领3个中队12架米格-15比斯战机起飞迎敌。战斗中，中队长孙生禄在美机群反扑时，机智地转到美机群背后抢先开火，先后击落2架F-86。

第二天，不甘失败的美军再次出动2个机群，向北进犯。王海率12架米格战机飞越海面直插清川江口，准备出其不意地拦截美军机群。

迎面飞来4架敌机。会不会是"鱼饵"呢？王海没有立即采取行动，因为根据敌机出动的规律，他断定这里肯定不止4架。

王海决定咬一下"鱼饵"，率机突然扑向4架敌机。敌机慌忙抛下副油箱，加速逃跑。王海并没有追击，而是整好队形，重新占据有利高度。

果然，4架敌机刚刚逃走，20多架敌机随后向北压来。他们不知道自己已经完全暴露在王海大队的面前。

"攻击！"王海果断下达命令，12架米格战机呼啸着冲向敌机群。顷刻间，敌机群被突如其来的攻击冲得四分五裂，四机一队的被打成双机，双机则被打成了单机……从12000米一直追打到1500米，从清川江一直追打到

米格战机准备起飞迎敌

大同江。

王海带着僚机在高空盘旋，指挥着飞行员迅速采取由上到下、逐层攻击的办法，向下面的美机展开迅猛攻击，整个战区的主动权被王海大队牢牢地控制着。

这一仗打得干脆漂亮。王海大队在 15 分钟内击落击伤 6 架美机。战后得知，与他们作战的，竟是美国空军的王牌飞行部队、在二战中声名赫赫的第 51 大队。

朝鲜战争中，王海大队共击落击伤 29 架敌机，每架战机上都涂上了象征着击落敌机的红色五角星，成为人民空军第一支王牌飞行队，被誉为"英雄的王海大队"。

王海也创造了个人击落击伤敌机 9 架的辉煌战绩。如今，那架机身上涂有 9 颗红星的米格–15 型歼击机永远陈列在北京的中国人民革命军事博物馆展厅里。

美军在"绞杀战"失败后，从 1952 年夏季起，被迫修改了空军使用方针，除继续破坏交通运输线外，将空中袭击重点转向朝鲜北方工业、农业和重要的军事设施，破坏水力发电系统、灌溉系统和军队补给系统，并投入使用既能空战又能轰炸的 F–86E 战斗轰炸机，以达到从空中施加压力的作战方针。

志愿军空军则在指导思想上尽力争取主动，尽可能将空中战线推到清川江以南地区，避免在鸭绿江一线上空作战的被动态势。在打击敌人大机群的同

陈列在中国人民革命军事博物馆里的王海驾驶的涂有九颗红星的飞机

时，积极寻找战机，低空隐蔽出航深入到平壤、镇南浦一带，打击美军分散活动的战斗轰炸机小机群，以减少对志愿军地面部队的压力。

1953年初春，美军抽调一批具有1000飞行小时以上的"王牌"飞行员组成"猎鹰组"。他们个个技术高超，且老谋深算，诡计多端，利用F-86飞机留空时间长的优势，偷偷飞到志愿军机场上空，隐蔽在地面雷达不易发现的地方，偷袭正在起飞或降落的志愿军战机。

起初，由于志愿军空军疏于戒备，吃过几次亏。敌变我变，针对敌人的新花招，志愿军飞行员们琢磨出几套应对的方法。

4月7日下午，空15师43团的12架米格-15比斯飞机在与美国空军F-86机群空战后返航，准备降落大堡机场。

地面指挥员命令1中队飞行员韩德彩和长机张牛科在机场上空掩护机群着陆。韩德彩回忆道：

到了机场的北头，在飞机落地航线的三四转弯位置上空，高度2000米，两个双机拉开2000多米的距离，变掩护队形，在上空飞三角。这样既便于掩护下滑着陆的飞机，空中双机又能互相掩护。飞了几圈后，二大队的一个飞行员报告，他在机场西北向西飞行，有两架敌机跟着他，不能转弯，再向西飞，油量少就回不来啦！地面指挥员命令我们大队长的双机打威胁去了，掩护着陆的剩下我和我的长机，我便拉大了距离，继续担负掩护任务。

志愿军空军二级战斗英雄韩德彩

这时，韩德彩眼前的仪表盘上红光一闪，油量警告灯发出燃油即将告罄的信号。他立即报告长机："433，432的油量警告灯亮，返航吧？"

塔台和指挥所也听到了报告，指挥员说："你们返航吧！现在没有发现情况。"

韩德彩和长机接令后，放下减速板迅速下滑左转弯，下降到400米，到了跑道东侧即将放起落架的位置。就在这个时候，塔台指挥员突然喊道："拉起来！拉起来！敌人向你开炮啦！"

韩德彩回忆道：

情况突然，我被弄得很紧张。当时在前面只有我的长机，向右后方看，再又向左看，也都没有发现敌机。我改平坡度后看到在左后下方的山沟里有两架敌机，距离一百多米，左转的坡度约80~90度，飞行高度100米以下，飞机是伪装色，像是双机编队。

F-86和米格-15飞机在大坡度转弯时外形差不多，不容易辨别，而且时间很短，加上精神高度紧张，韩德彩没能立即识别出来。

那两架飞机速度很快，大约在900公里/小时以上，而韩德彩正在减速准备降落，速度不超过600公里/小时。转眼间，两架飞机一前一后接近长机张牛科的左后下方，距离也就是300米左右。

张牛科正准备下降着陆，飞机速度仍在继续减慢，高度也在不断降低。前面的1架继续左转飞走了，后面的1架突然改平坡度，恶狠狠地扑向张牛科。

这时，韩德彩的飞机在张牛科的右后方，距离不到400米。F-86与米格-15

最大的不同特征就是垂直和水平尾翼，飞机一改坡度，韩德彩立刻认出后面的那 1 架是 F-86。

"433，敌机要向你开炮啦！"韩德彩急得大喊。

话音未落，敌机已经开炮了，一串炮弹正中张牛科的机尾喷管里。只见飞机猛烈地抖动了一阵，喷口里冒出一团白烟，韩德彩判断张牛科的发动机已经停车，便喊道："433，不行就跳伞。"

张牛科利用余速向左拉了上升转弯，但敌机紧追不舍。情况万分危急，韩德彩见长机受伤，全身的血液一下子沸腾了，不顾油量警告灯的闪亮，立即收减速板，猛推油门。飞机急速跃升起来，闪电般地扑向敌机。这样，三架飞机在半圆弧上相距各 600 米左右。

敌机发现了后面紧追上来的韩德彩，便放弃了前面的张牛科，向右做了一个像半滚似的大下滑转弯，企图摆脱韩德彩。半空中，两架飞机一前一后，一上一下，激烈缠斗起来。

韩德彩回忆道：

我一看高度只有 600 多米，下边还有 400 米左右的山，F-86 机动性能比米格-15 好，敌人的技术高，它能拉起来，我那样飞就不一定能拉起来，敌人是为了摆脱我的攻击而做的摆脱动作。我没有上当，未跟它下去，反而向上拉

志愿军空军英勇作战，在朝鲜战场上空开辟出一条"米格走廊"

了一下杆，争取了一些高度看着它。果然不出我所料，敌人迅速反过来向左做上升转弯，我便跟它左弯，推机头瞄准攻击。还未瞄准，敌人迅速地反过来向右转。敌机是主动的，我是被动的，便被甩到外侧，我用力拉了一杆，将瞄准具光环拉到敌机头前面，一缩光环便开了炮，三炮齐射，炮弹打在敌机的机身和机翼的接合部，烟火立即冒了出来，敌飞行员迅速跳了伞！我报告了一声："敌人跳伞啦，快来抓俘虏！"当我在机场着地，滑到了跑道南头时，油量已耗尽，自动停车啦。

下午4时许，一项白色的降落伞晃晃悠悠地掉在了辽宁省凤城县石头城的一个山坡上。

"美军飞行员跳伞了！"接到报告后，当地民兵迅速向降落伞落地包围了过去。

跳伞的飞行员名叫哈罗德·爱德华·费席尔，时为美国空军第51联队上尉小队长，号称"双料王牌"，也是"猎航组"的成员之一。

由于心中极度恐慌，费席尔落地时没有站稳，一下子滚到了山脚下。为了不当俘虏，他顾不得荆棘划破双脚的疼痛，在丛林中到处乱钻。哪知刚跑到半山腰，上百名荷枪实弹的中国民兵从山上、山腰、山脚包围过来。累得气喘吁吁的费席尔见大势已去，只得战战兢兢地把双手高举过头顶，当了俘虏。

韩德彩回忆道：

1952年执行作战任务归来的哈罗德·爱德华·费席尔

晚上8点多钟，我们团的参谋长推门进来，喊道："小韩、小韩，俘虏抓来了，看看去！"我劲头又上来了，穿上飞行服，跟着参谋长下了楼。俘虏关在首长警卫员的房子里，离我们住地很近，翻过一条路就到了。敌飞行员正在吃饭。我一进去，他就站起来了，1.8高的个子，脸的右侧跳伞时负了伤。我觉得他惊魂未定。语言不通，又没有翻译，我们一句话也未说，就出来了。俘虏的名字叫哈罗德·爱德华·费席尔，我是第二天才知道的。

时间飞逝，转眼40多年过去了。

1997年10月18日，在上海出现一次跨越时空的握手。一方是南京军区空军原副司令员韩德彩中将，另一方则是曾号称美国"双料王牌"飞行员的费席尔。

不幸的战争使韩德彩与远在太平洋彼岸的费席尔有幸相识。当两人四目相对时，年近七旬的韩德彩微笑着，大步走上前去："费席尔先生，我们又见面了。欢迎你到中国来，1953年你飞到我们机场边，打我落地的长机，是侵略，你是我们的敌人，我是用大炮欢迎你的；这次你来中国旅游，是我的朋友，我用家乡的古井贡酒来欢迎你。中国有句俗话叫作'朋友来了有好酒，敌人来了有猎枪'嘛！"

费席尔也十分激动，那双蓝眼睛里闪烁着快乐的光芒，情不自禁地迎上前，与将军紧紧拥抱，连声说："我们永远是朋友，我们都老了，但我们愿为

在战斗中迅速成长起来的人民空军

两国人民友好往来做些有益的事！"

志愿军空军在两年八个月的作战中，先后有 10 个歼击机师（21 个团）、2 个轰炸机师出动作战，共战斗出动 2.6 万余架次，击落敌机 330 架、击伤 95 架，有力地打击了美国空军，对改善志愿军后方运输状况，取得抗美援朝战争的伟大胜利，发挥了巨大作用。

毋庸讳言，志愿军空军在取得这些战绩和胜利的同时，也付出了相当大的代价，被击落飞机 231 架、击伤 151 架，牺牲空勤人员 116 名。

30. 反"绞杀战"

1951 年 7 月 10 日，朝鲜停战谈判开始。"联合国军"为配合谈判，依仗其空中优势，企图切断中国人民志愿军和朝鲜人民军的后勤供应线，向中朝方面施加军事压力。

"联合国军"总司令李奇微命令美国远东空军司令威兰中将："在此谈判期间，应采取行动以充分发挥空中力量的全部能力，取得最大的效果，来惩罚在朝鲜任何地方的敌人。"

从 8 月中旬起，"联合国军"在发起夏季攻势的同时，集中其空军和海军航空兵五分之四的兵力，发动大规模的"空中封锁交通线战役"。以摧毁朝鲜北方铁路运输系统为主要目标，集中在远东的全部轰炸机和绝大部分的战斗轰炸机，在战斗截击机的掩护下，每日出动数百架次至上千架次，对朝鲜北方铁路分区分段进行毁灭性的轰炸，并派有专门的巡逻飞机，在夜间追打铁路和公路上的运输车辆。计划以 3 个月的时间摧毁朝鲜北方的铁路系统，"尽可能做到使其铁路运输陷于完全停顿的地步"，企图以此来"窒息"志愿军前线部队，在谈判中接受他们提出的无理条件。美国空军将这次行动称为"绞杀战"。

事实上，美军在朝鲜战争中一直把轰炸破坏中朝军队的后方运输线，作为其战略上的重要组成部分。志愿军入朝参战初期，没有空军，只有 1 个高射炮团，且装备落后。

美军的空中轰炸活动肆无忌惮，非常猖狂。无论白天黑夜，成群结队的美

朝鲜战争中，美军飞机实施狂轰滥炸

军飞机在朝鲜北方上空活动，到处狂轰滥炸和疯狂扫射。整个朝鲜北方的城镇几乎变成一片废墟，主要铁路车站和铁路、公路桥梁基本被毁，铁路经常处于瘫痪状态。朝鲜上空一度成为美军飞行员的自由天地，随心所欲，无所顾忌，几乎见到活动目标就打，甚至连单个车辆、单个行人也不放过，经常擦房顶、掠树梢而过，有的竟钻桥洞追打地面目标。飞行高度之低可使地面人员看到飞行员的眼睛和鼻子。

中央军委一直把志愿军后勤保障作为能否取得战争胜利的重大战略问题来解决。

1950年10月8日，毛泽东签署关于组成中国人民志愿军的命令，规定："中国人民志愿军以东北行政区为总后方基地，所有一切后方工作供应事宜，以及有关援助朝鲜同志的事务，统由东北军区司令员兼政治委员高岗同志调度指挥并负责保证之。"

据此，东北行政区转为战时体制，党、政、军、民各行各业全力以赴，开展抗美援朝战争的各种保障工作。东北人民政府指定政府副主席李富春会同东北军区后勤部，专门负责志愿军的后方勤务保障工作，并于10月23日在朝鲜境内设立东北军区后勤部前方后勤指挥所，由东北军区后勤部副部长张明远、东北人民政府农林部部长杜者蘅负责，下辖3个后勤分部、7个大站、6家医院、3个汽车团及其他辎重、警卫部队。

朝鲜战争是一场人民军队从未经历过的现代化战争，不仅武器弹药消耗巨大，而且身处异国作战，几十万志愿军的粮食、衣物、药品等一切物资均不能

大批作战物资运往朝鲜前线

在当地征集，而是由国内组织运送。特别是在志愿军发起第三次战役后，战线由鸭绿江畔迅速前推至"三八线"南北地区，部队保障任务日益繁重，加之"联合国军"严密封锁后方交通线，使志愿军本来就捉襟见肘的后勤供应几乎到了全面崩溃的边缘。

为扭转朝鲜战场后勤保障的被动局面，中央军委不断从国内抽调力量，充实志愿军后勤保障力量，同时增加防空力量和铁路抢修力量，命令志愿军空军以师为单位，以安东（今丹东）地区的机场为基地，出动作战，掩护平壤以北朝鲜境内的铁路运输和机场修建。时任铁道部副部长、中央军委军事运输司令员的吕正操在回忆录中写道：

1951 年 1 月，在东北军区召开的志愿军第一届后勤会议上，提出要在朝鲜战场上"建设铁路、公路、水路相结合，火车、汽车、手推车相结合，快装、快卸、快运相结合，抢运、抢修和防空相结合，纵贯道路和横贯道路相结合的打不断、炸不烂的钢铁运输线"。为实现这个总的目标，会后又从全国增调大量人力、物力进入朝鲜，使铁路的抢修抢运能力得到不断加强。

抗美援朝时，在周总理和聂荣臻代总参谋长直接领导下工作。我曾多次去朝鲜，会见中国人民志愿军彭德怀司令员和朝鲜民主主义人民共和国金日成首

志愿军后勤部队向前线运送物资

相，向他们汇报请示工作，并在战地现场指导抢修铁路和搞好物资运输。

1951 年 8 月 18 日，美国空军开始出动大批飞机不分昼夜地反复轰炸、封锁朝鲜北部的铁路交通线。本来志愿军没有空军掩护，运输能力又弱，战场运输就相当困难。"屋漏偏逢连阴雨"。这年 7 月下旬至 8 月底，朝鲜北部暴发40 年未遇的大洪灾。山水下冲，河流漫溢，泛滥成灾，河流水位普遍上涨 3 至4 米，最高竟达 11 米，水流速度每秒 3 至 4 米。洪水所至，房屋倒塌、堤防大溃、道路冲断，清川江、大同江和沸流江上的主要铁路桥梁均被冲坏，处于全面不能通车状态。志愿军千辛万苦运上前线的物资装备也被洪水冲走，主要后勤集散地三登里更是一片汪洋，连高高的电线杆都没入水中……

在这种情况下，美军发动"绞杀战"，无疑给志愿军的运输雪上加霜，造成了志愿军运输的极大困难。至 8 月底，被炸毁和洪水冲坏的铁路桥梁 165 座次、线路 459 处次，整个铁路线处于前后不通、中间半通的状态。在"绞杀战"前，志愿军的后勤保障能力仅为 50%。经美军高密度轰炸后，志愿军后勤保障能力降为 25%。能不能战胜美军的空中封锁，从根本上解决战场运输问题，扭转运输补给一直处于被动的状态，成为志愿军能否坚持胜利作战的又一个重大战略问题。

为扭转运输和物资供应困难的局面，志愿军在防空火力薄弱、技术装备和物资器材极端缺乏的条件下，一边抗洪，一边以顽强的战斗精神进行了反"绞

美国空军对朝鲜一切具有军事价值的目标进行轰炸。图为
1951 年 7 月，元山东海岸的物资仓库遭到轰炸的景象

志愿军后方运输部队不分昼夜，冒着敌机的轰炸扫射，抓紧向
前线运输物资

杀战"斗争。

志愿军将当时掩护交通运输线的高射炮兵集中用于保卫主要铁路桥梁，以
铁道抢修部队重点抢修大同江、清川江、沸流江上被破坏的铁路桥梁；在铁路
桥梁和线路不通地段，以工兵、汽车运输部队和装卸部队组织漕渡或分段倒
运，使各段线路有机地联系起来。经过各方努力，8 月份，运到前线的作战物
资仍达 1134 车，约 3.4 万吨，初步改善了前线粮食、弹药供应严重不足的状况。

从 9 月起，美国空军将轰炸、封锁的重点转向位于清川江以南、平壤以北之新安州、价川、西浦铁路。在地图上看，这一地区的铁路近似于三角形，因此被称为"三角铁路"。该地区为开城—新义州铁路（京义线，纵向）、顺川—满浦铁路（满浦线，纵向）、西浦—高原铁路（平元线，横向）的枢纽，是朝鲜北部铁路运输的咽喉。

据中朝联合铁道运输司令部的统计，美国空军对这一地区的轰炸，逐月加剧。9月出动飞机3027架次，破坏线路和车站648处次，破坏桥梁57座次；10月出动飞机4128架次，破坏线路和车站1336处次，破坏桥梁53座次；11月出动飞机8343架次，破坏线路和车站1937处次，破坏桥梁77座次；12月略有减轻，但仍出动飞机5786架次，破坏线路和车站1697处次，破坏桥梁101座次。

"三角铁路"总长180公里，只相当于当时志愿军和人民军管区可用铁路960公里的近五分之一，而遭受破坏的数量却占被破坏总数的一半以上。短短4个月内，美国空军就在这一地区投掷各型炸弹6.3万余枚，平均每隔三米落下一枚炸弹，致使该地区铁路80%的时间不能通车。尤其是对肃川至万城之间里程碑为317至318公里地段和泉洞至龙源里之间里程碑为29公里处的一小段上，造成难以修复的深度破坏。

时任志愿军铁道兵团长的李万华回忆道：

1951年11月间，美国空军突然每天出动大批飞机，有时竟达180余架，

抢修被敌机炸毁的铁路

集中持续地对朝鲜北部的几个铁路交叉点，特别是对我部管区——价川附近至龙源里一带的铁路，进行毁灭性的轰炸。显然，这是敌机原先采取的"全面封锁，寸寸切断"的阴谋失败以后，改变了战法，妄图集中力量，在一点上"绞杀"我们的钢铁运输线。

师党委决定由我们团去打通龙源里这个交叉点，扭转那里铁路瘫痪的严重局面。师长刘克同志关切地对我说："敌人集中轰炸一点，这就是说，敌人把对付全线的赌本都下到像'二十九公里'（即龙源里）那几个重要地段上来了。你们团的担子不轻啊！……要粉碎敌人的'绞杀战'，我们不光靠勇敢和艰巨的劳动，更主要的是用智慧去斗争，去压倒敌人！"

团进入管区的头一天，就遭到敌机好几次疯狂的轰炸，但我们没有欠账，按照上级要求，当夜修复通车了。而我们在"二十九公里"艰苦、激烈、持续的反"绞杀战"斗争，也就从这天正式开始了。

敌人炸得愈凶，我们就越意识到任务的紧迫，因为此刻前线反击战正进入最激烈的阶段。师里不断发来加急电报，命令我们要艰苦战斗，顽强地随炸随修，争取夜夜通车，必要时，哪怕是通车一个小时，也要尽力争取。

困难越来越多。每天我到现场检查时，都发现旧弹坑刚填平，新弹坑又出现。这段不到几公里的线路，简直像经过激烈的地震似的，坑坑洼洼，遍体鳞伤；炸得最严重的地段，弹坑套弹坑，到处都是熏焦了的泥土、烂枕木和扭曲成各种奇形怪状的铁轨和碎弹片，连道床上的石碴也崩光了，一脚踩下去，就要陷进稀松的烂泥里。夜晚行车的火车司机们，称这里为"难过的二十九"和"胶皮路"。

满载物资的列车从刚修复的桥上通过

然而令敌人百思不得其解的是，志愿军物资运输量非但没有减少，反而大幅度增加，奇迹般地在朝鲜战场上建立起"打不烂、炸不断的钢铁运输线"，基本解决了作战物资的补给运输问题。

　　1952 年 5 月 31 日，美军第 8 集团军司令范佛里特在汉城（今首尔）记者招待会上不得不承认："虽然联军的空军和海军尽了一切力量企图阻断共产党的供应，然而共产党仍然以难以令人置信的顽强毅力，把物资送到前线，创造了惊人奇迹。"

　　奇迹又是如何创造的呢？

　　在美军发动"绞杀战"后，中央军委及时判明敌人企图，指出："敌人对我铁路轰炸是作为战略企图来打算盘的""窥其企图，一为在军事上造成我持久作战的困难；二为配合开城谈判对我施用压力"。为粉碎敌人的企图，中央军委派吕正操到沈阳专门主持召开运输会议，具体研究解决战场运输问题。

　　1951 年 9 月 15 日，聂荣臻复电彭德怀：

　　除吕正操已去东北参加运输会议，负责具体解决朝鲜的抢修、抢运等问题，一二日内即可将结果电告外，军委决定：1. 充实铁道兵团，现已拨补新兵 9000，另临时配属 5 个新兵团；2. 保证桥梁材料，现已将修建黄河铁桥的 30 吨材料北运入朝，从苏联订购的桥梁材料 9 月 20 日前可到两千余吨，10 月初还可到一批，用于朝鲜铁路桥梁抢修；3. 加强倒运力量，除已商东北在朝民工延

在抗美援朝战争中立下功勋的火车头

连夜抢修平原线大桥

期换班外，各渡口须就地编筏抢渡；4.加强铁路及江桥防空力量，已令空军出动作战，另苏联有1个高炮师到清川江桥附近。

26日，聂荣臻致电彭德怀，告知沈阳运输会议决定的各种事项。除军委已决定的事项外，会议根据周恩来指示，决定正待入朝的特种兵部队缓运入朝，并减少弹药和杂品的运输，主要保证粮食、被服和汽油的运输，将原计划9月下半月至10月底一个半月时间内，运过清川江志愿军第四季度所需物资不少于10000车皮，压缩至不得超过7000车皮。运输会议决定所有车皮增载十分之一，多用装载40吨的大型车皮，并改善包装办法；铁路抢修，尽量就地取材，节省运输车辆，抢运急需物资；建议统一运输指挥，由联合运输司令部统一下达运输的命令，组织联勤，统一调配物资；由联合运输司令部副司令员兼铁路管理总局局长刘居英统一布置落实。

12月，根据反"绞杀战"斗争的需要，经中朝双方协商批准，组成了以刘居英兼任司令员和政治委员的前方铁道运输司令部，隶属于以贺晋年为司令员的联合铁道运输司令部，统一指挥、协调朝鲜北方铁路系统的抢修、运输和高炮部队的对空作战。

在这场"绞杀"与反"绞杀"的斗争中，志愿军表现出了令人难以置信的勇气与毅力。

铁路战线上，9月中旬，志愿军铁道兵补充近万名新兵，另得到5个新兵

架设浮桥，抢运物资

团的加强，加上朝鲜铁道工程旅，铁路抢修力量达到7.6万余人。志愿军铁道兵团昼夜奋战，根据敌机轰炸特点，采取以集中对集中、以机动对机动的抢修方针，保证抢修。当敌集中力量轰炸平壤以北三角铁路时，集中4个团、工程总队1个大队，协同朝鲜铁道工程旅2个联队（团），重点保证这一地区的抢修。至12月底，"三角地区"铁路全部恢复通车。当敌机在这一地区遭到苏联空军、志愿军空军和高炮部队的严厉打击后，改取不定区的机动轰炸时，则在保证三角地区抢修的同时，集中一定兵力，作为机动，以便其他地区随炸随修。

为保证道路畅通，多运物资，铁道兵指战员群策群力，千方百计克服困难，采取了许多创造性的措施，提高抢修速度。在重要车站均修筑了迂回线，在重要桥梁地区修筑了简便桥。为提高抢修速度，多抢通车时间，夜间抢修时，在道钉上涂抹白灰，并采取枕木排架法代替大弹坑的填土等，提高抢修效率。为迷惑敌机，尽量减少桥梁被炸，则采取了架设活动桥梁的办法，拂晓前拆除几孔桥梁，使敌机

志愿军和朝鲜人民抢修清川江大桥

以为是坏桥，而不再轰炸，黄昏后再将桥梁架好，保证夜间火车通行。

铁道兵不但抢修任务重，而且除了防敌空袭外，还要冒着生命危险，排除美机轰炸时投下的未爆炸的炸弹，其中大量的是定时炸弹。这些定时炸弹，深入地下几米深，并且随时都有爆炸危险。1952年5月15日，在抢修铁路桥梁中屡建功勋的志愿军铁道兵第1师第1桥梁团第9连副连长杨连第，在指挥连队抢修清川江大桥时，不幸被美军飞机投下的定时炸弹弹片击中头部而壮烈牺牲。志愿军领导机关给他追记特等功，追授一级战斗英雄称号，将他生前所在连队命名为"杨连第连"。朝鲜最高人民会议常任委员会授予他"朝鲜民主主义人民共和国英雄"称号和一级国旗勋章、金星奖章。

铁道兵官兵以不怕牺牲的革命精神和科学态度，排除这些定时炸弹。仅1951年10月，在平壤以北三角铁路几十公里的路段上，就排除定时炸弹108枚，涌现出许多排弹能手。

铁道兵战士、二级英雄李云龙就是这样一位排弹能手，曾连续拆卸了35枚美机投掷的定时炸弹。他是这样回忆第一次拆弹的：

说实话，开头我觉得脑袋胀得很大，全身发紧，这黑乎乎的大家伙的确不是好惹的！我极力镇静住自己，心想："你这是怎么啦，没胆量还充什么好汉呀！"慢慢稳下心来，仔细地把定时弹浑身打量一番：一头大，一头小，腰间还挂着两个铁耳环。根据从前装地雷的经验，引火帽、撞针什么的都是藏在大

志愿军战士冒死拆卸敌人投掷的定时炸弹

头这边。我一边估量着，一边暗对自己说："别慌，找准了门路再下手。"我又回头望望，同志们都蹲在山坡跟前，可以清晰地看到他们正在紧张地望着我。不用问我也明白，他们都在心里喊着："李云龙，我们等着抢修哩！"

时间不允许我再有丝毫迟疑了。我卷起袖子，心里鼓劲："今天要不把这家伙卸开，我李云龙就算给敌人整倒了；是志愿军就不会输给美国兵，一定要打开这道难关！"我一脚踏着定时弹的身子，吐口唾沫，骂了句："'杜鲁门'，今天非把你开肠破肚不可！"便抢起小锤，对着大头当当地敲起来。我敲几下就停下来听听有什么动静，锤头敲着定时弹迸出点点火星，我也紧张得手都攥出汗来了。

左敲右敲，定时弹大头的螺丝盖子给敲松了，我马上把它拧开，里面便露出一个螺丝扣，我用手按了按，没有什么动静，便从里面慢慢掏出弹簧，拆掉撞针。到底拆开了，只剩下一个铁壳子，一动也不动地躺在面前，我长长地吁了口气。不知是由于过分激动，还是紧张，当同志们一拥上来抱住我欢呼的时候，我觉得浑身都疲乏得不得了。

对此就连美国空军发言人也无可奈何地表示叹服，"美国飞机一直在轰炸共产党的运输系统，在北朝鲜仍有火车在行驶，共军不仅拥有无限的人力，并且有相当大的建造能力""共军抢修部队填补弹坑的速度可以和F-80飞行员的轰炸速度匹敌。共军从我'绞杀战'一开始就能迅速地抢修被炸断的铁路。共军修路人员和修桥人员，已经粉碎了我们对平壤以北铁路线的封锁""坦白地说，我们认为他们是世界上最坚决的人……"

吕正操回忆道：

当时，美军实行"绞杀战"，把百分之九十的空军力量用来轰炸我方的交通运输线，妄图封锁交通，断绝后勤供应。美机日夜狂轰滥炸。铁道，钢轨横飞。桥梁，炸成两截。车站，一片瓦砾。中朝军民英勇顽强，冒险抢修，但还是经常出现抢修和运输脱节的现象。有时刚刚修通铁路，火车开上去，就脱轨了，只好又拉回来，影响了前方的物资供应。

彭德怀同志向北京发电告急："饥无食，寒无衣。"为此，周总理在情况紧急时，经常夜里十二点前后，要给我来电话，或把我找去，询问铁路修复的

志愿军抢修被敌机炸毁的铁路桥

夜间抢卸物资

情形。有时到凌晨四五点钟，周总理还要给我来电话，查问通了多少车，车上装的什么物资以及装车、卸车的情形。有时，他还直接和前方指挥所通电话，了解存在的问题，并及时加以指导。直到听说物资运上去了，他才放心。

战争中的铁路抢修抢运工作，是在美机的疯狂轰炸与严重破坏之下进行的。抢修部队为达到快修速通的目的，争取更多的通车时间，创造了许多特殊的抢修方法。……周总理及时肯定了群众创造的抢修、抢运的经验，并指示我们坚持下去。

在周总理对抗美援朝运输工作的时刻关怀，对抢修抢运的具体指导，以及事必躬亲的精神感召下，抢修部队英勇奋斗，运营人员机智灵活，采用了许多行之有效的抢修方法和抢运措施，使铁路始终处于随炸随修，连炸连修，此断彼通，彼断此通的状况，并在有限的通车时间内发挥了很高的运输效率，从而建成了一条打不断、炸不烂的"钢铁运输线"。

在公路战线上，以洪学智为司令员的志愿军后方勤务司令部，统一组织7个工兵团和部分在二线休整的部队加固、加宽原有公路2158公里，新建公路292公里；沿途修筑了许多水下桥和汽车掩蔽所；以1个公安师和志愿军后勤各分部的警卫团营的力量，在主要公路干线上设置了防空哨，为行驶的汽车防空报警，并指挥交通。当敌机来临时，立即鸣枪或发射信号弹报警，汽车立即闭灯行驶。汽车司机遇敌机轰炸扫射时，或突然刹车，或猛踩油门，躲避轰炸

志愿军后勤部队在夜间向前线运送物资

扫射，有的在敌机轰炸扫射后，立即在汽车附近点燃早已准备好的破油桶或破旧衣布，假示汽车被炸中燃烧，以迷惑敌机，保护车辆。

时任志愿军政治部主任的杜平奉命到沈阳组织召开志愿军保卫工作会议，并率领志愿军战斗英雄国庆观礼代表团回国观礼。回国途中，他目睹了"钢铁运输线"是如何创造的：

我告别彭总，取道平壤，日夜兼程直奔沈阳。沿途见工兵战士和许多男女民工正在抢修桥梁和拓宽公路。因白天敌机逞狂，我多为夜间行走。这时，我后方运输已大为改观。每当夜幕笼罩，朝北大地便成了我们的自由天下，蜿蜒在原野和群山中的漫长公路上，成队成队的汽车，从四面八方汇聚，车灯时明时灭，整夜川流不息，蔚为壮观。夜间行车，每隔一段距离，就设有一个志愿军后方部队的防空哨，敌机来时，就向空中放一枪，一个岗哨放了枪，附近的岗哨跟着也放起来。这时，正在行走的汽车，听见枪声，马上就闭灯行驶，那条漫长的电光的巨流，一下子全部熄灭。敌机过后，哨子一响，那条电光的巨龙一下子又闪亮了。当我乘车行驶在这条被人们誉为"钢铁运输线"的交通线上时，感慨颇多。我们的后方运输战士为保障前线供应，付出了多少辛苦、多少血汗哪！在这条炸不烂、打不断的运输线上，又凝集了后勤战士多少聪明才智呀！

后勤运输部队通过敌机投掷照明弹地区往前线抢运物资

由于采取这些措施，既大大减少了汽车的损失，又大大地提高了公路运输效率。季度汽车损失率由入朝初期的近50%，降到1952年第一季度的2.3%。

毛泽东在1953年9月中央人民政府委员会第24次会议上，高度赞扬了志愿军这些群众性的创造：

我们的干部和战士想出了各种打仗的办法。我讲一个例子。战争的头一个月，我们的汽车损失很大。怎么办呢？除了领导想办法以外，主要是靠群众想办法。在汽车路两旁用一万多人站岗，飞机来了就打信号枪，司机听到就躲着走，或者找个地方把车藏起来。同时，把汽车路加宽，又修了许多新汽车路，汽车开过来开过去，畅行无阻。这样，汽车的损失就由开始时的百分之四十，减少到百分之零点几。……我们住在北京的一些人，一想到朝鲜战场，就感到相当危险。当然，危险是有的，但只要大家想办法，并不是那么了不起。

在美军实施大规模"绞杀战"时，志愿军共有高炮部队4个野战师、4个城防团和50多个独立营，总计有85毫米、37毫米口径的高炮800余门，还不及美军用于朝鲜战争飞机数目的一半。独立营多数配属给各兵团各军，野战师大部分在掩护机场修建。

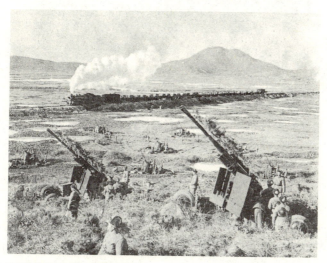

志愿军高射炮兵日夜掩护铁路运输

为粉碎"绞杀战"，1951年9月24日，中央军委致电彭德怀，决定在朝鲜境内划分4个防空区，由志愿军指定在朝鲜的高炮部队专门负责掩护铁路运输。志愿军总部根据中央军委指示，决定由1个团又12个营的高炮部队，分区担负对空作战，掩护铁路运输。同时还有城防高炮部队掩护重要铁路桥梁。

志愿军按照"集中兵力，重点保卫"的原则，从掩护机场修建和在后方休整的高炮部队中抽调兵力，加上原有的兵力共14个团又23个营，占志愿军高炮部队的70%，部署在铁路干线附近，其中2/3的兵力配置在铁路"三角地区"，实施重点掩护，给予前来轰炸的美军飞机以严厉打击。

美国空军战史承认，志愿军高射炮火使担负轰炸朝鲜北方铁路的美第5航空队的战斗轰炸机遭受了很大损失："9月，被击落32架，击伤23架；10月，被击落33架，击伤238架；11月，被击落24架，击伤225架"。

根据联合铁道运输司令部的建议，中央军委和志愿军总部将掩护机场修建的3个高炮师和1个城防团，全部抽出集中用于掩护铁路运输，并以高炮第64师司令部为基础，组成了铁道高射炮兵指挥所，统一指挥掩护铁路运输的高炮部队作战。

高炮部队采取了"集中兵力、重点保卫"的方针，将70%的兵力、火力部署在三角地区铁路沿线，打击敌机。仅12月一个月内，即击落敌机38架、击

志愿军高射炮兵夜间射击

伤68架。美军飞行员将这一地区称为"死亡之谷"。高射炮兵副班长刘震春回忆道：

敌机仗着数量上的优势，像一群乌鸦似的，高低数层，凶猛地向我们阵地压下来。我们一门炮差不多要对付四五架敌机。阵地上火光四射，冲天的烟柱不断地在阵地周围卷起来。但我们也愈打愈猛：一炮手周全耳朵震出了血，滴在肩膀上一片红，他好像根本没觉得，两眼仍紧靠瞄准镜，不停地转动方向轮；二炮手王庆发胳膊肿得老粗，但他装填得却更快了；忽然一股气浪劈面涌过来，几乎把我推倒，我晃了几晃，支持住身子，向旁边一看，一个黑森森的弹坑从浓烟下面露了出来，刘满长和机枪倒在一边，可是一转眼，他又爬起来了，他带着满身泥土，胸前有巴掌那么一块大血渍，很快地弄好机枪继续射击，他终于找到了自己的复仇目标，把一架向他俯冲下来的"F—80"射中了，它连翻几个筋斗，跌落到山下的稻田里。

敌机到底没坚持过我们，它动摇了，开始高升逃窜。我们就猛烈地跟踪追击。这时候，每门炮的炮身都打红了，可是，时间非常宝贵，一分钟也不能耽误，迟一刻就会失掉战机。正当我们的炮火紧紧地截住后面两架敌机的时候，二炮突然不响了。只见贾兴申双手向炮栓伸去，扳出了弹壳。谁知刚响了一下，又不响了。原来炮身温度太高，膨胀了，上不去，贾兴申又用肩膀向发红的炮身猛劲一扛，炮立刻又响起来。敌机越跑越快，我们的炮弹也越打越密。我转动镜子，眼睛紧紧地盯住它们。我清楚地看见这四架飞贼刚要飞出我们的火力圈时，一架肚里就吃了两发炮弹，在空中四分五裂地开了花，半个机身、两只翅膀就像水缸和门板似的翻翻滚滚地落了下来。

从1951年9月中旬起，志愿军空军在刘震司令员的指挥下，以师为单位轮番出动作战，与苏联空军在平壤以北（主要是清川江以北）地区上空，打击美军入侵的飞机，掩护铁路运输和机场修建。在中国人民抗美援朝战争期间，苏联空军保持2~3个歼击机师，共4~7个团，飞机120~210架，在清川江以北地区上空作战。当时，此事处于秘而不宣的状态，直到20年以后才逐步公开。至12月底，志愿军空军先后出动5个师、飞机3526架次，共击落美机70架、击伤25架。

30.
反
『绞杀战』

志愿军进行对空防御作战

　　经过 4 个月的顽强斗争，中朝人民军队终于打破了美国空军对"三角地区"铁路的重点封锁。在此期间，经铁路抢运过封锁区的作战物资共 1.5 万余车，汽车运输能力较 4~8 月提高了 75%，综合保障能力已达到 70% 以上，一线作战部队的后勤供应已能基本得到保障。

　　从 1952 年 1 月起，美国空军为躲避志愿军高射炮火的打击，改变了战术，在"三角地区"以外寻找志愿军高炮火力的空白区，对朝鲜北方铁路实施机动重点突击。初则轰炸铁路两头，封锁物资运输的来路和去路，继则集中封锁清川江以北线段。3 月以后，又采用所谓"饱和轰炸"的战术，选择铁路干线上的某一重要路段，集中所有能够用来执行轰炸任务的飞机，24 小时昼夜不间断地进行轮番攻击。

　　道高一尺，魔高一丈。针对美空军轰炸战术的改变，志愿军很快就找到了相应的对策。

　　空军仍采取轮换作战的方针，经常保持 3 个师的兵力，掩护清川江以北的运输线。至 1952 年 6 月底，志愿军空军共有 9 个师 18 个团的歼击机部队参战，并有 2 个轰炸机师的部分部队参加轰炸大、小和岛，配合地面部队攻占这些岛屿的作战。参战飞行员 447 名，战斗出动 680 批、空战 85 批、1602 架次，击落美机 123 架、击伤 43 架，自身被击落 82 架，被击伤 27 架。志愿军空军与美军空军飞机损失对比为 1：1.46。志愿军空军经受了空战的锻炼和考验，为粉

志愿军高射机枪向美机开火

碎美军的"绞杀战"，做出了巨大贡献。

高炮部队采取"重点保卫，高度机动"的作战方针，以师为单位并指挥若干独立团、营，重新划分防区，将掩护范围从主要是"三角地区"，向清川江以北扩大到京义线的宣川、满浦线的熙川，减少了掩护的空白区，有力地掩护了铁路运输。在鸭绿江以北掩护鸭绿江桥的城防高炮第508团，也调入朝鲜参战。各师指挥的中口径高炮部队，重点保卫防区内的铁路桥梁和车站等重要目标，大部分小高炮部队和一部分中高炮部队，在本防区内实施高度机动作战。在作战指导思想上，规定机动作战的部队以击落敌机为主，防卫重要目标的部队以保卫目标安全为主，并力争击落敌机。

1952年上半年，高炮部队共击落敌机198架、击伤779架。5月8日，高射炮兵第24营在楠亭里仓库区对空作战中，创造了一天击落击伤敌机25架的纪录，受到了志愿军司令部的通令嘉奖。

铁道抢修部队采取"以集中对集中，以机动对机动"的方针，在确保铁路"三角地区"通车的情况下，对美机重点轰炸地区配备较多兵力，对其他地区则视破坏程度临时机动兵力进行抢修。在重要桥梁、车站和地段修建大迂回线和便线、便桥，以保证铁路畅通。工兵和后方部队继续加宽、加固和新辟公路，在公路沿线增建汽车掩蔽部和物资仓库，对易遭破坏和行车不便的路段增修迂回线，使汽车运输能力较1951年上半年提高了76%。

志愿军高射炮兵研究战术

从 1951 年 9 月至 1952 年 6 月底，美国空军"绞杀战"期间，共破坏朝鲜铁路 19886 处次、延长 700 公里，桥梁 1729 座次、延长 51.7 公里，隧道 43 座次，给水站 148 站次，通信线路 5.6 公里。同一期间，志愿军铁道兵团与人民军铁道部队一起，共完成抢修、新建工程，计线路 20024 处次、延长 878 公里，桥梁 2086 座次、延长 79.7 公里，隧道 51 座次，给水站 187 站次，通信线路 11.9 公里，可运行的铁路增加到 1200 多公里，有力地保证了铁路运输。

在志愿军空军和高炮部队的打击下，在铁路系统、公路系统志愿军抢修、抢运部队、后勤部队及战线后方其他部队官兵齐心协力的奋战下，志愿军建成了以铁路运输和公路运输相结合，以抢修、抢运和防空斗争相结合，从后方基地到第一线各军的前后贯通、纵横交错的交通运输网络，形成了"打不烂、炸不断的钢铁运输线"，从而扭转了战场上运输一直被动的局面，作战物资源源不断地运往前线，基本上解决了能不能有饭吃的重大战略问题。

美国空军战史称：整个"绞杀战"期间，仅远东空军的飞机（不计海军飞机）执行这一任务，就出动了 8.755 万余架次，平均每天 300 余架次。但"共军还是能够为他们在前线的军队进行补给，并在前方地域建立后勤补给品堆集所……共军在整个战线的火力比过去强大得多了"，"事实很明显，对铁路线进行的历时十个月的空中封锁，并没有将共军挫伤到足以迫使其接受'联合国

源源不断的军用物资通过铁路运往前线

军'方面的停战条件的地步"。美军的"绞杀战",不但未能"窒息"志愿军前线部队和迫使中朝方面在谈判中接受其无理要求,而且还损失了大量的飞机。

李奇微在总结这场战争的教训时曾说:"在朝鲜战争期间,有些人认为,以空军来切断已投入战斗的敌军所有增援和补给,就可以创造截断敌人的奇迹。空军并不能创造这种奇迹……空军力量确实存在一定的局限性。"

至1952年6月,美国空军对朝鲜北方铁路的空中封锁行动彻底失败,被迫宣布停止"绞杀战"。

31. "冷枪冷炮"战

1951年底，皑皑白雪覆盖了朝鲜的山川大地。经历了一年多的激烈厮杀，朝鲜战场上的硝烟也在料峭的寒风中渐渐消散。中国人民志愿军、朝鲜人民军与以美国为首的"联合国军"在"三八线"南北地区形成了对峙。

此时，"联合国军"在"三八线"地区共有兵力16个师又1个旅。其中，在第一线部署了美军6个师、英联邦军1个师、南朝鲜军6个师；在第二线部署了美军1个师、南朝鲜军2个师及土耳其旅。志愿军和人民军共17个军、6个军团。其中，在第一线部署了志愿军8个军、人民军3个军团；在第二线和东西海岸部署了志愿军9个军、人民军3个军团。

由于志愿军和人民军取得了1951年夏秋季防御战役的重大胜利，共毙伤俘"联合国军"7.8万余人。"联合国军"总司令李奇微被迫放弃大规模的进攻行动，转而采取攻势防御，除继续以空军进行"绞杀战"外，地面部队只进行维持现防线所必需的小规模进攻。于是，战场形势相对稳定，双方的较量似乎在一段时间内转移到了板门店帐篷内的谈判桌上。

但"三八线"不是和平时期的边界线，而是百万大军对峙的前线。因此，阵地对峙中的枪炮声始终不绝于耳。双方都使出浑身解数，改大打为小打，为停战谈判桌上的唇枪舌剑提供坚实的后盾。

据此，志愿军为执行毛泽东制定的"充分准备持久作战和争取和谈达到结束战争"的总方针，贯彻"持久作战、积极防御"的战略方针，决定坚守现有

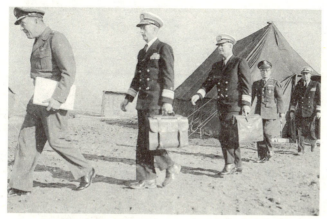

美方向朝中方进行一连串挑衅事件、施加"军事压力"遭到挫败后，于1951年10月25日不得不重新回到谈判桌上，中断两个多月的停战谈判在新会址板门店复会

战线，以阵地战为主，加强和巩固阵地，大量消耗敌人，争取战争的胜利结束。

从1951年12月起，志愿军在进行反"绞杀战"斗争的同时，遵照毛泽东提出的"零敲牛皮糖"、积小胜为大胜的作战原则，积极开展构筑以坑道为骨干的坚固防御阵地和进行小部队战斗的活动。

当时双方阵地平均距离为400~500米，最近处仅有100多米。志愿军战士做了形象的描述："对面阵地上的美国佬，眼睛是黄的还是蓝的，都可以看得一清二楚。"

虽说"联合国军"在大规模进攻上占不到半点便宜，可装备优势毕竟是毫无争议的事实。志愿军空中没有飞机支援，地面炮火也十分有限。因此，在不打大仗的两军阵前，"联合国军"士兵们就显得格外骄狂，不愿待在阴冷潮湿的地堡里，经常三五成群地躺在阵地前的草地上晒太阳打扑克，抽烟喝酒吃罐头，甚至跑到两军阵地之间的河沟里洗澡。敌人的坦克也明目张胆地开到最前沿的阵地上，机枪和大炮对准志愿军的阵地，不时寻找可供发泄的目标。一旦有风吹草动，就狂轰滥炸一番。

而这时，志愿军的阵地基本上还是野战工事，没有形成坚固的防御体系，难以抵御敌军密集炮火的轰击，加之缺乏制空权，实在无法与敌进行火力对抗。为避免招致无谓损失，尽快完成第一线坑道防御体系的建设，许多部队曾一度给前沿部队规定了不准主动惹事的纪律。

志愿军某部加固坑道工事

　　面对敌人的嚣张气焰，志愿军一线部队指战员可咽不下这口气。他们在积极构筑、巩固坑道工事的同时，组织连以下分队，采取伏击、反伏击、偷袭等战术手段，不失时机地消灭敌人有生力量。

　　从 1952 年 1 月开始，志愿军一线部队积极开展"冷枪冷炮"活动，选派优秀射手和炮手组成狙击组或枪炮联合狙击组，隐蔽在前沿阵地上，以步枪或轻、重机枪准确地射杀敌阵地前沿暴露人员，以直接瞄准火炮、火箭筒、无坐力炮摧毁敌土木质工事和固定坦克发射点，以野炮、榴弹炮射击敌浅近纵深的小群目标。

　　因为敌我双方阵地距离很近，已经进入了各种轻武器的射程，所以虽然志愿军部队并没有配发专供狙击手使用的狙击步枪，但同样能有效射杀敌军阵地上的目标。由于它具有乘敌不备的突然性质，志愿军战士把这种战法称作"打活靶"。29 日，志愿军总部对各兵团各军发出战术指示：

　　在与敌对峙状态中，对敌之小群目标及一般目标，每日指定值班的轻重机枪不失时机地寻求射击，对于单个目标也应组织值班的特等射（狙击）手专门寻求射击目标，这将给敌人甚大杀伤……我们坚决反对认为步枪在近代战争中已是落伍兵器的说法。

　　自此，志愿军的"冷枪冷炮"活动在前线各军迅速开展起来，成为一种普遍的、有组织的群众运动。说是群众运动那是一点也不含糊，因为连勤杂人员都来参加这种过枪瘾"打活靶"的事。

68军204师610团8连有个炊事员叫庞子龙，本职工作是给狙击手们送饭。这位火头军在阵地上来来去去地看人家打得痛快很是眼热手痒，就说我也来打两枪试试。结果一打就收不了手，3个月内一人冷枪毙敌54名，打出了瘾头，打出了名声，火头军打成了"阵地猎手"。

待机歼敌的志愿军狙击手

这种战法乍看起来战果很小，但架不住天天如此。一天消灭两三个，日积月累，战果就相当可观。三个月下来，一算总账，战果竟出奇得大，甚至超过了一场较大规模的战斗。40军118师354团就有好几个班的冷枪杀敌战果达到数百名。67军202师冷炮冷炮毙伤敌人近4000名，而自身伤亡却非常小。志愿军官兵们都说："打活靶这个活儿真不赖，虽说是零打碎敌，却是一本万利。"

当然，志愿军的"冷枪冷炮"活动最初也并非一帆风顺。狙击作战，实际是双方作战人员的一种全面较量。一个狙击手即使伪装得再好，枪声一响，位置也会暴露。美军阵地火力配备体系完善，各种步兵火器一应俱全，且有纵深炮火密切支援，射手的技术也称得上优秀。所以，只要发现了志愿军狙击手的位置，不到一分钟就会进行报复射击。常常是志愿军的狙击手打死一个敌人，敌人就用炮火轰上半天。志愿军的狙击手躲避不及，也缺乏有效的防护工事，伤亡较大。狙击手们感到得不偿失，普遍产生了畏惧情绪。

怎么办？还是老传统、老办法，发扬军事民主，发动大家开动脑筋，出主意想办法。15军44师130团3连召开的一次会议，就很具代表性：

战士龚士华提出：工事强度不够，且枪械发射后，不仅有爆烟，而且会激起尘土，暴露位置，招致敌人火力报复，怎么办？

志愿军官兵发扬军事民主，总结战斗经验

班长原流经回答：工事用装土的麻袋加强，新土用旧土盖起来，并事前用水浇一下，这样就不会出现尘土了。更重要的是，要想打敌人，就不要怕敌人报复，我们不打敌人，敌人照样用炮轰我们，因此就是要和敌人拼顽强，今天打他一个，明天打他一个，见了敌人就打，打了之后马上转移，这样集中起来就是一个歼灭战，就能真正打痛敌人。

射手唐玉堂提出：目标距离较远，瞄准困难，敌人又在活动，等你想打的时候，敌人已经消失了，怎么办？

射手苏绍财回答：一是增强信心，提高射击技术，今天打不准，明天再打，只要沉着、敢打，慢慢地总能打着敌人。二是讲究战术，事前划分射击区域，标好射击目标，测准距离，人员进行明确分工。

类似的军事民主会在志愿军部队中不胜枚举。正是这种群策群力、集思广益，逐步消除了志愿军官兵的畏惧情绪，也纠正了部队中认为"冷枪冷炮是小打小闹"的错误观念，推动了"冷枪冷炮"活动在志愿军整个前沿阵地的普遍开展。

3月底之前，志愿军的阵地尚未巩固，以坑道为核心的坚固防御阵地体系正在构筑之中。与此相适应，"冷枪冷炮"活动也处于初期阶段，各部队的狙击活动虽然已经开展起来，但仍处于摸索经验阶段，主要目的是掩护正在进行的大规模筑城。

到3月底，志愿军一线部队的坑道工事已具有一定规模，各部队开始遵照志愿军总部关于"采取积极手段，巩固现阵地，不放过任何有利战机，歼击运动的、暴露的敌人，相机挤地方"的指示，对"联合国军"阵地组织实施小规模进攻作战。

已尝到甜头的志愿军战士们结合挤占阵地作战，迅速把"冷枪冷炮"活动发展成为群众性的立功运动。他们通过仔细研究敌人的活动规律，灵活选择射击位置，并事先构筑工事，进行严密伪装，有效发扬火力，大量杀伤敌人，并把这一战法发挥得淋漓尽致——敌人出来晒太阳，打！修工事，打！吃饭，打！敌机轰炸时，敌人出来看热闹，打！敌人出来拉屎撒尿，打！……志愿军战士们还总结出不少经验：洗澡的，脱下一条裤子再打；拉屎的，蹲下再打；坐汽车的，上坡转弯再打……

就这样七打八打，把敌人打得整天龟缩在工事里不敢露头，失去了在阵地前沿的活动自由，甚至连大小便也只能在工事里解决，拉在罐头盒里往外扔。时任15军44师师长的向守志回忆道：

志愿军战士在挖坑道

6月底我与参谋长葛明主持召开全师作战会议，总结两个多月防御作战的经验，提出了"树立积极的、主动的、全面的、持久的防御作战"的要求，决定全师开展小部队活动及冷枪冷炮狙击运动。我们的口号是："一定要把紧张空气和斗争焦点推向敌前沿阵地。"为了缩短射击的距离，先后挤占了芝村南山无名高地及381东北无名高地，使冷枪冷炮狙击歼敌人数激增。……八九两月正值朝鲜雨季，敌人工事漏、塌情况严重，外出活动增多，为我开展狙击杀敌提供良机，7月到9月之间狙击歼敌2649人，部队中涌现出大批优秀狙击手。敌遭我大量杀伤，阵地上死气沉沉。据俘虏说：他们"终日龟缩在地堡内不敢外出，个别人因公外出，也极度紧张"。

志愿军战士们曾回忆：那会儿志愿军根本不怎么搞射击训练，班长、排长、连长直接就把新兵们带到前沿，现场指点着怎么测距，怎么定标尺，怎么计算提前量，怎么打上山的，怎么打下山的，夜间射击有些什么要领……然后说你们自己挑两个目标打打试试。结果当然是既练了兵，又长了本事，还有了战果，真是一举三得。

15军做过一个统计：开展狙击活动前，1个老兵平均要用9.4发子弹、1个新兵平均要用12.9发子弹才能消灭1个敌人。而经过"冷枪冷炮"活动，1个老兵平均1.2发子弹、1个新兵平均6发子弹就能消灭1个敌人。很多新战士就是这样不知不觉地打成了英雄，24军72师214团8连战士张桃芳便是其中的

志愿军某部总结在冷枪冷炮活动中的歼敌情况

志愿军著名冷枪手张桃芳在一次射击技术训练表演时，用6发子弹打下了5只小鸟。15军军长秦基伟亲自用望远镜进行观看

佼佼者。

张桃芳的军龄很短，年龄也不大。1951年3月，19岁的张桃芳自愿报名参加志愿军，1952年9月随部队来到朝鲜战场，1953年1月中旬进入一线阵地。这个阵地正是上甘岭战役中英雄黄继光牺牲的597.9高地。

自从进入阵地的那一刻，张桃芳就对狙击手的行当入了迷。闲暇工夫，他不是向老狙击手请教射击要领，就是端着步枪瞄个不停。功夫不负有心人。很快，他就进入了角色，第二次参加狙击作战便击毙1名美国兵。此后40多天时间，他用240发子弹，毙伤71名敌人，成为全连头号狙击手。

连里的干部发现张桃芳是个人才，立刻选送他到团里举办的狙击队深造。回到阵地后，张桃芳更是一发不可收拾，每次出战均有斩获，很快就突破了毙敌100名的大关，在志愿军狙击手中崭露头角。

张桃芳回忆道：

4月19日，天气晴朗，万里无云，我照例一清早就走上了射击台，等待打击敌人。

根据我们观察所的了解，敌人正在运动兵力，看样子好像是换防。敌人为了掩护它兵力的运动，自己的烟雾弹不时地往我们阵地上打，紧跟着大小炮就按着烟雾弹指示的目标打过来，打得我们阵地上一片烟火。

我伏在射击台上，透过爆炸的烟雾，细心地观察着敌人的动静。当我观察到正南无名高地时，发现在高地的主峰上又增加了一个暗堡。记得我去狙击队学习时还没有它呢。我从狙击队学习回来，班长滕志平同志对我说："小张，正南山上主峰的暗堡里有敌人的观察员，他是专门指挥炮兵对付我们的，得想办法把他敲掉啊！"

今天，这个家伙又在指挥打炮了。我非把他揍掉不可！

真巧！我刚把标尺定好，就有一个家伙在地堡后面，探头探脑地用望远镜朝我们阵地上看呢！我立刻开始瞄准，可是他的脑袋一伸一缩的很不好瞄。于是我决定先不理他，让他麻痹麻痹以后再打。果然，他的胆子越来越大了，后来竟直着腰站在地堡顶上观察起来。我咒骂着说："好小子！胆子真不小，到老子的枪口底下来观察啦！你是活得有点不耐烦啦！"我照准他的胸部，屏住呼吸，稳扣扳机，叭的一枪打过去。那个家伙像得了软瘫病似的头朝底、脚朝上翻了一个身，栽到地堡下去了。

我自言自语地说："小子，你有本事就站起来指挥你的炮兵吧！"

对张桃芳狙击技艺最大的肯定，还是来自敌人方面。尽管不知道张桃芳是何许人，但597.9高地有位志愿军狙击手，枪法如神，对面阵地上的美国兵却一清二楚，也恨之入骨，专门调来了狙击手，决意要拔掉张桃芳这个眼中钉、肉中刺。这就引出了一场两位顶尖狙击手之间的精彩对决。

1953年初夏的一天，天气晴朗，万里无云，张桃芳照例一早就上了阵地。刚沿着交通沟走进三号狙击台，就有一串机枪子弹贴着头皮飞过。张桃芳脑袋一缩，趴在交通沟里，神经陡然紧张，感觉到了一种异样的气氛。

交通沟里有一顶破钢盔，张桃芳顺手拾来，用步枪将它顶起露出交通沟。以前他曾多次用这种方法引诱对手暴露位置。可这次钢盔晃了半天，对手始终一枪未发，显然是一位经验丰富的射手。

张桃芳决定冒一下险，猛地蹿过一片空地，跳进另一个掩体。果然，对面射过来一串子弹。凭几个月来狙击作战的经验，张桃芳立即判断出对手的射击位置。只见他双手一扬，身子一翻，做出被击中的样子，两眼迅速搜索目标，只见一挺机枪架在两块大石头缝中，后面晃着一个脑袋。

好个张桃芳，猛地站起身，枪托抵肩，即刻击发。几乎与此同时，对方也发现了张桃芳，立即转动枪口扣动扳机。

著名的冷枪手张桃芳在战斗中

高手对决，胜负只在瞬间。张桃芳的子弹比对手快了零点几秒。也就是这零点几秒，决定了两位狙击手的命运。张桃芳的子弹射穿了对手的头颅，而对手的子弹贴着张桃芳的头皮飞了过去。

在 32 天里，张桃芳用 437 发子弹打死打伤敌人 214 名，这是志愿军狙击手单人战绩的最高纪录。张桃芳也因此成为志愿军第一狙击手，被志愿军总部授予"二级战斗英雄"荣誉称号，并被朝鲜民主主义人民共和国授予一级国旗勋章。张桃芳用过的狙击步枪现在陈列在中国人民革命军事博物馆里。

在志愿军中像张桃芳这样的狙击英雄还有许多。15 军 45 师 135 团驻守上甘岭 537.7 北山阵地，在 9 个月的时间里，靠冷枪战即歼敌 3558 人。整个 15 军在此期间歼敌 19921 人，其中 40% 以上都是冷枪造成的。而 15 军自身伤亡仅为 35 人，敌我伤亡比例高达 569：1。难怪后来"联合国军"官兵给 537.7 高地北山阵地起了个名字——狙击兵岭，而把自己的阵地称为"伤心岭"。

战斗中，志愿军指战员还自己创作了一首名叫《冷枪战》的歌曲。歌中唱道：

冷枪战，冷枪战，

冷枪战打得敌胆寒。

瞄得准打得稳，

31.
「冷枪冷炮」战

173

美军自己的作战示意图 ——Heartbreak Ridge（伤心岭）

又机智又勇敢；

一枪一个百发百中，

只打得鬼子他不敢乱动弹。

你也打来我也打，

今天俩明天三，

加起了就是一个歼灭战。

大家开展冷枪战，

打得鬼子心胆寒；

我们是英雄的狙击手，

我们是英雄的狙击手，

英雄的狙击手守卫着英雄的山。

一位名叫蒋中清的战士写的一首"塔诗"更朴实更精彩：

打

冷枪

要提倡

这个战术

志愿军战士严阵以待，坚守阵地

真正叫吃香

代价小胜利大

这是敌人致命伤

射手找好隐蔽位置

射击之前先把子弹装

注意敌人活动眼看四方

发现情况沉住气不要发慌

先瞄好准到有效射程再放枪

一枪撂倒一个两枪撂倒它一双

你也打我也打打得鬼子晕头转向

为了世界和平坚决把侵略者消灭光

　　步兵打冷枪打得过瘾，把炮兵的馋虫也给勾起来了。炮手们自然不甘寂寞，开展起了冷炮运动。先是六〇炮、无后坐力炮、八二迫击炮，这种步兵的轻便火炮悄悄地找机会动手，专打敌人的汽车、坦克和火力点。

　　40军118师354团炮兵营八二迫击炮班班长张建业，发现在阵地对面山后有一条翻山公路，常有美军来回走动。那里距离自己阵地有3公里多，步枪和

发现敌人就用"冷炮"消灭他

机枪都够不上，便主动请缨，向上级建议调1门八二迫击炮来封锁这段公路。

上级同意了，并把这个任务就交给了张建业。他兴高采烈地带着两个炮手扛了门八二迫击炮来到前沿阵地。

可整整等了一个白天，也没看见有敌人通过那段公路。天近黄昏，正当三人有些沮丧之时，一架美军直升机擦着山顶飞过，落在对面山后了。

"张建业，把它打掉！"团指挥所命令。

但要完成这项任务确实有些难度。因为敌人在反斜面，看不到它具体的降落位置，志愿军又不像美军，天上有飞机给地面炮兵校正目标。

不过，张建业是名老炮手，既有经验又有主意。他仔细察看地形，发现对面山岗中间有一条又宽又深的交通沟，直接从前山通到山后。敌人的直升机不管是往前送弹药还是往后送伤员，十有八九都得停到这条交通干道头上。敌机害怕被志愿军的炮火击中，极有可能要停靠在山脚处。

张建业坚信自己的这个判断，目测了距离，然后瞄准定标尺，试射了2发炮弹。侧耳一听，似乎远了一点，没炸到目标。于是立即修正标尺，再缩短50米距离，又打出了1发。

只听到轰隆一声巨响，山后腾起一股浓浓的黑烟。"打着了，打着了！"团前沿观察所报告。

见班长打得如此痛快，两个炮手也想试试身手。第二天一早，机会就出现了。一辆美军吉普车从山后那段公路上通过，两人立马就打出了2发炮弹。可等炮弹打到公路上，吉普车早就没影儿了。

两人很是失望：班长没看见飞机，却把飞机打掉了。我们明明看见了汽车，却瞪眼让它跑了。

张建业耐心地给他们分析："汽车下坡跑得快，没等咱们炮弹打到那儿他就跑过去了，等汽车上坡开得慢，咱掌握好提前量就能把它打掉。"

两人恍然大悟，等那辆吉普车返回上坡时，一炮就把它打翻了。仅仅半个月的时间里，他们三人就在这条公路上打死打伤20多个敌人。此后，只要是白天，敌人再也不敢走这条路了。

就这样，志愿军团以下部队相继开展了游动炮作战，并取得了一些战果，不过与冷枪战相比规模不大。到1952年8月，根据战场情况的变化，志愿军总部在充分肯定冷枪战成绩的同时，要求炮兵部队也积极行动起来，全面开展冷炮战。

经过一段时间的摸索，冷炮手们逐步掌握了狙击作战的奥秘。如敌坦克不射击时，坦克手一般不在坦克里，这时可以先在坦克附近选择一个试射点，测准数据，然后打三四发急促射，让敌坦克手不敢上车开动坦克，再进行破坏射击。对敌活动坦克，则可选择其可能活动的地点，先进行试射，一旦发现目标出现，马上集中火力进行有效射击，大致用30发炮弹可以确保击毁坦克。

冷炮手们由此渐入佳境，以39军的战果最为显赫。1952年8月下半月，39军集中军、师炮群的81毫米迫击炮以上各种大口径火炮42门，实施狙击作

志愿军炮兵侦察敌方阵地

31. 『冷枪冷炮』战

战298次，发射炮弹4247发，击毁击伤敌坦克44辆、汽车45辆、开路机1辆、火炮5门，破坏敌地堡74个，毙伤敌853人。

八二迫击炮狙击状元则是15军45师135团八二迫击炮连战士唐章鸿。

别看唐章鸿只有17岁，可人小鬼大，发明了"闲时准备忙时用"的方法，平时将距离、方位写在木牌上，挂在隐蔽阵地里背诵，做到烂熟于心，只要敌人一露头，炮弹就立即在敌身边开花。他曾在65天内用76发迫击炮弹杀伤了101个敌人，是志愿军中第一个"百名狙击手"。

唐章鸿回忆道：

天明了，从乌云缝里露出一小块蓝天，山沟里乳白色的雾像海水似的滚动，东山垭口露出了半个太阳。我心里多么高兴呀，仿佛跟天色一样的亮堂起来了。这时副连长同志从主峰上走来，他激动地向我们说："今天是党的生日，你们打算怎么办？"王海周抢先答道："今天哪……我们准备到前面去揍敌人！"我接着说："到那'馒头山'上去！"我用手指着侧前方给白雾笼罩着的那个山头。虽然还看不清楚，但我们全都熟悉那个形状像馒头的山头，这是我们狙击手们经常"改善生活"的地方。

副连长同意地点了点头："你们趁着雾气去，雾散时要注意隐蔽。""放心吧！副连长，保证带'一打'回来给党的生日做献礼！"我俩一齐回答。

越往低处走雾气就越大，我们拉开了七八步距离，就谁也看不见谁了，在雾的掩护下我们很快就到了"馒头山"。

过了不久，雾渐渐地淡了，红红的太阳露出脸来。我在修理着炮工事，王

志愿军著名的八二炮狙击手唐章鸿

海周两只鹰似的眼睛开始搜索起来。

"你来！"王海周轻声地喊我，"你看敌人在那里挖了个新地堡！"

我顺他手指的方向看到了个新土包，上面还长满了新草，我怀疑地说："新地堡？擦擦你的鹰眼吧！蒙上尘土啦，那是个小土包！"

他涨红了脸，带着不服气的口气说："小土包？这一带地形好比在我手心里摆的沙盘一样，我闭上眼都可以背出来哪里高，哪里低，哪里有草，哪里有树，哪里草稀，哪里草密……"他像背书似的滔滔不绝地说着，又扭过脸去搜索。突然他尖叫了一声："看！"我立刻把视线转向他手指的方向，果然有个敌人走出新土包，拿白衬衣往草丛上搭。在这个地堡后面还有很多帐篷。

……我忙跑回炮工事里，定好距离，瞄准目标，照着帐篷连放了六发。前三发把帐篷打得冒起了冲天的黑烟，后两发动了下米位，炮弹就在敌人帐篷周围开花了。炮烟还未完全飘散，我想出去观察，只听王海周慢腾腾地说："听我报告战果吧，不算帐篷里面的，光是看得到的就有'一打'多。今年的'七一'总算没有白过……"

冷枪与冷炮的配合使志愿军的狙击作战威力越来越大。各种兵器依据兵器性能、目标特点，有着明确的任务区分和射击区域分工。

一般来讲，500米以内的人员目标，由步枪狙击手负责打；500~1000米以内的单个或小群人员目标，主要是轻重机枪打，步枪予以配合；500~1000米以上的车辆、工事或人员集群目标，由无后坐力炮负责；1000米以上的目

志愿军狙击手们在交流作战经验

标，由小口径迫击炮负责；1000~1500 米内的目标，由 81 毫米迫击炮负责；1500~3000 米内的目标，由 75 毫米山炮、76.2 毫米野炮和 107 毫米迫击炮负责；3000~5000 米距离内的目标，由 122 毫米榴弹炮负责。各种兵器既分工明确，又相互配合，在敌人的阵地罩上了一张密不透风的死亡之网。

"冷枪冷炮"发展到这种高度，简直就不再是一种消耗敌人有生力量的手段了，而成为一门令人叹服的艺术，在抗美援朝战争后期发挥了巨大威力。据统计，仅 1952 年 5~8 月，志愿军在"冷枪冷炮"活动中毙伤敌 1.3 万余人。这个数字已经接近运动战时期一个重大战役行动的歼敌数字。

"联合国军"官兵被打得惶惶不可终日，真正成了惊弓之鸟。志愿军狙击作战的难度也越来越大，特别是对龟缩于地堡、掩蔽部等坚固工事中的敌军，狙击手们大伤脑筋。大口径火炮受精度限制，打不准敌工事；小口径曲射火炮威力小，打不垮敌工事；无后坐力炮和火箭筒虽可击穿敌军工事，但射程有限，离远了打不着，离近了则会暴露目标，风险太大。各种步兵枪械更是对躲在工事里的敌军无可奈何。

于是，志愿军的狙击手们再次开动脑筋，创造出协同作战的新战法，也就是"冷枪冷炮"活动的最高境界——枪炮协同、逼敌出洞、就地聚歼。

15 军 45 师 133 团无后坐力炮排排长高奎最先想到这一新战法的。他找来迫击炮手，研究出一套迫击炮、无后坐力炮和步枪、机枪配合的新招数：事先商定好几个射击时间，然后无后坐力炮、步枪、机枪狙击手在夜色掩护下，秘密进至敌军阵地前，选好地形，做好工事，严密伪装，进行潜伏。天亮后，迫击炮在约定时间对敌阵地连续射击，无后坐力炮则利用迫击炮轰击的掩护，对敌地堡、掩蔽部进行精确射击。待敌人工事被打塌，人员逃命时，再集中步枪、机枪和迫击炮火力予以杀伤。

这一战法立显奇效，不但连续摧毁敌军工事，大大提高了冷枪冷炮的战果，而且迫使敌军不断收缩阵地，大大减少了对志愿军的威胁。

高奎的经验很快得到推广。志愿军各部队随后又创造出一系列枪炮结合的新战法，参加协同狙击作战的火炮也由最初的无后坐力炮、迫击炮发展到了各种大口径火炮和坦克炮，射击的目标更是由敌前沿阵地工事发展到了敌纵深的各种目标。

就这样，志愿军凭着自信、灵活和来源于广大群众的无穷创造力，将各种

志愿军的坦克也加入到冷枪冷炮活动中。图为一辆志愿军坦克
在掩体里随时准备射击

似乎已落伍的兵器予以灵活组合，进而赋予其有效的战术，上演了一幕世界战
争史上最匪夷所思的狙击作战。

　　"冷枪冷炮"活动一直持续到朝鲜战争结束。从 1952 年 8 月~1953 年 7 月，
志愿军的狙击作战又毙伤敌 3.9 万余人。这一辉煌的战绩足以使志愿军的狙击
手们载入世界战争的史册，也为志愿军夺取战场主动权，进而夺取抗美援朝战
争的最后胜利，建立了不可磨灭的功勋。

32. 1952 年秋季战术反击作战

1952 年秋季，抗美援朝战争进入僵持状态。

交战双方的战线已基本稳定，在全线长达 200 多公里的战线上处于对峙之中，活动只限于前沿侦察、警戒战斗和小规模的阵地攻防战斗等。朝鲜停战谈判因美方顽固坚持扣留中朝被俘人员的无理主张，自 5 月起一直没有任何进展。

经过 1952 年春夏季巩固阵地作战，中国人民志愿军和朝鲜人民军正面阵地越发巩固，海岸防御更加坚强，特别是以坑道为骨干、支撑点式的防御体系形成后，由野战防御转入坚守防御，通过频繁的小部队进攻行动，挤占双方阵地

"联合国军"无故扣留朝中被俘人员，甚至还杀害战俘

坚守在坑道中的志愿军官兵

中间地带，取得了依托坑道工事进行攻防作战的初步经验。

与此同时，朝中军队兵员充足，在第一线展开志愿军7个军、人民军2个军团，在第二线部署志愿军3个军、人民军1个军团，而且部队士气高涨，交通运输和物资供应也得到较好的改善，特种兵部队尤其是炮兵进一步得以加强，能够在若干地段上同时集中优势炮火支援步兵作战，在战场上的主动地位逐步明显。

反观"联合国军"，虽然继续保持着技术装备的强大优势，也构筑了坚固的防御阵地，但兵力不足，在第一线展开15个师，在第二线部署3个师，官兵士气萎靡，特别是一向占优势的炮兵、航空兵火力，在志愿军坚固的坑道阵地面前，作用已大大削减，进攻也屡屡受挫，防御常常人地两失。

这年7月，美国第三十四届总统竞选活动开始，联合国第七次大会也将召开，美军在朝鲜战场上的军事活动也随之活跃起来。

7月13日，美国陆军参谋长柯林斯在"联合国军"总司令克拉克、美国第8集团军司令范佛里特的陪同下，到朝鲜前线视察。

18日，美国海军作战部长威廉·费克特勒乘坐第7舰队旗舰"依阿华"号视察元山海域，并与美国远东海军司令罗伯特·布里斯柯、太平洋舰队参谋长海尔、第7舰队司令约瑟夫·克拉克举行会谈。费克特勒对记者称：美国海军只要有命令，随时可以在北朝鲜任何地点进行登陆作战。

30 日，范佛里特声称：要对中朝方面施加军事压力，绝对不能指望立即停战。随后，他视察了西线汶山地区。

8 月中旬，克拉克访问大邱南朝鲜陆军总部，并带着范佛里特及美军第 1、第 9、第 10 军军长等人，巡查中部战线金化及其以西地区美军第 7 师防区。随后，范佛里特与南朝鲜总统李承晚先后视察中部战线美军第 7 师、南朝鲜军第 9 师和第 2 师的防务，并在美军第 7 师师部召开高级军官会议。

29 日，美国空军参谋长范登堡在空军协会发表演说时公然进行原子讹诈。他声称：美国军队一旦遭到进攻，美空军将立即使用原子弹进行报复。费克特勒也马尼拉公开表示：美军已把可载原子弹的飞机部署到南朝鲜。

与此同时，"联合国军"调动频繁，抓紧进行各种战斗演习。8 月 15 日，美军第 187 空降团从巨济岛前调，加强美军第 7 师防务。朝鲜西海面上的美军第 90 特种混合舰队与位于汶山地区的美军陆战第 1 师及在日本休整的美军骑兵第 1 师建立通信联络，并与美军陆战第 1 师进行了两栖登陆演习。美军航空母舰"独角兽"号、"西西里"号和主力舰"依阿华"号相继开往西海面。南朝鲜的特务们则加紧收集延安、白川地区我军情报，并称具有"左右时局之重要性"。据俘虏供称：美军拖延停战谈判目的在于夺取延安半岛上的开丰郡和延白郡。

根据上述情况，志愿军总部研判美军为了适应其国内政治斗争的需要和配

1953 年 7 月 27 日，"联合国军"总司令马克·克拉克在朝鲜停战协定上签字

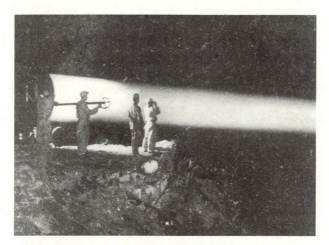
志愿军战士在朝鲜海防前线严阵以待

合停战谈判，可能再度发动秋季重点攻势，有可能集中两个师左右的兵力，借助海、空军配合，于延安半岛实施登陆作战，以便迂回志愿军西部战线侧背，或占领延安、白川地区形成包围威胁开城之势。同时为配合登陆作战，还可能向志愿军正面进行牵制性进攻，进攻重点可能放在平康地区。

据此，中朝联合司令部于8月28日命令志愿军第19兵团和朝鲜人民军第21旅，迅即调整部署，随时准备坚决抗击敌人登陆和保卫开城；命令正面部队加强侦察，严阵以待，如敌进攻，坚决回击；命令东西海岸部队进行必要的战斗准备。

进入9月上旬，志愿军防敌局部进攻的各项准备工作已基本完成。而美军骑兵第1师仍在日本，美军陆战第1师也在原防地未动，正面战线除中部活动比较频繁外，其他方向转向沉寂。志愿军司令部估计敌人在雨季后向翼侧登陆可能性不大，但向正面发动局部进攻仍有可能。为锻炼部队，决定在第一线第39、第12、第68军于10月底交防（分别由第47、第67、第60军接替）之前，以该三个军为重点各自选择三至五个有利目标（其他各军各选择一到二个目标），进行战术性的反击作战，歼击目标为"联合国军"营以下阵地，主要是连、排阵地。

9月14日，中朝联合司令部下达了战术反击作战命令，规定战术反击时间为9月20日至10月20日之间，对每一目标的具体反击时间各军自行确定，以准备好为原则。命令要求：

第一，要准备好了才打，防止仓促发起攻击；第二，要反复侦察、切实掌握情况，制订周密作战计划，组织好步炮协同，并大胆运用坦克协同步兵作战；第三，要组织实施战前演训，并要在冲击出发地区构筑好屯兵洞，以减少伤亡、保持战斗的突然性；第四，要集中使用兵力火力，根据情况适时投入二梯队，以保证反击胜利。

命令还强调要做到攻必克、攻必歼；攻占阵地后，有利则守，不利即在歼敌后主动撤离，并要准备抗击敌人连续反扑，争取在反复争夺中大量歼灭敌人。

志愿军第39、第65、第40、第38、第12、第68军和人民军第3、第1军团准备就绪后，在强有力的炮火支援下（进攻1个连据守的阵地，一般要集中使用山炮、野炮、榴弹炮、迫击炮8至10个连40门左右进行支援），陆续发起反击。

从9月18日至10月5日，中朝两军先后向美军防守的7处阵地、南朝鲜军防守的11处阵地进行19次反击。其中，志愿军攻击的15处阵地，守军为4个连的1处，1个连或1个加强连的4处，1至2个排的9处，1个班的1处。

由于战前准备充分，步炮协同密切，志愿军各攻击部队速战速决，按照预定作战计划，全部攻克目标。大多数部队在冲击出发阵地提前构筑了屯兵洞，大大减少了冲击过程中的伤亡（不少部队甚至攻入敌军阵地前无一伤亡），而

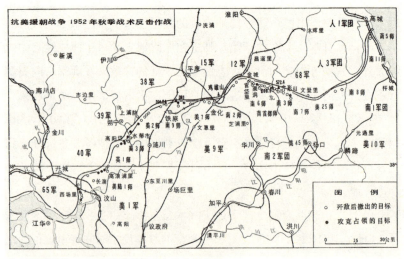

抗美援朝战争 1952 年秋季战术反击作战示意图

且也相应地缩短了战斗时间，在 30 分钟内即攻占阵地，全歼或大部歼灭守敌，敌我伤亡总对比为 4∶1。

志愿军攻占阵地后，敌人即在飞机、大炮、坦克配合下实施连续反扑。大多数志愿军攻击分队依托有利地形，顽强阻敌反扑，争取在反复争夺中大量杀伤敌人，再视情或撤离或固守。

9 月 18 日晚，39 军 116 师 348 团对朔宁以南高阳岱西山发起攻击。美军称该山为"克利山"，由美军第 3 师第 65 团 B 连（欠 1 个步兵排）驻守。这里是该师的前哨阵地，工事相当坚固。

在发起攻击前，348 团组织团、营、连指挥员潜入敌后，侦察敌情、地形；进行沙盘作业和实兵演练，并派出人员在敌后引导炮兵进行破坏射击，将美军阵地工事及障碍物大部摧毁。

当日 19 时 55 分，348 团以 4 连、5 连秘密进抵美军阵地前 7~30 米处的冲击出发地区潜伏。10 分钟后，进攻开始。各攻击分队在炮火支援下，分别从东南、西南、东、西 4 个方向发起冲击。激战 20 分钟，全歼守敌。

随后，8 连奉命接替阵地防御任务，连夜加修工事，组织步炮协同，进行抗击美军反扑的准备。

从 19 日起，美军以 1 个班至 1 个营的兵力向高阳岱西山先后反扑 14 次，均被志愿军防御分队在纵深炮火支援下击退。战至 26 日，348 团巩固了阵地，

志愿军向敌占阵地发起反击

共毙伤美军 820 余人。

9 月 29 日，12 军攻击部队在反击官垡里西山战斗中，仅用 10 分钟就全歼南朝鲜军 1 个加强连，并击退南朝鲜军 20 余次反扑，共歼灭南朝鲜军 760 余人。

战斗中，34 师 100 团 2 连班长伍先华打得异常英勇顽强。在志愿军炮火袭击时，他在坑道里召开党小组会，向党宣誓："在党需要我的时候，我愿献出自己的生命，我要向英雄董存瑞、杨根思学习！"

进攻发起后，伍先华率领全班冲出坑道，猛扑敌阵，连续炸掉了敌人 4 个暗火力点，迅速占领了 720 号阵地，并多次打退敌人反扑，控制住制高点。当主攻部队向 74 号阵地进攻时，遭到坑道内敌人机枪火力的拦阻封锁。在前去爆破的两名战士牺牲后，伍先华挺身而出，抱起 20 公斤重的炸药包，冒着敌人密集的封锁火力向坑道冲去，身中数弹，倒在血泊中。

为减少部队伤亡、迅速歼灭敌人，身负重伤的伍先华以惊人的毅力，顽强地爬到坑道口，猛然拉燃炸药包，滚入坑道中，与 40 余名敌人同归于尽，为主攻部队开辟了前进的道路。

伍先华，1927 年生于四川遂宁，中国共产党党员。1949 年 12 月入伍，1951 年 3 月参加中国人民志愿军，入朝参战。战后，志愿军领导机关为他追记特等功，并追授"一级爆破英雄"和"模范共产党员"称号。朝鲜民主主义人民共和国最高人民会议常任委员会追授他"朝鲜民主主义人民共和国英雄"称号和金星奖章、一级国旗勋章。

志愿军某部正向敌军发起进攻

68军203师609团奉命进攻572.4高地。这个高地位于北汉江东岸、金城东南15公里处，是敌人防线的突出阵地，由南朝鲜军第3师第22团4个连驻守。

9月28日夜，609团以4个连的兵力，在85门火炮支援下，向572.4高地发起进攻。经3小时激战，占领整个高地，全歼守敌。

与此同时，203师608团以1个连的兵力，在41门火炮支援下，向位于该高地以东3公里处、由南朝鲜军第22团2个排防守的方形山阵地发起进攻，迅速占领阵地，全歼守敌。

9月29日至10月2日，南朝鲜军先后调集6个营的兵力，在大量火炮以及坦克、飞机的支援下，向这两处阵地实施了65次猛烈冲击。203师防守部队依托阵地，在炮火支援下，与敌反复争夺，毙伤敌2600余人，击退了敌军的疯狂反扑。

65军194师582团奉命进攻板门店东南的西场里北山及67高地。这两处阵地均为南朝鲜军的前沿阵地，由陆战第1团2个加强排防守，并构筑了坑道等防御设施，工事坚固。

582团进行了周密的战斗准备，并在南朝鲜军阵地前秘密构筑了屯兵洞，攻击分队于进攻发起前隐蔽进入洞内。

10月2日，582团以2个连的兵力，在40余门火炮、12辆坦克的支援下，发起攻击。20时，炮兵和坦克进行火力急袭。10分钟后，攻击分队出击，分别向西场里北山、67高地发起冲锋。仅用8分钟，就全部突破南朝鲜军前沿工事。

志愿军死守阵地

守敌一部被歼，大部退守地堡及坑道。志愿军攻击分队采取逐点爆破的方法，围攻坑道与碉堡。激战至21时，全歼守敌。

从3日起，南朝鲜军以1个排至1个营的兵力在炮兵、坦克兵和航空兵火力支援下，向67高地反扑29次，发射炮弹2万余发，投掷炸弹1300余枚、汽油弹150余枚。志愿军582团防守分队顽强抗击，至6日，在纵深炮火的有力支援下，击退敌军的反扑，毙伤敌1650余人，击毁、击伤坦克18辆，巩固了阵地。

在历时18天的第一阶段作战中，志愿军除了进攻战斗后，还打退敌人1个排至1个团兵力的反扑160余次，大量地杀伤了敌人，共歼敌9000余人，其中美军2000余人，巩固了高阳垈西山、水郁市北山、572.4高地、西场里北山、67高地、柞木洞北山等6个阵地。

虽说志愿军第一阶段的战术反击规模很小，但全线实施、炮火猛烈的声势却是很大，极大地震慑了"联合国军"，担心志愿军将发动全面攻势。

9月24日，克拉克特意飞抵前线，与范佛里特等美军高级将领开会研讨对策，并将预备队美军第45师前调，接替南朝鲜军第8师的防务；将预备队南朝鲜军第1师前调，接替美军第3师防务。

为分散"联合国军"火力、兵力，给予其更有力的打击，改变第一阶段各部队不等齐发起进攻的做法，中朝联合司令部决定于10月6日晚统一发起第二阶段作战。

据此，志愿军第一线的7个军，第65、第40、第39、第38、第12、第68、第15军共组织了1个团另13个连又23个排、35个班的兵力，在760门火炮的支援下，从西起临津江口东至北汉江以东文登里180公里的正面战线上，向"联合国军"23处阵地（其中有6个是第一阶段攻击过的）同时发起攻击。

6日黄昏，38军114师340团以8个连的兵力，在100余门火炮和8辆坦克支援下，分五路向位于铁原西北7.5公里的394.8高地发起进攻。该高地又称"白马高地"，由南朝鲜军第9师2个营防守，阵地上筑有大大小小的地堡数十个，防御设施完备。

战斗打响后，340团攻击分队迅速突破前沿阵地，于当夜占领高地主峰以北6个山头。因敌军炮火猛烈，而攻击分队弹药消耗殆尽，进攻受阻。114师遂以3个营又2个连的兵力先后投入战斗，于8日1时27分攻占高地主峰，歼

1952 年秋，志愿军某部向敌阵地发起反击

灭守敌大部。

南朝鲜军第 9 师为夺回阵地，先后出动 3 个团的兵力，在大量飞机和火炮支援下，实施猛烈的反扑。双方随即展开了反复激烈的争夺战。每一个地堡，每一段交通壕，第一米土地，都要反复争夺，主峰阵地更是多次易手。

战至 15 日，38 军先后投入 5 个多团的兵力，在毙伤俘敌 9300 余人，击落敌机 26 架、击伤 32 架，击毁、击伤坦克 5 辆后，为避免增大伤亡，主动撤出战斗。

12 军 35 师 103 团奉命进攻金城东南的栗洞东山。该山是南朝鲜军首都师防御阵地前沿的一个重要支撑点，由机甲团步兵 1 个连另 3 个排及重火器连一部防守，构筑有完备的工事体系，并建有坑道。

为确保攻击成功，103 团组织攻击分队在相似的地形上进行了多次演练，并在战前组织炮兵实施破坏射击，将敌军阵地工事大部摧毁。

6 日 16 时 50 分，103 团集中 70 余门火炮对敌进行 1 小时的火力打击。17 时 50 分，1 个营的攻击分队发起冲击。第一梯队 2 个连 1 个排仅用 10 分钟就全部占领表面阵地。

守敌残部退入坑道顽抗，附近的南朝鲜军部队则向表面阵地实施反扑。攻击分队以一部兵力击退敌军反扑，主力继续围攻退守坑道的敌军，并进行战场喊话，展开瓦解工作。至 7 日 3 时，全歼坑道内的敌军。

英勇的志愿军战士在弹药用尽的情况下，用石块打退敌人的进攻

天亮后，南朝鲜军机甲团投入预备队，向志愿军发起持续的反扑。103团以第二梯队1个连投入战斗，与敌展开激烈的阵地争夺战。至10日，共击退南朝鲜军1个班至1个营兵力的20余次反扑，毙伤俘敌900余人，巩固占领了栗洞东山。

15军44师130团奉命攻占上佳山西北山。该阵地由美军第7师第17团A连1个加强排防守，筑有25个地堡，设有5道铁丝网和多处防步兵雷场，工事十分坚固。

130团以1连2个排担任攻击任务，于5日深夜秘密进至美军阵地前潜伏。6日17时25分，130团开始炮火准备，将突破口附近铁丝网和地堡全部摧毁。7分钟后，炮火延伸。攻击分队发起冲击，仅用3分钟就突破前沿。经30分钟激战，占领了上佳山西北山，并全歼守敌。攻击分队除留下1个加强班控制已占阵地外，其余撤回。

7日，美军以2个排的兵力在火炮和飞机的支援下，连续进行了3次反扑，均被击退。8日上午，不甘失败的美军又出动1个营的兵力，在猛烈的炮火支援下，再次反扑。志愿军防守分队顽强抗击。时任44师师长的向守志回忆道：

在这高地执行筑城任务的130团警工连工兵班长李文彦同志，带领全班投入战斗，连续击退敌人反扑。战至中午，敌人又集中13辆坦克，在12架飞机掩护下，蜂拥而来。李文彦令两名战士把伤员送下去，自己一人在阵地坚守。当敌人成群冲上来时，他点燃了最后一个五公斤重的炸药包，勇猛冲向敌群，与敌同归于尽。

当晚，130团组织1连3排和8连1个班实施反击，经两个半小时激战，重新夺回了阵地。

9 日、10 日，志愿军防守分队击退了美军 1 个连兵力的 5 次反扑，巩固了阵地。此战，130 团共毙伤美军 730 余人。

此外，39 军部队对高阳垈西山等 5 处阵地发起进攻；68 军部队对 883.7 高地东山等 4 处阵地发起进攻；40 军部队对坪村南山等 4 处阵地发起进攻；65 军部队对 86.9 高地发起进攻，均于当夜或翌日攻占，全歼守敌。

从 8 日到 21 日，第 65、第 39、第 15、第 12、第 68 军又先后进攻了"联合国军"的 11 个目标，攻克 7 处目标。在 391 高地进攻战斗中，涌现了著名的战斗英雄邱少云。

邱少云

391 高地位于铁原东北、金化西南，是南朝鲜军第 9 师防御阵地的主要支撑点，被称之为"铁三角"的中央。整个高地呈一狭长屋脊形，南北两峰相对而立，全长 1200 米，四面多陡壁，地势险要，周围是 1 米多高的野草丛。南朝鲜军 1 个加强连在此防守，工事坚固，不仅搜入志愿军第 15 军与第 38 军接合部，可俯视志愿军阵地纵深并监视平康和普阳湖一带的广大平原，使志愿军安全受到严重威胁，而且也是阻碍志愿军南进的一块绊脚石。为扭转防御态势，15 军决定对 391 高地发起攻击，任务交给了 29 师 87 团。

然而摆在 87 团面前的可是块不好啃的硬骨头。前沿阵地与 391 高地之间有一片约 3 公里宽的茅草开阔地，是敌人炮火封锁区。在这样长的距离上发起冲击，战士们的体力难以支持，而且必会遭到敌人炮火重创。为缩短冲击距离，达成战斗突然性，减少部队伤亡，87 团决定在发起攻击前，将三倍于敌的兵力提前潜伏到敌阵地前沿。

作战计划得到上级批准后，87 团 3 营挑选 500 名战士组成突击队，执行潜伏任务。这一任务既孕育着胜利，又潜藏着危险，更意味着牺牲。他们必须一动不动、一声不响地在敌人的眼皮底下潜伏将近一个昼夜。一旦有人被敌人发现，就将暴露整个行动意图，带来惨重的损失。

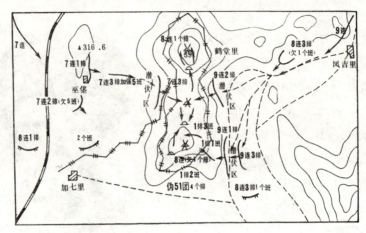

391 高地进攻战斗经过图

　　9 连 1 排 3 班战士邱少云正在病中，他激动地找到连长，坚决要求参加潜伏。生于 1926 年的邱少云，是四川铜梁人。1949 年 12 月入伍，1951 年 3 月参加中国人民志愿军赴朝参战，曾冒着美军飞机的扫射轰炸，从燃烧的居民房里救出 1 名朝鲜儿童。为了表达决心，邱少云郑重地向党支部递交了入党申请书，表示：宁愿牺牲自己，决不暴露目标。为了整体，为了胜利，为了中朝人民和全人类的解放事业，愿献出自己的一切！

　　10 月 11 日深夜，500 名全副武装的战士从头到脚都插上蒿草，神不知鬼不觉地摸到了 391 高地，三四人一组分散潜伏在敌阵地前约 60 米处的蒿草丛里。

　　高地周围一片寂静，偶尔传来地堡中敌人的对话声。借着敌人发射的照明弹的光亮，可以清楚地看到敌人阵地上的铁丝网和地堡中伸出来的枪管，还有从瞭望孔中向外张望的哨兵的面孔。为确保潜伏成功，87 团炮兵不断对高地敌观察所和火力点进行封锁射击，使守敌始终处于紧张状态。

　　12 日上午 10 点多，一支南朝鲜军小分队进入潜伏区。3 营 9 连 1 个战斗小组被迫投入战斗，击毙 3 人，另 2 人脱逃。潜伏部队虽未暴露，但引发了守敌的恐慌，开始向潜伏区进行不定时的炮击。

　　午后，一枚燃烧弹恰好落在离邱少云两米远的草地上，飞溅的火星溅到他的左脚上，点燃了身上的伪装，火势越来越旺，很快蔓延到全身。邱少云的棉衣烧着了，头发也烧着了，成了一个火人。

　　邱少云的身旁就是一个小水沟，只要往那里滚过去，就可以把身上的火扑

一级英雄邱少云（油画）

灭。但他知道，这样做就会暴露目标，潜伏在这里的几百名战友就有被敌人消灭的危险，原定的作战计划就会落空。为了战斗的胜利和潜伏部队的安全，邱少云在生死关头毅然放弃自救，紧咬牙关，把双手深深地插进泥土中，如一尊铁铸金刚，任凭烈火烧焦皮肉，坚持30多分钟，一声不吭，直至壮烈牺牲，以生命保证了战斗的顺利发起。

17时30分，已潜伏了19个半小时的突击队一跃而起，如神兵天降般向391高地发起突然冲击。在炮火的掩护下，仅用30分钟即占领阵地，全歼守敌170余人。

战后，志愿军总部给邱少云追记特等功，追授他"一级英雄"称号。朝鲜民主主义人民共和国最高人民会议常任委员会追授他"朝鲜民主主义人民共和国英雄"称号和金星奖章、一级国旗勋章。

中朝人民满怀对烈士的深情，在391高地的石壁上镌刻了一行醒目的大字："为整体、为胜利而自我牺牲的伟大战士邱少云同志永垂不朽！"

志愿军原定于1952年10月22日停止反击，转入正常防御，以便按预定步骤交接防务、轮换休整和抗击敌人可能的报复。但鉴于敌人已于14日开始以上甘岭地区为目标发动了"金化攻势"，战况日益激烈，为配合上甘岭地区作战，决定将战术反击延续到10月底。

23日后，志愿军第65、第40、第39、第38、第15、第12军又先后攻击了14个敌军目标，除3处阵地未克、1处阵地守敌撤逃外，其余均被攻克，并

1952 年 10 月，美军 F-4U 海盗战机在轰炸朝鲜中部志愿军控制的山丘

全歼守敌。

40 军 119 师 357 团奉命攻打由美军陆战第 1 师第 7 团防守的坪村南山主峰 161 高地和 130 高地。161 高地共有 4 个山包，呈十字形，是美军苦心经营一年多的一处坚固环形防御阵地。130 高地在 161 高地的北面，也是一处较为坚固的独立防御阵地。时任 357 团团长的朱玉荣回忆道：

战前我们派出部队，在敌军的前沿和侧翼选了四个潜伏区，突击八天，挖了 89 个防炮屯兵洞，同时对突击部队进行潜伏训练。为了有效地发挥炮兵火力，我和炮兵团长李如皋多次研究步炮协同作战方案……

10 月 26 日零时，1 连、2 连由 169 高地，9 连由 163.3 高地，秘密进入潜伏区，等待发起总攻。

17 时 17 分，我三辆 T34 坦克开到前沿，对 161 高地上的敌人工事进行直接瞄准射击，紧接着，86 门大炮开火，两次急袭射击，对 130、161 两个高地进行猛烈压制性射击，炮弹像飞蝗般射向敌高地，大地震颤，烟雾腾腾。敌人发觉了我军意图，立刻集中炮火，封锁坑道，拦阻射击，弹如雨下，一片火海。然而我们的突击部队早已越过炮火封锁线，隐蔽在敌人鼻子底下，等待发起冲击。

2 连乘炮火余威，从东西两侧向 130 高地发起了冲击，仅 10 分钟便攻破敌人前沿阵地，然后连续攻下八个地堡，俘虏 22 名美军，全歼守敌，攻占了 130 高地。同时，1 连、9 连从北面和西侧对 161 高地发起冲击，部队大胆穿插分割，打乱敌人防御体系，然后各个围歼。1 连 7 班副班长许长友身负重伤，一块弹片穿进他的脊骨，疼痛难忍，他带伤战斗，用炸药炸毁了敌人的中心大地堡。战斗持续两小时，歼灭守敌两个连，全部攻占 161 高地。

志愿军坦克部队战前宣誓

至 31 日，志愿军胜利结束第二阶段战术反击作战，共对敌 48 处阵地攻击 58 次，其中美军防守的 9 处，法国、荷兰、加拿大军队防守的各 1 处，南朝鲜军防守的 36 处。敌防守兵力：2 个营的 1 处，近 2 个连的 3 处，1 个连或加强连的 8 处，1 至 2 个排的 30 处，1 个班的 6 处，共毙伤俘敌 18900 余人，巩固占领阵地 11 处。

1952 年秋季战术反击作战，历时 44 天，中朝军队贯彻持久作战、积极防御的战略方针和打小歼灭战的作战原则，视战场情况灵活采取攻克固守、反复争夺和抓一把就走三种方针，先后对敌连、排支撑点及个别营防御阵地共 60 个目标进攻 77 次，其中志愿军对 57 个目标攻击 74 次，巩固占领敌连、排阵地 17 处，打退敌排以上兵力的反扑 480 余次；全歼敌 2 个营指挥所、10 个连、69 个排、8 个班，大部歼灭敌 2 个团、1 个营、7 个连、8 个排、5 个班，共毙伤俘敌 2.7 万余人（其中人民军毙伤俘敌 1700 余人），志愿军伤亡 1.07 万余人，敌我伤亡对比为 2.54：1；缴获敌军各种火炮 32 门，各种枪 2373 支，击毁各种炮 57 门、坦克 67 辆、汽车 74 辆，击落飞机 183 架、击伤 241 架。

在整个作战期间，"联合国军"疲于奔命，一线部队 8 个师频繁调动（其中 5 个师调动 2 次），完全处于被动挨打地位，使兵力不足的矛盾更为突出。

毛泽东在 1952 年 10 月 24 日发给志愿军的贺电中，高度评价了此次作战：

此种作战，在若干个被选定的战术要点上，集中我军优势的兵力火力，采

1952 年秋季战术反击作战中被我军俘虏的美军士兵

取突然动作，对成排成连成营的敌军，给予全部和大部歼灭的打击；然后在敌人向我军举行反击的时机，又在反复作战中给敌以大量的杀伤；然后依情况，对于被我攻克的据点，凡可以守住者固守之，不能守住者放弃之，保持自己的主动，准备以后的反击。此种作战方法，继续实行下去，必能制敌死命，必能迫使敌人采取妥协办法结束朝鲜战争。

33. 上甘岭战役

　　上甘岭，因为一场战役而在中国家喻户晓，妇孺皆知。我们熟悉的是"一条大河波浪宽"的甜美歌声和战士们分吃一个苹果的感人故事，但对它真实的残酷与无比的惨烈知之甚少：

　　在这块长 3700 米、宽 1000 米的狭小地域内，对阵双方 10 万余人血拼 43 天，作战规模由战斗发展成为战役，上万名军人长眠于此，其激烈程度是世界战争史上罕见的——"联合国军"炮兵对两个小山头所倾泻的炮弹，平均每天 2.4 万多发，最多时一昼夜竟达 30 余万发；每天出动飞机平均 80 多架次，有一天竟达到 250 多架次，投掷的重磅炸弹最多的一天达到 500 多枚。总面积不足 4 平方公里的高地上的石土被炸成 1 米多厚的粉末，山头竟被生生地削低了 2

上甘岭志愿军阵地一角

米。战后，有人在上甘岭上随手抓把土，竟数出 32 粒弹片，一截 1 米不到的树干上，嵌进了 100 多个弹头和弹片。

进攻一方"联合国军"由美军第 8 集团军司令范佛里特亲自谋划和指挥，最初预计只需投入 2 个营的兵力，以 200 人的代价，在 5 天内即可完成战斗。

防御一方中国人民志愿军由第 3 兵团副司令员王近山、副政治委员杜义德指挥，15 军军长秦基伟具体负责作战指挥，坚决贯彻"坚守防御、寸土必争"的作战方针，依托坑道工事，抗击"联合国军"的疯狂进攻。

战斗打响时，没有人会想到：围绕这个小山头的争夺，战斗规模不断升级，双方为了争脸面、为了争口气，最终演变成"绞肉机"式的血腥战场，升级为二十世纪最著名的战役之一。

的确，尽管上甘岭战略位置非常重要，但地形特别狭小，只有 597.9 和 537.7 两个高地，守方最多只能够放 2 个连在上面。因此，美方计划 200 人的伤亡数字也算比较合情合理。这在朝鲜战争中是微不足道的。

然而开战的第一天，"联合国军"就投入了 7 个步兵营，18 个炮兵营，200 架次飞机，投航空炸弹 500 余枚，发射炮弹 30 多万发，死伤 1900 人。志

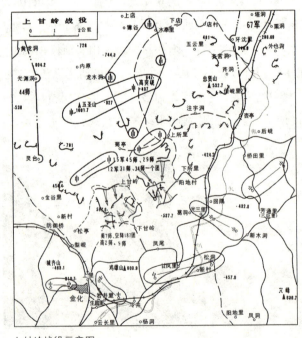

上甘岭战役示意图

愿军应战的是 15 军的 2 个连另加 1 个排,打掉子弹 40 余万发和近万枚手雷,打坏了 10 挺机关枪、62 支冲锋枪、90 支步枪,损坏武器占 2 个连队的 80% 以上,伤亡 550 人。

上甘岭注定是尸山血海的地方,反复拉锯式的争夺,因为双方都杀红了眼!

"联合国军"由于遭到志愿军顽强抗击,不得不陆续投入兵力。参战部队先后有美军第 7 师(配属美军空降第 187 团、埃塞俄比亚营、哥伦比亚营)、南朝鲜军第 2 师(配属第 37 团)和第 9 师,共计步兵 11 个团又 2 个营,另有 18 个炮兵营(105 毫米以上口径火炮 300 余门)和 170 余辆坦克,出动飞机 3000 余架次,总兵力达 6 万余人,最终损失高达 2.5 万余人。

志愿军也陆续投入大量兵力,计有 15 军 45 师、29 师,12 军 31 师和 34 师 1 个团,炮兵 9 个团各一部另 4 个营,有山炮、野炮、榴弹炮 114 门,火箭炮 24 门,高射炮 47 门,总兵力达 4 万余人,伤亡 1.15 万余人。

上甘岭之战,志愿军创造了世界现代战争史上坚守防御的典范,世界上的著名军事院校无一不把它作为经典战例写进教材。

时至今日,美国人仍然想不通:为什么花了那么大力气,倾泻下了那么多炮弹、炸弹,死伤了那么多士兵,就是拿不下两个小小的山头?

原本是二等部队的志愿军第 15 军第 45 师,在上甘岭一战中基本上打光了,12000 多人最后只剩下不足 3000 人,但自此昂首跨进了人民解放军一等主力的

中国人民解放军空降兵第 15 军进行跳伞训练

行列。

据说 1961 年 3 月，中央军委从全军抽出三支陆军部队——第 1、第 15 和第 38 军，交由空军司令员刘亚楼挑选一支，改建为中国第一支空降兵军。刘亚楼选择了 15 军，理由很简单：15 军是个能打仗的部队，他们在上甘岭打出了国威，不仅在中国，而且在全世界都知道有个 15 军。

让时间倒退到 1952 年秋。

朝鲜战争进入相持阶段后，由于中国人民志愿军和朝鲜人民军全线性战术反击作战取得节节胜利，"联合国军"处境愈加被动，精神士气更是萎靡不振。

在板门店举行的朝鲜停战谈判中，美方因迷信其军事硬实力的强大，在军事分界线的划分，实现停火、建立非军事区、成立联合军事停战委员会以安排和监督停战、战俘遣返等议题上，故意制造事端，并于 10 月 8 日单方面宣布停战谈判无限期休会，继续向中朝方面施加压力。

这年正值美国总统竞选年，朝鲜战争自然成为总统竞选争议的焦点。而联合国第七届大会也要在这年冬季前夕召开，朝鲜战争无疑又是大会的主题。

为摆脱战场上和谈判桌上的被动局面，也为给执政的民主党增添竞选声势，更为美国在联大会上壮威，美国当局摆出一副强硬的姿态，决定实施"扭转当前战局"的所谓"摊牌作战"计划，又称为"金化攻势"，企图夺取志愿军中部战线要点五圣山，以改善防御态势，用一场胜利缓和国内外的反战情绪，把参战国继续绑在它的战车上。

"联合国军"代表团到达谈判会场

朝鲜停战谈判休会的当天，接替李奇微出任"联合国军"总司令的克拉克批准了"摊牌作战"计划。范佛里特微笑着告诉手下的军长："你可以放手让飞机大炮发言了。"

对美国人的战略企图，彭德怀早已预料到了，对手下诸将说："五圣山是朝鲜中线的门户。失掉五圣山，我们将后退两百公里无险可守。谁丢了五圣山，谁要对朝鲜的历史负责！"

五圣山是志愿军中部战线战略要点，位于金城、金化、平康这一三角地区的中央，地势险峻，海拔1061.7米。它的西侧是斗流峰和西方山，三山如唇齿相依，形成天然防线。如果斗流峰、西方山失守，五圣山就会陷入三面受敌的险境；一旦五圣山失守，斗流峰、西方山则失去依托，整个中部战线便有全线崩溃的危险。而西方山以西是宽达8公里的平康谷地，为一马平川的平原，如同群山环抱中的天然走廊，从汉城（今首尔）到元山的铁路、公路横贯其间。

597.9高地和537.7高地则是五圣山的前沿阵地。一东一西，相距只有150米，互为犄角，是向南揳入"联合国军"阵地的两颗钉子。东面的537.7高地，志愿军占据北山，"联合国军"控制高地，两者相距只有100余米。西面的597.9高地，由3个小山头组成，"联合国军"称之为"三角形山"，与其所占金化东北2公里处的鸡雄山相距不过400米。两个高地后面的山洼里有一个只有十几户人家的小村庄，名曰上甘岭。当时谁也不曾想到，这个小村庄将因为这场血战而载入史册。

负责五圣山、斗流峰、西方山一线防御的是志愿军第15军。由于只有3.7平方公里的狭小面积，易守难攻的上甘岭方向并非15军的防

坚守上甘岭阵地的某部近战歼敌

御重点，最初 597.9 高地和 537.7 高地上各有 1 个连防守。

10 月 5 日，南朝鲜军第 2 师 1 名参谋投诚，称其所在的团将要配合美军向这一地区发动攻势。15 军军长秦基伟回忆道：

> 一切迹象表明，敌人的进攻点很可能选择在我五圣山前沿的上甘岭一线。这些日子，范佛里特亲自在金化东北阵地视察了三次，召开了高级军官会议；部队逼近上甘岭前沿进行联合兵种作战演习，侦察机反复进行低空侦察，并不断以小股部队的出击来侦察我军阵地的地形……这些准备工作都是在烟幕遮盖之下进行的。狡猾的敌人，白天用汽车装载少数兵员西运，夜间却把大批大批的兵员载到这里来。看来，美国将军们想采取这种声东击西的欺骗伎俩，以保证他们在主攻方向发起攻击的突然性。

秦基伟遂下令 45 师 135 团做好战斗准备，将防守这两个高地的兵力分别增加到 1 个加强连，构筑了 10 米以上的坑道 48 条，全长 769 米，并以突击方式抢筑坑道式和有掩盖的明暗火力发射点 217 个，还在上甘岭等地增筑大量防坦克壕、鹿砦、铁丝网、削壁、陷阱，埋设地雷 2100 多颗。

志愿军修筑坑道

14 日，联合国第七届大会在美国纽约开幕的当天，范佛里特在朝鲜半岛的上甘岭正式"摊牌"。

清晨 5 时，美军第 7 师第 31 团、南朝鲜军第 2 师第 32 团和第 17 团 1 个营，共 7 个营的兵力，在 105 毫米以上口径火炮 300 余门、坦克 30 余辆、飞机 40 余架的支援下，分为 6 路，以多路多波的方式，连续向 597.9 高地和 537.7 高地北山发动猛烈进攻。

震惊世界的上甘岭战役就此打响了。秦基伟回忆道：

对于这次战斗的严重意义，我军从上到下每个人都是了解的。如果敌人一旦夺取了上甘岭高地，我五圣山阵地便直接受到攻击的威胁。五圣山万一失守，敌人居高临下，我们在平康的一片平原上就无法立足，整个朝鲜战局就要发生严重变化。因此，上级首长们一再叮嘱我们："上甘岭这一仗必须打好，不许打坏！"

美军重炮、坦克、飞机以平均每秒6发的火力密度将各型炸弹倾泻到这两个小山包上。一天里，美军向上甘岭发射30余万发炮弹，飞机投掷了500余枚重型炸弹。这是朝鲜战争中单位面积火力密度的最高纪录！

随着火光中的一声声轰响，15军苦心构建了4个多月的地表工事到中午时已荡然无存。曾经植被丰茂的山头寸草未剩，就连岩石都被扒了一层皮，脚下一尺多厚的屑片粉末，一踩一个坑。阵地上火焰终日不熄，空气为之灼热，岩石变成了黑色的粉末，爆尘、浓烟遮天蔽日，以至于许多参加过这场战斗的老兵们都以为那一天是个阴天。强烈的冲击波激荡着坑道，高地上的志愿军守备部队就像是乘坐着小船在波浪滔天的大海上颠簸，有的小战士被活活震死！

在惊心动魄的爆炸声中，两个高地上的步话员一次次在坑道口竖起天线，拼命呼叫数百米之外的营指挥所。

然而，敌人的炮火实在太猛烈。短短几分钟，坑道里储备的十几根天线悉数被炸毁，电话线更是被炸得不成样子。

美军炮兵准备开火

弹雨中，营部电话班副班长牛保才冲了出去，一路上边躲避炮火，边接上断线，随身携带的整整一大卷电话线全部用完了，仍然还差一截。

危急关头，已多处负伤的牛保才双手抓起断线，用自己的身体接通了线路，以自己的生命换来了3分钟的通话时间。135团副团长就在这宝贵的3分钟里向前沿坑道部队下达了紧急作战命令。

炮火也同时惊醒了位于4公里外的45师师部。师长崔建功飞快地跑上山顶向南眺望，只见十几里外炸点闪烁成一线的前沿阵地上，有两个点亮得格外刺眼。

紧随其后跑上来的作战科科长宋新安立即判明：那是597.9高地和537.7高地北山。

敌人是主攻还是佯攻？通讯中断，战斗进行了几个小时，敌人的作战企图、兵力规模、战术手段仍然一概不清。侦察连派人去前线了解情况，第一批人在半路上全部牺牲了，第二批只有两个人几经周折终于来到597.9高地的5号阵地，一看阵地上只剩下一名战士了，而美军正蜂拥而来，两人毫不犹豫立即投入战斗……美军前线指挥官惊呼："中国军队为什么不怕死？可能是服用了什么药物吧！"

美军攻占上甘岭表面阵地

激战至17时，尽管击退了敌军1个排至1个营兵力的10余次冲击，但志愿军的野战工事被完全摧毁，大部分表面阵地也被敌军攻占了，伤亡较大的志愿军全部退守坑道继续战斗。

黄昏时分，崔建功发出了作战指示："趁敌人立足未稳，马上组织反击，连夜把阵地夺回来！"

晚19时，在炮兵的支援下，135团3个连另2个排分四路展开反击。

夜战是志愿军的强项。担负597.9高地2号阵地反击任务的是

135团7连。4天前刚刚从这里换防下来的2排由排长孙占元带领，作为第一突击队。

因志愿军炮火火力不足，敌人的工事未被全部摧毁。孙占元亲自带领一个班开辟反击道路，边清除敌地堡火力边前进，很快就攻下两个火力点。

在接近2号阵地时遭到敌人火力阻拦，孙占元双腿负重伤，右腿被炸断，只有一层皮连着，左腿也被炸伤，露出了骨头。战友们要把他抬下去，被孙占元严厉拒绝。因为他很清楚，在这里多停留一分钟，就会增加一分伤亡。于是，孙占元强忍剧痛，架起机枪掩护战友爆破，又接连摧毁了三个火力点。

攻上2号阵地后，部队继续向纵深发展。这时，一股敌人从上甘岭村头爬了上来，想从侧后包抄偷袭7连阵地。孙占元发现后，利用缴获的两挺机枪轮番射击，接连打退敌人两次冲击，毙伤敌80余人。

敌军又发起了第三次攻击。在战友相继伤亡、弹药告罄的情况下，孙占元忍着剧痛艰难爬行，从敌人尸体上解下手雷继续战斗。当大批敌军蜂拥上阵地时，他毅然拉响了最后一颗手雷，滚入敌群，与敌同归于尽，英勇捐躯。

战后，孙占元被志愿军领导机关追记特等功和"一级英雄"称号。朝鲜民主主义人民共和国最高人民会议常任委员会追授他"朝鲜民主主义人民共和国英雄"称号和金星奖章、一级国旗勋章。

激战一天，双方打成了胶着局面。白天，"联合国军"依仗强大的火力优势占领了两个高地的表面阵地；夜晚，志愿军发挥近战、夜战之长又夺回了阵地。两军主帅不约而同地开始调兵遣将，部署第二天的战斗。

秦基伟回忆道：

经过十四日一天的激战，从敌人投入的兵力及后续力量上看，战

孙占元烈士雕像

斗规模始终有增无减。敌人的企图逐步明朗，它不把进攻矛头放在易攻难守、易于发挥机械和装甲威力的平康平原地区，偏偏打我五圣山前沿，是钻了我们的空子。我们抓住它的规律，而它这次偏偏不按规律来。

当时，政委谷景生同志正在国内，我同副军长周发田、参谋长张蕴钰、政治部主任车敏瞧等同志简短商量了一下，迅速做出决定：

一、立即向兵团、志司报告，调整第四十五师部署，停止对注字洞南山的反击，集中兵力、火力于五圣山方向，也就是上甘岭方向。

二、各级指挥所前移。第四十五师指挥所前移至德山岘，第一三三团指挥所前移至上所里北山。

三、调整战斗部署。由一三五团团长张信元负责指挥597.9高地战斗；由一三三团团长孙家贵负责指挥537.7高地北山战斗；一三四团团长刘占华在师指挥所待命，随时准备投入战斗；师炮兵群由第四十五师副师长唐万成及军炮兵室副主任靳钟统一指挥。

四、加强后勤保障。除原先定额储备的弹药以外，一线连队，每连配备手榴弹八千枚，全军给养储备三个月，迅速向坑道补充食物和水。

敌人拉开了大打一场的架势，我们也迅速做好了长打的准备。

战斗打响前，范佛里特曾对"摊牌"计划相当乐观——假如一切按计划行事，有200多架次飞机和16个炮兵营280余门大炮的支援，步兵不会遇到很大的麻烦，也许只要付出200人左右的伤亡代价就可达成目的，何况担任此次进攻主力的美军第7师还是王牌部队。

然而，志愿军的防守能力和顽强程度远远超出他的意料。进攻了整整一天，"联合国军"伤亡近2000人。从15日起，范佛里特又投入2个团另4个营的兵力，在炮兵、坦克和飞机的支援下，继续轮番进攻。

面对"联合国军"的不断加码，志愿军决心打下去，也不断投入兵力火力，依托坑道工事，白天阻击，入夜反击。两高地的表面阵地一次次被"联合国军"占领，又一次次被志愿军夺回。有时一天之中阵地就数次易手。

上甘岭变成了一片火海，敌人的遗尸一层层重叠在志愿军的阵地上，却又被他们自己的炮弹炸成肉泥，满天飞舞着残臂断肢。南朝鲜军第2师的1名排长回忆道："由于天翻地覆的炮击和白刃格斗，每当高地易手时，不到一平方

美军第 7 师是美国陆军的一支王牌部队，在朝鲜战场上却屡败于中国人民志愿军手下。图为 1950 年 11 月 21 日，美军第 7 师第 17 团进入中朝边境的惠山镇

公里的狙击棱线便被鲜血染红了。"

秦基伟在 15 日的日记中写道：

在过去的两天战斗中从主观上检查缺点乃至错误甚多，这主要表现在：

（1）事前只是有一般情况的估计并指出了敌人可能实行的报复行动，而报复的方式可能有两种手段：（一）是继续向我新占领的阵地进行争夺，但敌人亦会了解在这地区我军炮火是强的且有充分的准备，因此敌人还可能采取另一种手段。这就是（二）对我某些突出的阵地的进攻，但对敌十四日所发动的对五圣山前沿阵地的攻击事前未发觉敌人的征候，因而缺乏具体的准备工作。其次是用兵太拥挤增大伤亡。部队经过许多次的动员和打大仗的准备，因而当发现敌人来攻的时候即过早的投入反冲锋，特别是团指挥员使用部队过大，这是增加伤亡的基本因素。再次是炮火较弱弹药供不应求。在连续的作战情况没有充足的弹药和相应的火炮，对付敌人的进攻确是问题。

如果我们各级指挥上注意战术技术尤其组织各兵种的协同和准确适时有力，我们的伤亡会大大减少。这些教训虽警惕了，但各级指挥员过去两天作战中由于存在这些缺点而使许多不应伤亡的同志负了伤，这是沉重的教训。

上甘岭战役中，志愿军某部派出小分队袭击敌人

18日晚，志愿军悄悄向坑道里增兵，准备第二天夜里进行大反击，全面收复高地。

增兵并不容易。从597.9高地1号主坑道运动途中要经过一片美军密集炮火的封锁区，好几个连队都没能冲过去。最终134团8连创造了"奇迹"，成功冲过封锁区进入坑道。

出发前，8连官兵先将地形、道路和敌人炮火、照明弹的发射规律背了个烂熟，再派1个尖刀班将必经之路上几个敌人的地堡一一炸掉。出发后，全连140多人拉开距离，忽疾进忽卧倒忽匍匐，终于爬上了高地。

可一天前刚刚从这里下来专门负责带路的小通信员来回摸了好几趟，就是找不到坑道洞口。原来，就在这一天间，地面已经完全被敌人的炮火炸得变了样。

十几米外就是敌人的地堡，多一分钟停留就多一份危险！通信员急得要哭。

突然，连长李宝成借着美军照明弹的余光发现离他不远处有个坑，便滚过去躲炮，却意外发现这就是已经被炸得朝了天的坑道入口。

李宝成喜出望外，赶紧叫战士搬了一袋面粉，一路向外撒去做路标。紧随他进洞的8班长来来回回爬了十几趟，一身军衣磨得成了布条，胸腹腿臂一片血肉模糊，终于将3个排依次带进了坑道。凌晨4时，8连全部进入1号坑道，仅有5人伤亡。

19日17时30分，志愿军实施大反击。"喀秋莎"火箭炮营一个齐射后，103门各型火炮进行拦阻射击，提前一天运动至坑道和待机位置的4个连加上坑道里的2个连兵分两路，同时向597.9高地和537.7北山表面阵地之敌发起反击。

秦基伟回忆道：

志愿军部队在坑道口等待发起反攻

上甘岭战斗打响后，为了加强五圣山方向的火力，志司给我们配属一个"喀秋莎"火箭炮营。这种炮是苏联造的，十九管，在当时是新式武器，一按电钮，十九枚炮弹像一条火龙流泻出去，半边天都是红的。"喀秋莎"本来是苏联的一个姑娘的名字，也是一首歌曲的名字。一九四一年苏联卫国战争爆发后，苏军第一次使用这种多管火箭炮，给德国军队以毁灭性的打击。苏联人民出于一种喜爱心理，给它取了一个美丽的名字，叫喀秋莎。

"喀秋莎"是在机动车上发射的，主要打面积目标，发射时炮位一片明光，阵地极易暴露。友军中就有"喀秋莎"营被敌飞机炸毁的事。我们对这个宝贝蛋，格外小心。平常藏在山洞里，连自己的部队都不让接近。确定要打，才悄悄选择阵地，计算好射击诸元，一切准备就绪之后，时间一到，派出警戒，炮车直奔阵地，停车便打，打完就撤。所以在整个四十多天的上甘岭战役中，我们的"喀秋莎"前后发射十次，毫毛无损。

激战中，出现了一个被新中国世代传颂的英雄——黄继光。

出身于贫苦农民家庭的黄继光是四川省中江县人。1951年3月参加中国人民志愿军，在15军45师134团6连当通讯员。

夺取597.9高地的战斗打响后，志愿军接连攻占6、5、4号阵地，但受阻于0号阵地，连续组织3次爆破均未奏效。

黄继光

0号阵地是通向597.9高地主峰的最后一个台阶。时近拂晓，如不能迅速消灭敌中心火力点，夺取0号阵地，将贻误整个战机。而此时6连伤亡巨大，突击力量只剩下16个人。关键时刻，黄继光挺身而出，请求担负爆破任务，被任命为6班班长。

出发前，黄继光把妈妈9月份的来信、自己的入党申请书和祖国赴朝慰问团赠送的一条小手绢放进了一个小红布袋里，交给指导员冯玉庆，说："营、连首长都在这里，如果我在这次战斗中牺牲了，就请首先写封信告诉妈妈，告诉她老人家，她的儿子是在什么地方牺牲的，让她知道她的儿子没有辜负她的希望和祖国的希望。"

说完，黄继光带领战士吴三羊、萧登良冲上了阵地。

三人勇敢机智地连续摧毁了敌人几个火力点。在敌人疯狂的扫射下，吴三羊不幸中弹牺牲，萧登良身负重伤，黄继光的左臂也被打穿。

敌人照明弹将阵地照得如同白昼，几条交叉火力封锁住了前进的道路。黄继光毫不畏惧，忍着伤痛，趁手榴弹爆炸烟雾，抵近敌中心火力点，连投几枚手雷，敌机枪停止了射击。但当部队趁势发起冲击时，残存在地堡内的机枪又突然喷射出疯狂的火舌，攻击部队再次受阻。

这时，黄继光已多处负伤，弹药用尽。为了战斗的胜利，他顽强地向火力点爬去，靠近地堡射孔，奋力扑上去，用胸膛堵住了正在扫射的机枪，英勇捐躯。

在黄继光英雄壮举的激励下，战友们迅速攻占了0号阵地，全歼守敌两个营。

战斗结束后，冯玉庆亲手把黄继光抱了回来。连长万福来用手电筒照着，仔细检查了他的遗体：身上的棉衣像被火烧过了一样，头部中过弹，脊骨被打断，腿也被打断了。

黄继光惊天动地的一幕被许多战士看在眼里，但大多数都在后来的战斗中牺牲了，只有身负重伤的万福来幸存下来。当他在医院里听说黄继光仅被追授"二级英雄"时，深感不安。作为唯一幸存下来的目击者，他有责任上书陈述实情，便给上级写了份报告。

很快，志愿军领导机关就给黄继光追记特等功，并追授"特级英雄"称号。朝鲜民主主义人民共和国最高人民会议常任委员会授予黄继光"朝鲜民主主义人民共和国英雄"称号和金星奖章、一级国旗勋章。

特级英雄黄继光（油画）

上甘岭战役如此激烈，其实仅凭一个黄继光也是无法获得全面胜利，最后的胜利属于全体志愿军战士，是无数个黄继光不怕流血牺牲的结果。

在一次反击中，地堡内敌人炽烈的火力封锁了志愿军前进的道路。19岁的苗族战士龙世昌看到战友们一个个倒下去，一声不吭地拎了根爆破筒迎着弹雨就上去了。一发炮弹炸断了他的左腿，龙世昌忍着剧痛，拖着残腿继续向前爬。幸存的战友在几十年后回忆道：

那个地堡就在我们主坑道口上面，隔出四五十公尺吧。高地上火光熊熊，从下往上看，透空，很清楚。看着龙世昌是拖条腿拼命往上爬，把爆破筒从枪眼里杵进去。他刚要离开，爆破筒就给里面的人推出来，咪咪地冒烟。他捡起来又往里捅，捅进半截就捅不动了。龙世昌就用胸脯抵住往里压，压进去就炸了。他整个人被炸成碎片乱飞，我们什么也没找到。

15军在战后编撰的《抗美援朝战争战史》中写道："上甘岭战役中，危急时刻拉响手雷、手榴弹、爆破筒、炸药包与敌人同归于尽，舍身炸敌地堡、堵

毛泽东主席亲切接见黄继光的母亲邓光芝

敌枪眼等，成为普遍现象。”也只有这样一个民族的优秀儿女，才能这样地把个人生死置之度外。

20日，"联合国军"再次发动猛攻。激战一天，总算是攻占了除597.9高地西北山腿的三个阵地外的其余所有表面阵地。两高地的志愿军部队全部转入坑道坚守。

在上甘岭战役的第一阶段，双方重点围绕两个高地不断增加兵力，展开了为时一周的争夺。"联合国军"白天进攻，志愿军夜间反击。血战7天，"联合国军"先后投入17个营，伤亡惨重，被歼7000余人。美军第7师第17团的

"联合国军"阵亡士兵墓地里的雕像

1个营在一天内即伤亡过半。美国随军记者威尔逊报道称："一个连长点名，下面答到的只有一名上士和一名列兵。"

美国新闻界在报道前线战况时，不由哀叹："美军的伤亡率达到一年来的最高点"，"那些出发时实力都是足额的全连的部属，在回来时只剩下少得可怜的几个残余"，"金化战役已经成了一个无底洞，它所吞食的联合国军军事资源要比任何一次中国军队的总攻势所吞食的都要多"，"看来只有支出，不会有什么收入的"。

志愿军也同样付出了巨大代价。45师再无1个完整的建制连队，21个步兵连伤亡均超过半数以上，总共高达3000余人，有的连队打得只剩下了几个人，连1个班都编不齐。师作战科长宋新安在向军里报告伤亡情况时，竟在电话中失声痛哭起来。

秦基伟连续7个昼夜守在道德洞军指挥所的电话机旁，神经高度紧张。45师师长崔建功在德山岘师作战室里更如热油烧心，差点昏厥过去，连上厕所都要人搀扶。秦基伟回忆道：

前面的情况我也知道，敌人的炮火把两个山头犁了一遍又一遍，我们伤亡那么大，昨天还活蹦乱跳的小伙子，今天已长眠九泉了，想起来实在让人心碎。但是，作为一军之长，又是身处战斗严峻时刻，我不能被感情之潮淹没理智。越是困难的时候，决心越是要硬，仗打到一定火候，往往就是拼意志，拼决心，拼指挥员的坚韧精神。

我对崔师长说："告诉机关的同志，十五军的人流血不流泪。谁也不许哭！养兵千日，用兵一时，伤亡再大，也要打下去。为了全局，十五军打光了也在所不惜。国内像十五军这样的部队多的是，可上甘岭只有一个。丢了五圣山，你可不好回来见我喽！"

崔建功是一位作战经验丰富的同志，打仗一向谨慎稳重。解放战争刚刚开始，成立太行军区，他就在独一旅担任领导职务。对于他独当一面的能力，我是放心的。但是上甘岭战斗事关全局，不仅牵动整个朝鲜战场形势，而且举世瞩目。因此，我的话说得就很严肃。

崔建功沙哑着嗓子说："一号，请你放心，打剩一个连，我去当连长，打剩一个班，我去当班长。只要我崔建功在，上甘岭还是中国人民志愿军的！"

英勇的志愿军战士坚守在上甘岭上

老崔的话说得我心里热辣辣的，我又对他说："阵地不能丢，伤亡也要减下来。在西方山方向虽然没大打，但不能动，那个口子不能松。现在就靠你和张显扬师顶住，我已经向军机关和直属队发出号召，婆娘娃娃一起上。请转告部队，打到最后一个人，也要坚守阵地！"

本来"联合国军"发动此次攻势，是为扭转被动局面。但作战时间、投入兵力和伤亡情况，都大大超出了范佛里特的原定计划。为了挽回面子，"联合国军"只好硬着头皮继续硬撑下去。克拉克后来在他的回忆录《从多瑙河到鸭绿江》中写道："这个开始为有限目标的攻击，发展成为一场残忍的挽回面子的恶性赌博……"

从10月21日开始，"联合国军"一面继续围攻志愿军坚守坑道的部队，一面又调整部署，将遭到重创的美军第7师在汉滩川以东的防务和进攻597.9高地的任务交给南朝鲜军第2师，将南朝鲜军第9师调至金化以南地区作为战役预备队。

对此，南朝鲜人颇为恼火。《韩国战争史》中写道："军团的这一措施立刻激起舆论，给人一种只顾减少美军伤亡的印象。"

美国人为减少伤亡，从上甘岭撤下来，而志愿军则决心打下去。

志愿军代司令员兼政治委员邓华亲自打来电话，勉励15军："目前敌人成营成团地向我阵地冲击，这是敌人用兵上的错误，是歼灭敌人的良好时机。应抓住这一时机，大量杀伤敌人。我继续坚决地战斗下去，可置敌于死地。"

秦基伟根据这一指示，命令45师重点转入坚守坑道作战，准备进行决定性的反击。

为破坏坑道，消灭坑道内的志愿军部队，"联合国军"可谓绞尽脑汁：用飞机、大炮对主要坑道进行狂轰滥炸；在坑道口上面挖掘深沟，用炸药爆破；向坑道口内投掷炸弹、炸药包、爆破筒、手榴弹、汽油弹；用硫黄弹、毒气弹熏；用火焰喷射器喷；用石块、麻袋、成

志愿军战士们在黄继光烈士纪念碑前庄严宣誓，誓死坚守阵地

捆铁丝、铁丝网封堵坑道口；组织兵力、火力封锁坑道口，或在坑道口建碉堡、设障碍，断绝坑道内外交通……真是无所不用其极。

坑道里的日子，不是艰苦两个字可以概括形容的。有的坑道被炸塌，坑道口被堵；越打越短的坑道里，地上堆放着弹药、粪便，还有烈士的遗体；空气中弥漫着硝烟、毒气、血腥和汗臭，浑浊不清，不但人员行动困难，甚至连呼吸新鲜空气都成为一件奢侈的事情。极度污浊、缺氧的坑道里令人窒息，有时甚至连蜡烛都无法燃烧……

坑道里，最难过的就是伤病员了。水都没有，何况是药！药品运不上来，伤员自然也送不下去。伤口糜烂、无药可用的伤员为了不影响战友们的士气，硬是忍着剧痛不叫出声来，实在是忍不住了就用床单堵住嘴。有的伤员牺牲了，咬在嘴里的床单拽都拽不出来。

最大的困难，正是电影《上甘岭》里所表现的——水。

33.
上甘岭战役

美军使用火焰喷射器向志愿军坑道发起进攻

　　敌人在破坏坑道的同时，加紧对志愿军供给运输线的封锁，切断了五圣山至上甘岭前沿的所有通道，坑道里粮弹缺乏、无水可饮。战士们先是吃牙膏，牙膏一时成了美味佳肴。很快，牙膏吃光了。一切含有水分可以润喉潮唇的东西，也被吸吮完了。战士们干渴难忍，只能用舌尖去舔湿润的岩石或是伏在地上吸几口凉气。危急中，战士们饮尿止渴。不但给它起了个好听的名字——光荣茶，而且还规定为保持体内水分，每次由一个人尿，大伙轮着喝。后来，连尿都成了稀缺资源，好不容易挤出一点尿还得先保证给伤病员⋯⋯

　　两个高地的各个坑道，距五圣山主峰最近的只有 500 米，最远的也不过1000 多米，但要通过敌人设置的 10 道封锁线。从后方到前沿坑道的路程是名副其实的死亡地带。即使到了坑道口，要进去也很难，每走一步，都可能流血牺牲。派去一个班，能够活着进入坑道的只有三分之一。为送进一壶水，有时甚至要付出几条生命的代价。火线运输员一批批地派出去，一批批地倒在封锁线上。在前往上甘岭的道路上，无数的补给和生命都滚落在血泊之中。

　　15 军后勤部组织机关和部队硬是靠"匍匐运输""接力运输"等方式，将3 万发迫击炮弹和大量食品、物资送入坑道。据统计，整个上甘岭战役期间运输人员伤亡就高达 1700 余人，占志愿军伤亡总数的 14%。秦基伟曾说："打罢上甘岭，给后勤记头功。"

身背肩扛向前线运给养

　　"谁能送进坑道一个苹果，就给谁立二等功！"这是上甘岭战役坚持坑道战阶段的立功标准。然而，真正能送到坑道里的苹果少得可怜。

　　一次，当一个珍贵的苹果被送到坑道里7连连长张计法手中时，他把苹果放在鼻子底下闻了闻，舍不得吃，塞进了一名重伤员手里。这名重伤员也只是闻了一下，就把苹果递给了身边的战士。同样的动作在坑道里重复着，这个苹果在战士们的手里传来传去……转了一圈，苹果又完整地传回到张连长手里。最后在张计法的命令下，大家才一人一小口，转了几圈后分吃完那个其实并不很大的苹果。

　　这一充分体现出革命战士伟大的友爱互助精神的故事，记录在电影《上甘岭》里，记录在秦基伟的回忆录里，记录在《抗美援朝战争史》中。

　　从21日起至29日，坚守坑道的部队先后组织班或战斗小组向坑道外出击158次，毙伤敌2000余人，夺回7处阵地。

　　坚守597.9高地1号坑道的134团8连，原有140人，打光了再补，前前后后补充了来自16个建制连的335人。在14个昼夜中，他们没让敌人睡一个安稳觉，组织大的反击13次，小反击80次，小部队出击12次，以伤亡254人的代价，歼敌1760余人，为巩固和恢复597.9高地做出了重要贡献，荣立特等功。

　　其间，志愿军纵深部队以2个班至5个连的兵力，多次向597.9高地和

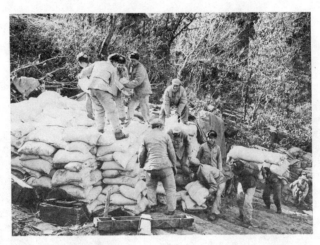

向上甘岭运送粮食

537.7 高地北山实施反击，并及时向坑道内增派兵力，补充物资；炮兵 19 个连进行火力支援，积极配合坚守坑道作战。

考虑到 15 军自上甘岭战役打响后苦战已久、伤亡巨大，同时为了准备决定性反击，第 3 兵团根据志愿军司令部的指示，决定增兵。

兵团副司令员王近山亲自给秦基伟打电话："秦基伟，你撤下来，我让 12 军上！"

"我不下！死了也不下！"秦基伟回答地十分干脆。

"那就一言为定，15 军不下，不过 12 军也要上，我把 12 军配属你指挥。"

放下电话，王近山立即命令 12 军调往五圣山地区，作为战役预备队；以 15 军 29 师接替 45 师除 597.9 高地和 537.7 高地北山以外的全部防务；给 15 军再增配 7 个炮兵连和 1 个高射炮兵团，给 45 师补充 1200 名新兵。

24 日晚，秦基伟下令把军部警卫连补充到 1 号主坑道。结果，120 多人穿过两道敌炮火封锁线后，连排干部只剩 1 个副排长，还有 25 个兵。

25 日，15 军在道德洞指挥部召开了有各师师长、政委参加的作战会议。秦基伟指出：目前整个朝鲜的仗都集中在上甘岭打，这是 15 军的光荣，我们打得苦一点，兄弟部队休整时间就长一点，我们已经打出了很硬的作风，咬着牙再挺一挺，敌人比不了这个硬劲。上甘岭打胜了，能把美国军队的士气打下去一截。战场上常常是这样，我们最困难的时候，敌人也可能更困难，这时候就要较量胆魄和意志。所以我提出，上甘岭战斗要坚决打下去，就是要跟美国人比这个狠劲凶劲，这是朝鲜战场全局的需要。

大家一致同意。会议还总结了此前出现的战术问题，并基于痛打美军、震慑南朝鲜军的作战方针，决定在基本阵地上暂取坚守坑道斗争的手段，制止敌人扩张，争取时间；同时抽调兵力于 30 日首先对 597.9 高地实施决定性反击，集中打击美军，恢复并巩固阵地。这样占据 537.7 高地北山表面阵地的南朝鲜军就会丧失斗志，便于收拾。

这时，有同志提出，鉴于 45 师严重减员，应速调 44 师部队增援上

突破封锁线往阵地前沿送运物资

甘岭。但秦基伟坚决不同意，认为：眼下战斗虽然集中在五圣山，但 44 师在西方山的防御正面一马平川，仍是敌人虎视眈眈的重要目标。一旦削弱西方山守备力量，敌机械化部队调头而去，打开西方山防线就如洪水决堤。因此，上甘岭方向越是紧张，西方山方向就越要警惕，切不可掉以轻心。

许多年后，秦基伟在回忆录中写道：

上甘岭战役在敌人一方，称"金化攻势"，代号"摊牌计划"。从已形成的事实看，"金化攻势"虽然是在上甘岭开始的，也是在上甘岭告以结束的，它似乎说明了，范佛里特的根本意图就是在于选择我防御地形优越而防御力量薄弱的五圣山做为突破口。从敌人的兵力调动上也看不出他还有其他企图的蛛丝马迹。但是，作为上甘岭战役的直接指挥者，几十年来我一直心存疑窦，我总认为范佛里特还备有另一种不为人知的阴谋，即在上甘岭战斗登峰造极之时，他的一只眼睛盯着五圣山，另一只眼睛一定瞪得老大窥探我的西方山。只是由于我们在西方山上死死按兵不动，范佛里特才悻悻作罢。如果我们因为上甘岭战事吃紧而动用西方山部队，范佛里特极有可能回马一枪，打我们一个声东击西。他毕竟是机械化部队，撤出战斗快，重新投入战斗也快。那样一

来，上甘岭战役就成了西方山战役，战役的最后结局是什么样子，那就很难想象。

为增强攻击兵力，会议研究决定将 29 师 86 团除担任一线防御的部队外，抽调 5 个连和 85 团担任防御的二梯队营，投入对 597.9 高地的反击；抽调部分迫击炮、榴弹炮、高炮部队增强上甘岭地区的火力配备。另从 29 师 87 团抽调 5 个连参加对 537.7 北山的作战。同时 3 兵团又调 12 军 31 师和 34 师的 2 个团配属 15 军作战，以 91 团为 597.9 高地预备队，92 团、93 团为军第二梯队。

26 日，中朝联合司令部通令嘉奖 45 师，指出："你们坚决顽强，积极作战，殊堪嘉奖。除通令表扬外，并望继续努力，再接再厉，彻底粉碎敌人的进犯。"

秦基伟在当天的日记中写道：

今天的会议开得很好，各师长在认识上完全一致，决心明确，特别是张显扬师长表示痛快，军部同志一致认为仗必须打下去，在打的方法上都统一起来了，争取不用 91 团，由四十五师和廿九师先打恢复全部阵地，这样荣誉更大是最理想的。同时我们准备更残酷时间长些我们能够抽出来的力量，不能继续的时候再使用 91 团的部队。

为进一步鼓舞斗志，志愿军政治部组织了在战斗第一阶段涌现的英雄人物事迹报告团，由 45 师师长崔建功带领到各部队作巡回报告。一时间，黄继光、邱少云、孙占元等英雄人物的光辉事迹传颂在上甘岭前线各个角落，战士们心中都憋足了一股劲，准备在反击战中奋勇杀敌，争当英雄。

28 日，志愿军炮兵开始破坏射击，摧毁敌人在阵地上修筑的防御工事。29 日夜，反击部队越过数公里的敌炮火封锁区，从敌人眼皮底下秘密进入坑道。

30 日 22 时，密布在五圣山方圆十几里的山谷中的志愿军 104 门火炮突然发出怒吼，炮弹如暴风骤雨般飞向 597.9 高地和美军炮兵阵地，开始了决定性反击的直接炮火准备。

志愿军文工团深入一线阵地向官兵们宣传英雄事迹

"联合国军"炮兵被压制 2 个小时竟没有做出任何反应。美军第 7 师上尉尼基惊恐地告诉随军记者："中国军队的炮火像下雨一样，每秒钟一发，可怕极了。我们根本没有藏身之地。"这位上尉忘记了战役第一天，志愿军战士面对的是每秒钟六发炮弹的狂轰。

5 分钟后，炮火延伸，第一线步兵佯动。阵地上的美军以为志愿军开始进攻了，在长官的督促下，拿着武器进入工事，展开战斗队形，准备阻击。在山背后志愿军炮兵射界以外隐蔽着的美军大量预备队也蜂拥上山，企图像往日一样抢先占据阵地，阻截志愿军进攻。

这次美军上当了。10 分钟后，已经延伸的炮火突然减下标尺，杀了敌人一个"回马枪"。阵地上炮声隆隆，火光冲天，土石飞迸，成群的美军血肉横飞，瞬间被炮火吞没。

22 时 25 分，15 军以 45 师 5 个连、29 师 2 个连与坚守坑道的 3 个连相互配合，对 597.9 高地进行反击。经 5 个小时激战，全歼守敌 4 个连，恢复了 597.9 高地上的所有阵地，并击退了美军 1 个营的多次反扑。

从 11 月 1 日起，"联合国军"每天以 1 至 6 个营的兵力，对 597.9 高地展开猛烈攻击，一度突入阵地。秦基伟将配属给 15 军作为预备队的 12 军 31 师 91 团和 93 团 1 个营先后投入战斗，并亲自给 31 师政委刘瑄打电话布置

志愿军战士坚守阵地，打退敌人的反扑

任务。

刘瑄是秦基伟的老部下，当年在太行军区当过团政委。刘瑄当即表示，31师要当好 12 军的代表队，学习黄继光、邱少云、孙占元的战斗精神，坚决服从15 军首长的指挥。

31 师与 45 师防守部队紧密配合，共投入 21 个连的兵力，在表面阵地工事完全被摧毁的情况下，利用石缝、石坎、弹坑作掩体，运用"坑道内屯兵休息，坑道外与敌战斗""有时机则反，无机会则创造条件""有利则守，无利则收""大小反击相结合"等战术，粉碎了"联合国军"的多次进攻，给予敌人以沉重打击。

11 月 5 日是美国大选的日子。美军和南朝鲜军出动 8 个连向志愿军阵地发起了更为猛烈的攻击，范佛里特和李承晚也亲自来到前线打气鼓劲。

此时，坚守在 597.9 高地主峰及其南北阵地的是 12 军 91 团。1951 年 6 月才参加中国人民志愿军的新战士胡修道和班长及另一名新战士滕土生负责坚守597.9 高地 3 号阵地。

在班长的指挥下，他们英勇还击，连续作战 3 小时，打退敌人 10 余次进攻。后班长调去支援 9 号阵地，胡修道和滕土生留下继续坚守。胡修道回忆道：

在 597.9 的 3 号阵地上，已经打退敌人 24 次攻击了。我和滕土生抓紧战斗间隙准备弹药，一排排揭开盖的手榴弹摆在身旁，准备随时砸到敌人头上。这个阵地上虽然只有我们两个人，但打起敌人来却能顶上两个排。阵地上的烟雾刚刚散开，敌人的重炮又开始轰击了……敌人在搞什么鬼哟？我连忙向旁边阵地观察，呀！原来在10号阵地的前面黑压压地爬过来一大片。……可是10号阵地仍然是静悄悄的，除了炮弹爆炸的硝烟以外，就是树根、碎石和光秃秃的山包，没有一点反应，也看不见一个人影。我心里越来越紧张，难道10号阵地没人了吗？如果没人，10号

胡修道

阵地一丢，敌人就可以俯射3号和9号阵地，597.9高地可就完了！

　　时间在一分一秒地过去，可10号阵地上仍然没有一点动静。事不宜迟，胡修道立即抱起爆破筒，和滕土生一起主动支援。二人冒着敌机枪火力封锁，抢先登上制高点，将已冲上阵地的敌人击退。

　　胡修道回忆道：

　　敌人抛下了遍山坡的尸体之后，又密密麻麻地拥上来了。还没容接近我们，就听得空中发出连续的嘶嘶声，我还来不及细看，敌人堆里就闪起了一团团火光。滕土生高兴地叫着："打得好呀！打得准呀！炮兵同志该立大功！"忽然后边有人喊叫，我警觉地抓起一个手雷，回头一看，原来是何大成带着两个同志来支援我们。我高兴地跑过去，抱了这个又抱那个，兴奋地说："你们来得好啊！敌人被打退了，10号阵地还是我们的！"

　　经一天激战，坚守597.9高地的志愿军共打退"联合国军"40余次进攻，歼敌280余人。

　　战后，志愿军领导机关给胡修道记特等功，并授予"一级英雄"称号。朝

志愿军用重机枪掩护部队冲锋，打退了敌人的进攻

鲜民主主义人民共和国最高人民会议常任委员会授予他"朝鲜民主主义人民共和国英雄"称号和金星奖章、一级国旗勋章。

黄昏时分，不甘失败的敌人发动了最后一次集团冲击。主峰阵地上空出现了一幕令人惊心动魄的奇观。

秦基伟在回忆录中是这样记述的：

连续数日硝烟遮蔽的天空在混混沌沌的黄昏中，倏然骤亮，那一瞬间，天宇间一片辉煌，橘红色的光辉照亮了整个上甘岭战场。紧接着，一声奇异的爆炸声裂破了长空，天上出现了一个巨大的火团，暴风骤雨般降下一阵燃烧着的金属碎片。原来是美军一架低空支援步兵冲击的F-51型强击机，居然撞上了我军地面低弹道弹丸，顿时粉身碎骨，那炫目夺魄的一亮，那惊天动地的一响，再加上纷纷坠落的残骸正好落入敌阵，这使本来就胆战心惊的美韩士兵更加恐怖。

"联合国军"在597.9高地吃尽了苦头，10月30日至11月5日短短一周内，伤亡就高达6000余人，被迫停止了对这一阵地的进攻。彭德怀、邓华、朴一禹致电嘉奖15军：

你军与敌血战了二十余日，敌军集中了空前优势的炮兵、飞机、坦克及大量步兵集团冲锋，不仅不能夺取我军阵地，而且丧失了一万五千余人的有生力量及大量炮弹，你们则发扬了坚忍顽强的战斗作风，愈打愈强，战斗愈打愈灵活，步炮协同愈打愈密切，战斗伤亡亦逐渐减少……这样打下去，"必能制敌于死命"。我们特向你们祝贺，望激励全军再接再厉，坚决战斗下去，直到将敌人的局部进攻完全彻底粉碎。预祝你们胜利。

一名年轻英俊的志愿军战士在上甘岭阵地上留影

热情洋溢的嘉奖电立刻印成红色大字的"号外"，传遍了每一个阵地。11月10日，密切关注上甘岭战役的毛泽东将这份嘉奖电批转各大军区、各军兵种和军委各部门。秦基伟和他的15军一时名声大噪。

志愿军在夺回并初步巩固了597.9高地后，第3兵团立即于11月5日调整部署，以12军副军长李德生指挥31师及34师2个团担任巩固597.9高地和夺回537.7高地北山的作战任务，并组成五圣山战斗指挥所，该指挥所归15军直接指挥；45师除炮兵、通信、后勤保障部队外，撤出战斗进行休整。

毛泽东在为军委起草的给志愿军的复电中指出："你们对加强十五军作战地区之决心和部署是正确的。此次五圣山附近之作战已发展成战役规模，并已取得巨大胜利，望你们鼓励该军坚决作战，为争取全胜而奋斗。"

随着597.9高地争夺战的结束，敌我双方将争夺的焦点转到537.7高地北山。

11日16时25分，12军31师92团以2个连，在榴弹炮52门、迫击炮20余门和火箭炮1个团的支援下，分两路反击537.7高地北山。至17时，恢复537.7高地北山全部表面阵地，歼灭据守阵地的南朝鲜军第2师1个营大部。

当晚，坚守597.9高地的93团以1个排向东北山腿第11号阵地发起攻击。经5分钟战斗全歼守敌，恢复阵地。至此，597.9高地表面阵地全部恢复并得到

志愿军某部在上甘岭战役中攻上高地

巩固。

12日，南朝鲜军投入第17团和第32团残部进行疯狂反扑，均被志愿军打退。

14日夜，志愿军93团主力加入战斗。双方继续展开争夺。至17日，92团和93团在7天里共击退南朝鲜军百余次反扑，歼敌2000余人。

18日，12军以34师106团接替93团，投入537.7高地北山战斗。时任8连卫生员的吴世金回忆道：

拂晓，敌人在飞机大炮的配合下，向我106团8连537.7高地发起进攻。兵力由一个连、一个营，增至几个营。当敌人进入我机枪、冲锋枪的有效射击距离时，我们就向敌群扔手榴弹、爆破筒，实施抵近射击。爆破筒的威力很大，一根爆破筒炸得敌人血肉横飞，尸横遍野。……早8点左右，敌人对我进行毒剂袭击。当时有十几个同志中毒，咳嗽、流泪不止，睁不开眼睛。有的同志脸上、手上、脚上烧痛难忍。我一看是敌人打来的催泪弹和黄磷弹，便叫大家迅速到上风方向隐蔽，并叫中了黄磷弹的同志不能用手摸。……中午，敌人见久攻不下，就出动四十多架飞机，对我阵地实施轮番轰炸。一枚重磅炸弹击中坑道口，连长、排长及战士全部牺牲。指导员在山上指挥战斗左腿就炸伤，不能行走。我给他包扎后，叫通信员背他下山。副连长腿部负伤，行动

志愿军医务人员抢救伤员

困难，也只能坐在连指挥所里指挥战斗。这时106团8连除重伤员外，能参战的只剩下二十余人。……此时，敌人对6号阵地使用了"火攻"。十几架敌机，在我阵地上投下大量的凝固汽油弹，把整个阵地烧成一片火海。……经过这次抗击，阵地上只剩下六个人了，没有吃的、喝的，没有棉衣，没有帽子。每人只穿两件烧得不成样子的单衣。在零下十几度寒冷的天气里，我们以坚强的毅力，死死地坚守在上甘岭阵地上，把上甘岭这把"尖刀"牢牢地插进敌人的心脏。

激战至20日以后，"联合国军"因伤亡惨重，兵力不足，只能以连以下兵力实施小型反扑，空中和地面炮火也虚张声势地投几颗炸弹放几声炮。其实这仅是种象征性的，是"打肿脸充胖子"的做法。志愿军战士们开玩笑地说：美国佬和李承晚真的已经被拖垮了，连炮声都没有过去响了，听起来像哼哼。

到25日，"联合国军"连哼哼也没有了。志愿军106团击退了敌人的轮番进攻，牢牢控制住537.7高地北山，完成了"打到底，收摊子"的任务。

"联合国军"再也没有能力组织进攻，被迫将伤亡惨重的美军第7师和南朝鲜军第2师撤下去整补，其防务分别交给美军第25师和南朝鲜军第9师接替，上甘岭战役遂告结束。

美国新闻界当时是这样评论的："这次战役实际上变成了朝鲜战争中的'凡

美军付出了巨大的伤亡代价却始终未能占领上甘岭阵地

尔登'，即使用原子弹也不能把狙击兵岭（指 537.7 高地北山）和爸爸山（指五圣山）上的共军部队全部消灭。"

"联合国军"总司令克拉克也不得不承认："这次作战是失败的。"

此役，志愿军第 15、第 12 军以伤亡 1.15 万余人的代价，打退了"联合国军"营以上兵力冲击 25 次，营以下兵力冲击 650 余次，进行数十次反击，共毙伤俘敌 2.5 万余人，击落、击伤敌机 270 余架，击毁、击伤敌大口径火炮 60 余门、坦克 14 辆，最终守住了阵地。

在上甘岭战役的反击作战中，志愿军炮兵发挥了巨大作用。先后有榴弹炮第 2、第 7 师，第 60 军炮兵团、火箭炮兵第 209 团各一部，高射炮兵第601、第 610 团各一部参战，共集中山炮、野炮、榴弹炮 114 门和火箭炮 24门、高射炮 47 门，发射炮弹 40 余万发，在单位火力密度上创造了人民军队自创建以来的最高纪录。而且参战炮兵组织得好，快、准、狠，不仅本身战斗灵活，同步兵的协同配合十分默契。时任志愿军炮兵第 3 师第 11 团团长的石璧回忆道：

上甘岭战役开始，我团指率 2 营于 10 月 21 日配属 45 师。为了集中兵力，1 营也奉命配属 45 师作战。团指奉师命令设在德山岘统一指挥 1 营、2 营。此时，我 3 营配属 44 师在西方山、斗流峰一线作战。11 月 6 日，团的高射机枪连调至德山岘占领阵地，负责掩护指挥所的对空安全。该连占领阵地后，头两

志愿军炮兵在上甘岭战役中发挥了巨大作用

天就旗开得胜，击落敌机 F-84 两架。

上甘岭战役是一次极为重要的战役，当时我炮兵与敌炮数质量上仍然是敌强我弱。这就要求我们必须将兵力与火力集中用于一点，形成火力拳头。如 1 营、2 营 10 月 30 日支援步兵对 597.9 主峰实施反击时，以两个营的火力重叠射击，集中火力突击敌人的一个点，耗弹一千多发，毁敌工事大半，全歼了守敌。

炮兵掩护坑道口支援步兵作战十分重要。我们在敌以少数兵力破坏我坑道口时，多由直瞄火炮和迫击炮担任射击。只有当任务紧急才用大口径火炮射击。10 月 25 日前后，我两个炮兵营奉命协同直瞄火炮和迫击炮对编为 5 号的坑道口上之敌行一次急袭射击，伤敌大部而迫敌撤退。我坑道口多数面向我方或侧后方，所有坑道口都由步兵统一编号，炮兵都预先准备好射击诸元，只要一声令下，在一分钟以内火力即可转移。10 月 30 日，我 1 营、2 营参加 537.7 北山战斗，包括其他炮兵部队共集中 50 门大炮，行三次火力准备，我团共耗弹四百余发，自步兵发起冲击至全部占敌阵地仅 15 分钟。

毛泽东在论述朝鲜战争局势及其特点时指出："在十月中，敌人曾以两个半师兵力向金化以北上甘岭的三平方公里的我军两个阵地举行连续攻击，直打到十一月底，敌人伤亡两万多人，每天发弹两万多发，有时多至三十万发，每天并出动坦克、飞机助战，但两个阵地最后仍在我手，敌人未能夺取寸土。由

驻守上甘岭阵地的志愿军指战员欢庆胜利

于阵地战斗这样激烈，敌我的炮火均尽量集中。我歼敌一个连，平均每天需集中三十多门炮，消耗炮弹近一万发。过去三个月中，我已消耗炮弹二百四十余万发。今年秋季作战，我取得如此胜利，除由于官兵勇敢、工事巩固、指挥得当、供应不缺外，炮火的猛烈和射击的准确实为制胜要素。"

对此，"联合国军"也不得不承认志愿军"打炮像下雨，连小石头也躲不过"。外国通讯社报道称：共军的炮火经常使"进攻的联军陷于瘫痪"，"使那些爬上山的联军全军覆没"。

上甘岭战役，创造了现代战争史上坚守防御作战的范例，表明以坑道为骨干、支撑点式的防御体系，对抗击强大火力的突击、增强防御的稳定性有着巨大作用。

许多年后，秦基伟在回忆录中写道：

上甘岭战役不仅从军事上打垮了敌人的攻势，也打出了我军的指挥艺术、战斗作风和团结精神。打出了国威军威。以后有人说过，美国人真正认识中国人，是从上甘岭开始的。这话不一定准确，但是，在上甘岭战役中，我们所体现的"不怕牺牲，艰苦顽强，友爱团结，机智灵活"的战斗精神，尤其是威武不屈的英雄气概，的确使敌人大为震惊。我们这支军队是什么样的战士呵！烈火烧身而纹丝不动直至牺牲的有，以胸膛堵枪眼的有，抱着爆破筒与敌同归于尽的有，把生的希望无私地让给战友、把死的威胁坦然留给自己的也有。所有这些，灼痛了西方人的视野。对于中国人，他们应该重新认识了，必须刮目相看了。

上甘岭战役之后，美军再没有向志愿军发动过营以上规模的进攻，朝鲜战局从此稳定在"三八线"上。可以说，这一战奠定了朝鲜的南疆北界。

34. 1953 年春季反登陆作战

1952 年 11 月 25 日，中国人民志愿军取得上甘岭战役的胜利，粉碎了"联合国军"旨在扭转被动局面，配合朝鲜停战谈判而发动的规模大、持续时间长的"金化攻势"。

自美国武装干涉朝鲜内战后，劳民伤财，在两年零四个月中已损失 31 万多人，直接战争开支 150 亿美元，间接战争开支高达 800 亿美元。更令美国政府忧心忡忡的是，陆军主力 7 个师长期陷在朝鲜战争的泥潭里，不但伤亡损失严重，而且破坏了与苏联抗衡的战略格局。显然，美国人不想把战争长期拖延下去，急于寻找一条解决朝鲜战争以摆脱被动的途径。

年底，美国新当选的第 34 届总统艾森豪威尔就解决朝鲜战争问题积极展开活动。这位在第二次世界大战中曾指挥过诺曼底登陆的五星上将，竞选时多次公开许诺：如果他能当选总统，他的政府将优先结束朝鲜战争，"只有如此，我才能最好地学会如何在和平的事

艾森豪威尔

业中为美国人民服务，我将前往朝鲜"。

12月2日至5日，艾森豪威尔在即将于新内阁中出任国防部长的查尔斯·威尔逊、参谋长联席会议主席布莱德雷等军界要员的陪同下，前往朝鲜前线视察，并与"联合国军"总司令克拉克、美军第8集团军司令兼"联合国军"地面部队总指挥范佛里特，以及南朝鲜总统李承晚等人举行一系列会议，研究朝鲜战局。

艾森豪威尔表示不能容忍朝鲜冲突无限期地继续下去，如果谈判还不成功，就要不顾一切危险全力发动一场进攻。小规模进攻是不可能结束这场战争的，要以"行动"而不是"语言"来打破僵局。回到美国后，他在就职后发表的第一个国情咨文中宣布：取消台湾海峡"中立化"状态，公开唆使退守台湾的蒋介石军队窜犯大陆，参加侵朝战争。

当时，美国军界普遍认为：正面进攻啃不动，此路不通；扩大南朝鲜军，以抽出美军来保持机动并减少伤亡，又非一时所能办到的；而使用原子弹，慑于世界舆论压力，尚有顾忌。因此，进行大规模的军事进攻，最有效的办法是利用美国海、空军优势，在朝鲜东西海岸实施两栖登陆，以配合正面进攻。

美国国内舆论大肆进行战争吹嘘，公开扬言："举行两栖登陆，以切断共军的铁路供应线，要比从正面进攻有效得多。"克拉克也认为两栖登陆是取得胜利、结束朝鲜战争的最好方法，并组织专门小组制订了包括正面进攻、两栖登陆和轰炸中国东北等作战行动在内的大规模军事冒险计划，进行各种作战准

1960年美国总统艾森豪威尔到台湾"访问"，蒋介石前往松山机场迎接

备。至 1953 年初，"联合国军"频繁调动，地面部队在第一线共有 17 个师，其中美军 4 个师、英联邦军 1 个师、南朝鲜军 12 个师；在第二线有美军 3 个师，南朝鲜军 2 个师另 3 个团。

一时间，朝鲜战场上的形势又趋于紧张。中央军委和毛泽东主席判断朝鲜战争极有可能拖延下去，在今后一年内还会趋向激烈化。在停战谈判搁浅、美军在正面战线无所作为的情况下，艾森豪威尔政府要打破僵局，很可能进行最后的军事冒险，而且从正面向志愿军较坚固纵深工事进行攻击的可能性不如向后方两侧进行登陆作战的可能性大。

为了取得战略上的主动权，1952 年 12 月上旬，毛泽东在接见志愿军代司令员兼代政治委员邓华时强调，应从肯定敌人登陆，肯定要从西海岸登陆，肯定在清川江至汉江间登陆这一判断出发，来确定志愿军的行动方针。

20 日，中共中央给志愿军下达了关于《准备一切必要条件坚决粉碎敌人冒险登陆》的指示：

根据种种情况判断，敌人有从我侧后海岸线，特别是西海岸汉川江、清川江、鸭绿江一线，以七个师左右的兵力举行冒险登陆进攻的充分可能。我志愿军要协同朝鲜人民军，坚决粉碎敌人登陆进攻，争取战争胜利。为此，我军必须尽一切可能的力量去极大地增强海岸及其纵深的坚固防御工事，同时增强三八线正面的纵深防御工事，作为配合，在对我侧后威胁最大的海岸线及其纵

毛泽东与志愿军代表在北京合影

深，部署充分的兵力和火力，确保粉碎敌人从海上的进攻及其大量空降部队的进攻。在其他有可能遭受敌人登陆进攻的地区（通川、元山地区，瓮津半岛地区，镇南浦、汉川江地区及咸兴以东地区），也要部署相应的兵力和火力，同样要用其全力争取粉碎敌人的进攻；坚决迅速地采取加修新铁路线，改善旧铁路线（满浦、球场间），加宽公路线，加设仓库、场站，以及预先运储大量粮弹物资等多项措施，保证无论在何种情况下，我正面侧面全军（包括人民军）的运输畅通，供应不断。

同时，中共中央号召志愿军全体指战员要"小心谨慎，坚忍沉着，动员全力，争取时间，完成一切对敌登陆作战的准备工作"。中央军委决定抽调第1、第16、第21、第54军集结于东北地区，准备入朝；还向海、空军下达了准备支援朝鲜战场反登陆作战的预先号令；并对辽东半岛、山东半岛的海岸防御作了部署；制订了50万新兵的动员计划；调集了一批用于改善朝鲜运输条件的物资器材。

12月17日至21日，志愿军先后召开党委扩大会议和军以上干部会议，决定把反登陆作战准备作为1953年的首要任务，以最大的决心和努力，加强两翼海防，特别是西海岸防御，坚决不准敌人登陆，并明确了"持久作战、积极防御"的作战方针。即以一部兵力构成大纵深的坚强的海岸防御，坚决阻击敌人

志愿军高炮部队严阵以待，做好反登陆准备

登陆，力求歼敌于海岸或滩头；而把主力置于纵深机动位置，一面准备坚决迅速地歼灭敌之空降部队，保证后方安全和交通顺畅，一面支援一线部队作战，待敌消耗到一定程度之后与敌决战，进行战役反攻，最后歼灭敌人。在战术指导上则紧紧把握住反空降、反坦克（登陆艇）和连续反击三个主要环节，并把反空降作为重中之重。23 日，下达了《粉碎敌登陆进攻部署》的命令。

为确保完成任务，志愿军党委号召全军要克服一切困难，争取一切时间，"一定打好过关仗"，要求各级领导认真进行教育动员。各部队召开党委扩大会、团（或营）以上干部会、连队支部大会、军人大会等，各级领导亲自做报告，深入动员。全体指战员牢固树立了"打好过关仗"的坚强信心，以高度的积极性和创造性投入到反登陆作战准备工作中去。

反登陆作战准备是一项规模巨大、艰巨复杂的任务，最大的困难莫过于大规模的筑城了。按照预定计划，必须在 1953 年 3 月底以前，在东西海岸构成10 公里纵深的坚固防御地带。而当时正值严冬季节，天寒地冻，冰厚雪深，气温一般都在摄氏零下二十几度，冻土层深达 1 米左右。

志愿军平均每天有 50 万人参加施工，忘我劳动，昼夜突击施工，想方设法完成任务。施工用的炸药缺乏，就拆卸敌人投掷的未爆炸的炸弹来挖取；没有工具，就利用炮弹皮等废铁自行制造工具。仅西海岸第一线的 3 个军就挖取炸药 10600 公斤，自制工具 30 余种、9000 余件。

对志愿军的筑城任务，中国人民和朝鲜人民进行了大力的支援。从中国国内向朝鲜调运了筑城所需的钢筋、水泥、木材等大量器材；还专门抽调了 4 个汽车团、5000 余名铁路员工、3 个医院和 14 个医疗队入朝，以加强筑城的保障

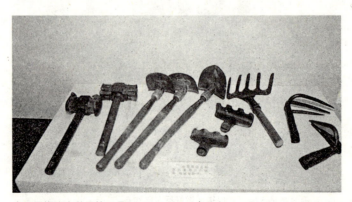

志愿军构筑坑道用的工具

工作。朝鲜政府则命令矿工停工 2 个月，自带工具同志愿军一起挖坑道。当地的朝鲜人民则帮助志愿军修桥筑路，并支援了部分木料。

在中朝两国人民的大力支援下，志愿军指战员经过 4 个月的艰苦努力，到 1953 年 4 月底，圆满地完成了筑城任务。在东西海岸设置了纵深达 10 公里的两道防御地带，动用人工 6000 多万个，挖掘坑道 8090 条，总长 720 余公里，相当于从永兴到釜山开凿了一条石质隧道；挖堑壕、交通壕 3100 余公里；构筑了 605 个永备水泥工事及各种掩体 10.9 万个；还构筑了反空降和反坦克阵地。这样，在东西海岸和正面绵亘 1130 多公里的弧形防线上，形成了以坑道和钢筋水泥工事为骨干的支撑点式的防御体系。

此时，志愿军各项反登陆准备工作基本完成，在朝兵力大大加强，由原来的 17 个军增至 20 个军，连同各兵种部队、铁道兵团和后方勤务部队等，总兵力达 135 万人。

其中，担负西海岸防御任务的部队为志愿军第 38、第 39、第 40、第 50、第 16、第 54 军共 6 个军和人民军 1 个军另 1 个旅，地面炮兵 14 个团另 9 个营，高射炮兵 2 个团另 13 个营，以及 6 个坦克团；担负东海岸防御任务的部队为志愿军第 12、第 15 军共 2 个军和人民军 2 个军团另 2 个旅，地面炮兵 2 个团另 3 个营，高射炮兵 5 个营，以及 1 个坦克团；担负正面防御任务的部队为志愿军第 65、第 46、第 1、第 63、第 64、第 23、第 24、第 67、第 60、第 68 军共 10

守卫朝鲜东海岸的志愿军炮兵阵地

坑道储粮

个军和人民军3个军团另2个旅，地面炮兵14个团另18个营，高射炮兵24个营，以及6个坦克团。志愿军第47、第21军和地面炮兵4个团另2个营为预备队。

此外，空军准备以14个师630架飞机，掩护地面部队，保卫重要目标，参加反登陆作战；海军在西朝鲜湾航道布设水雷，设置了4个雷区，另有2个海岸炮兵连、1个鱼雷艇大队和1个海上巡逻大队完成了临战准备，能够随时进入预定海域遂行作战任务。

同时，志愿军囤积了充足的作战物资。囤积弹药达123858吨；粮食达24.8万余吨，可供全军食用8个半月；汽油储备了4个月的消耗量。

就在志愿军进行反登陆作战准备期间，为了试探志愿军正面防御的稳定性，同时也为了给新总统艾森豪威尔"献礼"，在"联合国军"总司令克拉克的授意下，范佛里特亲自决定组织一次所谓的"空、炮、坦、步协同作战实验"，第一个实验选择的攻击目标是志愿军23军67师201团1连1个排防守的205高地。

205高地位于铁原西北芝山洞南侧，是志愿军城山、芝山防御阵地的前沿，如同一颗钉子插进敌人的阵地当中，但多面受敌，易遭攻击。因形似汉字的丁字和英文大写字母T，志愿军称之为"丁字山"，美军则称它为"T形山"。

美军之所以选择205高地为攻击目标，一是由于它的战术位置极为重要，二是防守这一高地的志愿军是刚刚接防的23军，没有与美军作战的实战经验。对这次进攻，美军十分重视，精心计划，命名为"斯麦克行动"，并大肆宣传，邀集大批军官和前线记者到现场观战采访。

1953年1月12日2时30分，美军第7师第31团利用夜幕的掩护，出动1个加强连的兵力，在4辆坦克和数十门火炮的支援下，向205高地南山发起突然性攻击。

志愿军某部打退了敌人的进攻，正在打扫战场

201 团 1 连 3 排在排长乐志洲的率领下，奋起迎战，以顽强的战斗作风，一鼓作气，连续打垮美军的 4 次冲锋，毙敌 50 多人。

在试探性进攻受挫后，美军从 20 日起，连续 4 天，每天出动大批飞机，以及火炮对 205 高地进行狂轰滥炸。仅 24 日一天，美空军就出动飞机 148 架次，连续轰炸 6 个小时，向 205 高地投下 13.6 万磅炸弹和 14 枚凝固汽油弹。

与此同时，敌人每夜派出小股部队前来偷袭，在阵地前施放大量烟幕掩护运输，并有吉普车到前沿抵近观察。

种种迹象表明：敌人想在这里发动一次大规模的进攻。201 团副团长黄浩亲自到 1 营了解情况，指挥战斗，营参谋长戴奇珍下到坚守 205 高地最前沿的 1 连连部坑道里。

1 连官兵们利用坑道，隐蔽待机，加强观察，并利用夜暗抢修野战工事，随时准备粉碎敌人的进攻。时任 201 团作训股长的李志坚回忆道：

1 月 20 日，艾森豪威尔就任美国总统，为渲染喜庆气氛，侵朝美军高层谋划在朝鲜打个胜仗，以鼓舞日益低落的士气。加之范佛里特接任美 8 军军长两年多来，在"伤心岭""老秃山""上甘岭"等战役战斗中连遭败绩，受到美国国内众多质疑和指摘，他也急需抹去罩在自己头上不光彩的阴影，并为艾森豪威尔接任总统壮威，决定对我 205 高地发动一次小型突击战。他自以为凭借

美军绘制的作战示意图

地形和火力优势，夺取我 205 高地犹如探囊取物，唾手可得，因此他忘乎所以地打破战争常规，邀请一批高级军官和各国记者聚集前线观摩他精心策划的这次突击，为他预期的胜利鼓噪宣传。

25 日，美军投入 1 个坦克营、7 个炮兵营、1 个轰炸机联队，出动飞机 196 架次，对 205 高地及城山、芝山阵地进行猛烈轰炸。

美军第 1 军军长和参谋长、第 5 航空队司令、远东空军作战处长前来观战，并邀请了 12 名记者。进攻发起前，特意发给他们每人一本"纸板装订、三色精印"的"进攻路线图"和"作战进程时间表"，满以为此次"陆空联合攻击"作战会很快攻占高地，可以给他们增强些光彩。

8 时许，3 架美军侦察机出现在 205 高地的上空，盘旋片刻后投下了两颗红色烟幕弹。随后，美军开始火力准备，至中午 12 时，4 个小时内即发射各种炮弹 17 万发，投掷炸弹 22.4 万磅。

205 高地前沿阵地上的通讯线路全被炸断，1 米多深的战壕几乎夷为平地，坚硬的冻土被炸成半米深的粉尘，整个阵地笼罩在滚滚浓烟之中。坚守阵地的志愿军 207 团 1 连 1 排进入坑道工事隐蔽。

炮击一直持续到 12 时 30 分，美军第 7 师第 32 团 1 个连在第 2 营营长的指挥下，并配属33辆坦克、48架飞机和百余门火炮，以羊群战术，向205高地南无名高地发起波浪式的进攻，同时以部分兵力向芝山等阵地发起牵制性攻击。

1排指战员乘敌炮火延伸之际，迅速跃出坑道，进入野战工事抗击敌人的冲锋，并利用步话机和后方联系，请求炮火支援。志愿军的炮弹如同长了眼睛似的落在标定射击区域，在敌阵里开花了。黄浩回忆道：

我守在报话机旁边，掌握着战斗情况的发展。我断定敌人这是企图用连续进攻的手段来消耗我们，敌人这种用自己士兵生命作赌注的卑鄙伎俩，对我们并不陌生。我立即命令在一连指挥战斗的营参谋长：一定要节省弹药，保存有生力量，以准备迎击敌人可能发起的更大的进攻。因此，我们前沿一直是少数人在外面迎击敌人，其他的战士都是隐蔽在坑道里，揭手榴弹盖。成箱成箱的手榴弹不断地往外传递，这样既及时供应了接敌战士们的弹药，又避免了不必要的伤亡。

激战中，战斗组长刘开发右眼负伤，血流满面，但强忍剧痛，坚持战斗，鼓动战友们英勇战斗："同志们狠狠地打，有我们在，敌人就休想上来！"

1排长身负重伤，3班副班长陈志挺身而出，不顾燃烧弹烧着了衣服、烧焦了耳朵，以顽强的毅力代理排长指挥，在3排侧射火力和炮兵的有力支援下，发挥近战火器的作用，大量杀伤冲击的美军。战斗中，几个敌人冲上前沿阵地交通沟沿，并架上机枪，准备射击。好个陈志，眼疾手快，一颗手榴弹甩过去，把敌人连人带枪掀了下去。黄浩回忆道：

坚守坑道的志愿军某部准备反击

这次战斗的激烈，超过了以往任何一次。敌人的炮火严密地封锁着我们每条大小通道，交通沟都打成了"倒八字"，有的地方完全扫平了，但敌人这种疯狂的轰击，并没有帮助它的步兵占到一点便宜，每一次进攻，还是照样在我们阵地前面留下成堆的死尸，狼狈地滚下山去。

激战一直进行到下午四点。敌人反复地向我阵地进行了八次凶猛的冲击，其中三次竟动用了两个连一拥而上的集团冲锋，但是都被我们打垮了。前沿报告情况说：准备用五六天的手榴弹，在这几小时内快全部打光了，要求快补充弹药。我一面命令前沿节省弹药，坚持战斗，一面指挥营属炮火打击敌人，同时向团指挥所派出联络，准备动用师属炮火，并打算待天黑就出动预备队。

可是，这一切准备都没有用上，前面忽然报告说："敌人正用坦克、重炮、机枪和烟幕弹掩护步兵撤退。"我们的主力还没拿出来，他倒在收拾破烂摊子了！这也不能放过他！我立刻命令阵地上，所有能使用上的武器、炮火，一齐轰击敌人退路。

激战至下午5时，1排以伤亡11人的代价，连续击退了美军的6次集团冲锋，毙伤敌150余人，坚守住了阵地。美军死伤累累，无力再攻，只得在炮兵、坦克火力掩护下用装甲车拖运尸体，狼狈而逃。

黄昏时分，志愿军打扫战场时，山坡上到处散落着开了洞的美军钢盔和尼龙避弹衣，还有数包炸药。原来，美军企图攻上阵地后，用炸药包炸开志愿军

坚守阵地的志愿军战士

的坑道口。

范佛里特精心谋划、信心十足的"斯麦克行动"就这样以惨败的方式结束，不仅没有显示出美军强大的战斗力，反而让到场观摩的西方记者"大开眼界"，成为各国舆论嘲讽的笑柄。

合众社报道称："联军这次进攻，被认为已被联军炮火和飞机炸得粉碎的共军击退了"，"T形山深沟据守的共军使联军丢了脸，联军在三个月以来所进行的最猛烈的进攻竟被共军击退"。

国会议员们纷纷指责、质问军方，这次进攻到底是正当的军事行动，还是给高级宾客表演的角斗士比赛，让士兵们去白白送命。有议员悲伤地说："不管采取什么办法，美国的死亡名单必定增长。"

弄巧成拙的范佛里特把本不引人注目的一次小型战斗，在世界上搞得沸沸扬扬，非但没有给自己戴上胜利的光环，反倒是大壮志愿军的军威。他无可奈何地承认："进攻的结果很不幸，没达到目的。"

美军战史对这次作战评论说："总的来说，斯麦克行动是一次惨败。""这是一次代价高昂的教训，再次证实了无论是从空中或是从地面上的火力都不足以将躲藏在挖得很好的战壕里的敌人消灭。这场有限战争的优势在防守的一方。"

在一片责骂声中，克拉克的协同作战试验只得草草收场。参加"丁字山"战斗的一位志愿军排长风趣地说："早知道艾森豪威尔总统要面子，我们便来

英勇的志愿军战士追歼逃敌

个大打出手，定会给他一个更大的'面子'。"

2月11日，《人民日报》发表了署名文章《给艾森豪威尔上台的一棍》，高度赞扬了志愿军的英勇无畏，批驳了侵略者的野蛮行径和其纸老虎的本质。

就在一天前，范佛里特因"继上甘岭之后最大一次的T形山突击战"惨败而灰溜溜地回国退休，美军第8集团军司令的职务由美国陆军助理参谋长泰勒接任。

泰勒到前线视察后，向克拉克报告：除非得到大规模进攻的命令，否则他将安于现状，决不再冒险向前沿的小山头发起任何进攻。克拉克批准了这一要求。从此，在朝鲜战场上，直至战争结束，美军也没有在正面战场主动发起攻击志愿军支撑点阵地的作战行动。

至4月底，反登陆作战准备全面顺利完成。在整个反登陆战备期间，志愿军和人民军正面部队先后进行了大小战斗770余次，共毙伤俘敌5万余人，有力地配合了侧后东西海岸的反登陆作战准备，同时也为志愿军和人民军随后发起的夏季反击战役创造了有利条件。

对此，美国中央情报局认为，一旦"联合国军"按计划在朝鲜发动进攻，"共产党马上做出的反应必定是进行拼命的抵抗。中国军队将展开最大限度的地面防御来抗拒联合国军的进攻，并实施坚决的反击"，"我们相信，共产党人将忍受得住在反击或抵抗联合国军进攻作战中所蒙受的人员与装备损失。同

美国人在战场上占不到半点便宜，只得恢复停战谈判。图为前往谈判会场的朝中方谈判代表团成员

时，我们无法断定，这种损失程度是否会迫使共产党去寻求停战"。

美军参谋长联席会议同意这种看法。如果硬是要进行军事冒险，美国军方认为，即使立即开始进行准备最少也需要一年时间。如果打起来，则至少需要做打两年即打到1955年的准备，作战费用估计需要追加70亿~77亿美元。这显然是艾森豪威尔政府所不能接受的。

在此情况下，美国政府不得不知难而退，其大规模的军事冒险计划胎死腹中，转而寻求被其单方面中断的停战谈判。

4月26日，中断了6个月之久的停战谈判重新复会。

35. 1953年夏季反击战役

　　1953 年，朝鲜战争进入第四个年头，停战谈判也已断断续续地进行了 16 个月。交战双方在"三八线"附近地区仍处于相持状态，自上甘岭战役硝烟散尽之后，虽然没有发生大规模地面部队的军事行动，但来自空中的厮杀和地面小规模的战斗却从来没有停止过。

　　面对扑朔迷离的朝鲜战局，美国当局的决策者们心里很清楚，要想彻底扭转地面部队的被动局面绝非易事。因为他们在朝鲜半岛上动用了各种手段，使用了除原子弹以外的全部现代化武器，可依然没有见到胜利的曙光。战局离白

朝鲜停战谈判双方代表就军事分界线问题（第二项议程）进行谈判

宫的愿望也越来越远——不但未能占领朝鲜全境，反而陷入山头争夺的持久作战，伤亡数字更是月月飙升。按照美国总统艾森豪威尔的说法，到此时美军在朝鲜战场上的伤亡已高达125000人次，成为美国历史上仅次于南北战争和两次世界大战的第四次代价最大的战争。

4月26日，因战俘问题由"联合国军"单方面宣布中断半年之久的朝鲜停战谈判再度恢复。谈判中，美国政府继续推行两手政策，一面同中朝方面进行谈判，一面加紧扩编南朝鲜军，做长期战争的准备。

此时，双方兵力达到了朝鲜战争中的最高峰。

"联合国军"总兵力达120万，地面部队有24个师，其中南朝鲜军16个师，正在扩建的还有1个师，连同其海空军共有64万余人。第一梯队展开16个师，其中美军4个师、英联邦军1个师、南朝鲜军11个师；预备队6个师，其中美军3个师、南朝鲜军3个师。全线工事普遍加强，基本阵地构筑有坑道或坑道式掩蔽部、大量的地堡群和各种障碍物。

经过1953年春季反登陆作战准备，中国人民志愿军和朝鲜人民军阵地更加巩固，火力有很大加强，作战物资也较充足，总兵力达180万，其中志愿军地面部队有20个军，连同各特种兵和后勤部队等，有135万人；人民军有6个军团，连同其他部队，有45万人。中朝两军在战略上日趋主动，而敌人则愈加被动，特别是在正面战场已处于无可奈何的地步。

根据朝鲜战场形势，毛泽东确定了战争指导方针："争取停、准备拖。而军队方面则应作拖的打算，只管打，不管谈，不要松劲，一切仍按原计划进行。"

据此，志愿军决定在继续加强海岸防御的同时，采取"针锋相对的方针"，以积极的行动配合停战谈判，准备除继续进行个别的战术反击外，选择合适的目标于5月中下旬发起一次规模较大的、像1952年秋季战役的反击战。

毛泽东在收到志愿军代司令员兼代政治委员邓华的建议电报后，于4月23日批转彭德怀，指出："此件似可批准，使他们好作攻击准备。至于停战得早，或不要打以利谈判，可则于五月间适当时机再行决定。"

4月30日至5月4日，邓华主持会议，研究制定战役指导方针和战役计划。5日，以邓华、杨得志、解方、李志民的名义，向各兵团、东西海岸指挥部、第47军下达了战役补充指示，确定：战役的目的主要是消灭敌人，锻炼部队，吸取经验，以配合停战谈判。同时，适时注意改善现有阵地。战役指导的基本

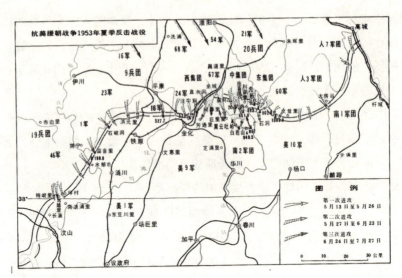

抗美援朝战争 1953 年夏季反击战役示意图

精神是稳扎狠打、由小到大，积小胜多胜为大胜。在战术上要力求全歼、速歼，不打则已，打则必歼，攻则必克，守则必固；有利则守，不利则给敌人一定杀伤后放弃，保持主动。打击对象西线以美军为主，东线以南朝鲜军为主，准备"联合国军"进行两至三个上甘岭那样的报复；整个反击作战采取统一与分散相结合的方法，分三个阶段实施，要求部队于 5 月底前完成一切准备工作。

按照志愿军总部的命令，参战部队做了充分的战前准备：一线准备发起攻击的军都保持有 4 个齐装满员的师，并选定合适的攻击目标（共选定目标 56 个，其中营级规模的目标 7 个，连级规模的目标 17 个，排级的 32 个），并对选定的攻击目标进行反复侦察和抵近观察，查明对手的兵力、火力配备和阵地工事的具体情况，认真制定了作战方案。

5 月 13 日，志愿军第 20、第 9 兵团发起进攻。

夏季反击战役的第一枪是由 67 军打响的。当晚，67 军 201 师 2 个连另 1 个排，在 120 余门火炮的支援下，向科湖里南山发起攻击。

科湖里南山是南朝鲜军第 8 师前沿的一个主要阵地，为座首洞南山的右翼屏障。整个高地有南北走向的"孤山梁"和"江湾高地"，面积约 1.9 平方公里，阵地上有 4 条坑道和 5 个隐蔽部，全长约 150 米，由交通沟相连接，工事较为坚固，防守兵力为 1 个连另 1 个排。

为攻克这一坚固阵地，201 师攻击分队在战前选择了与攻击目标相似的地

南朝鲜军守卫在阵地上

形，结合作战方案，对接敌运动、战斗队形、攻击爆破、打敌坑道、打敌反扑等各种作战方法，进行了 15 天的反复演练。

战斗打响后，志愿军首先进行火力急袭，发射炮弹 5400 多发，有效压制了南朝鲜军炮火，破坏工事达 30%~40%，为步兵冲击开辟了道路。

负责攻打 500 高地的 1 排在排长石运金的带领下，从冲击出发阵地向敌阵地发起了猛烈进攻。经 25 分钟激战，占领全部表面阵地。

残敌钻入坑道中企图负隅顽抗。坑道工事在英勇机智的志愿军战士手中，是打击敌人、保存自己的有力屏障；在愚蠢懦弱的敌人手里，则是埋葬他们的坟墓。

志愿军战士先将坑道一头的坑道口炸毁，而后从另一坑道口或扒开通气孔钻进去，4 人一组，交替前进，用绑着手电筒的冲锋枪射击。敌人见志愿军钻进坑道与他们短兵相接，都惊慌失措，乱作一团，纷纷缴枪投降。

经过 6 小时激战，志愿军占领全部阵地，毙俘敌 260 多人。

志愿军占领科湖里南山后，与它相邻的十字架山便暴露无遗。从 14 日起，南朝鲜军第 8 师以 1 个排至 2 个营的兵力，在 20 余架飞机和重炮的掩护下，实施反扑 27 次，企图夺回阵地。

志愿军攻击分队以阵地为依托，采取灵活战术，进行出击、反冲击和坑道战，在炮兵的有力支援下，英勇顽强地抗击敌人反扑，歼敌 1300 余人，最后巩固并占领了科湖里南山。

35. 1953 年夏季反击战役

志愿军某部召开庆功大会

15 日，志愿军司令部通报表扬："67 军步兵第 201 师反攻科湖里南山战斗打得好。"

为配合 201 师作战，199 师于 13 日至 15 日以 2 个连的兵力，两次反击直木洞南高地，全歼南朝鲜军首都师 2 个连共 293 人。

与此同时，第 20 兵团第 60 军对北汉江以东 883.7 高地西北及东北高地、1089.6 高地东山脊等 7 个目标进攻 14 次；第 9 兵团第 24 军对金化以北 537.7 高地东北等 6 个目标进攻 6 次，第 23 军对洪原里北高地等 3 个目标进攻 3 次。

至 25 日，志愿军先后向美军 1 个师、南朝鲜军 7 个师正面连以下兵力防守的 20 个目标（连级规模 5 个，排级规模 12 个，班级规模 3 个）攻击 29 次。除对 1 个排防守的南朝鲜军的攻击失利外，其余均按计划攻克了阵地，全歼守敌，并先后击退 2 个班至 2 个营的反扑 113 次，共毙伤俘"联合国军"4100 余人，自身伤亡 1608 人，双方伤亡比为 5:2。攻克的 19 个目标中，巩固占领 2 个，反复争夺后放弃 5 个，其余 12 个攻克后主动撤出。

与此同时，人民军第 3 军团攻克了杆城西大房谷东南棱线南朝鲜军 1 个排防守的阵地，打退南朝鲜军反扑 3 次，歼敌 130 余人。

27 日晚，60 军和 67 军按计划发起第二次进攻作战。

栗洞南山及其比邻的栗洞西南、690.1 东北、690.1 西北三个无名高地，位于金城东南七八公里处，由南朝鲜军第 8 师第 16 团 3 个连据守，是该师主阵地轿岩山前沿支撑点，构筑有地堡、坑道掩蔽部和盖沟堑壕，并设置数道

志愿军向敌阵地发起冲锋

铁丝网。

当晚22时，67军201师以4个连的兵力，在212门火炮的支援下，分别向栗洞南山三个无名高地发起进攻。

经过激战，歼灭守敌1个连另6个排。随后主动放弃690.1西北无名高地，顽强坚守栗洞南山及其他2个高地。在8天时间里，先后击退南朝鲜军第8师1个排至5个连的41次反扑，共毙伤敌1600余人，俘敌148人，巩固占领了栗洞南山和栗洞西南、690.1东北无名高地。

60军以180师539团和181师541团各2个连的兵力，向南朝鲜军第5师第36团2个步兵连及配属分队450余人防守的方形山阵地发起攻击。

方形山位于金城以东、北汉江东侧，在南朝鲜军第5师主阵地949.2高地以北约2公里，是其向北伸出的一条山脊上最北端的一个无名高地。由于它是949.2高地前的主要支撑点，敌人精心构筑了以坑道工事为骨干的坚固阵地。

为达成战斗的突然性，志愿军事先在南朝鲜军阵地前悄悄地挖掘了坑道和屯兵洞。26日夜，攻击分队潜入坑道、屯兵洞和敌阵地翼侧松林里。

27日22时5分，进攻部队以108门火炮进行7分钟火力急袭，摧毁南朝鲜军阵地60%的表面工事。随后攻击分队同时对9处阵地发起冲击。经过13分钟战斗，全部占领表面阵地。守敌大部被歼，残部转入坑道。攻击分队随即实施爆破，并以战斗小组攻击坑道，将守敌全歼。

28日至30日，南朝鲜军第5师先后以4个营另2个连的兵力，在飞机、坦克和地面炮火支援下进行疯狂反扑，集中攻击方形山最南端的5号阵地。先后防守该阵地的539团1个连和541团2个连，依托工事顽强抗击，击退敌人

志愿军实施炮兵火力突击

20 余次反扑，巩固占领了方形山诸阵地。

40 军 120 师 358 团以 2 个连的兵力，对马踏里西山——梅岘里东南山阵地发起攻击。

马踏里西山——梅岘里东南山位于高浪浦里西北 4 公里处，分别由土耳其旅第 1 营第 1 连及第 2 营第 6 连 2 个排防守，是"联合国军"防御阵地前沿的重要支撑点，筑有坑道、地堡和野战工事等，并设有数道铁丝网。

28 日晚，志愿军攻击分队在 91 门火炮的支援下，经过 10 分钟战斗，全歼守军，占领了 2 个高地。随后，土耳其旅在 190 门火炮、坦克 21 辆次、飞机 36 架次的支援下，以 1 个班至 1 个连的兵力实施猛烈反扑。

战斗进行得异常激烈，美军战史写道："为了顶住中共军的顽强攻势，共发射了 117000 多发炮弹和进行了 67 次近距离空中支援，以支援联合国军地面部队。敌人发射了 65000 发火炮和迫击炮弹，这是敌人在朝鲜战争中发射炮弹最多的一次。"

激战至 6 月 4 日，志愿军共击退了敌人 20 多次反扑，毙伤俘敌 900 余人，巩固占领了马踏里西山——梅岘里东南山阵地。

在志愿军和人民军的强大军事攻势下，美方撤回了扣留朝鲜人民军被俘人员的方案，基本上接受了中朝方面 5 月 7 日所提方案，停战谈判有了较大进展，可望达成全部协议。但南朝鲜李承晚集团极力阻挠、破坏，指使其谈判代表退出谈判，并在汉城（今首尔）、釜山等地组织所谓的"群众示威游行"。

中朝联合司令部决定将打击目标改为南朝鲜军，力求大量消灭其有生力量，对英军阵地暂不攻击，对美军亦不做大的攻击。

当志愿军攻下方形山阵地后，"联合国军"判断志愿军下一个目标是949.2高地，便在该处阵地重点布防，严阵以待。

志愿军将计就计，利用敌人的错觉，决定集中火力攻击883.7高地、973高地和902.8高地。这三个高地位于金城以东、北汉江东侧，是南朝鲜军第5师第27团防御的突出部，山高势险，地形复杂，并筑有地堡、明暗火力点和坑道，形成支撑点式防御体系。担负攻击任务的60军军长张祖谅经过反复思索，提出了大部队潜伏的设想，并得到了20兵团代司令员郑维山的肯定。

大部队的潜伏，要做到万无一失，有许多问题要解决。60军充分发扬军事民主，集思广益，发动全军官兵都来想办法，出主意。他们在阵地后方选择类似攻击目标的山头，反复进行潜伏、冲击和纵深战斗演习。把每次演习中暴露出来的问题记下来，在班务会、连务会上反复研究，然后再把想到的新办法搬到演习场上实践。

为了检验潜伏效果，60军专门组织了一支"假设敌"分队，在模拟的敌人阵地上严密监视了3天，没有发现潜伏部队的踪迹。"假设敌"分队返回后，发牢骚说："叫我们受洋罪，为什么潜伏部队没有去？"问他们发现了什么？回答说："就发现第二天有一拨人，从南往北走，其中还有女的。"

事实上，那天下午"假设敌"分队进入阵地后，就在他们眼皮子底下，潜伏部队从黄昏开始下山，通过沟底，爬上沟对面，进入潜伏区，而后整整潜伏

志愿军文艺工作者深入前沿阵地为英雄们演出

了 24 小时。至于"假设敌"分队发现的那一拨人，是祖国赴朝慰问团的文艺演出队，走在潜伏区内的一条小路上，也没有发现在他们走的小路旁藏有一支潜伏部队。

9 日晚，60 军 180 师、181 师担任攻击任务的 13 个步兵连、4 个机炮连、4 个营部、1 个团指挥所共 3000 余人，秘密运动至距敌人前沿 300 米的有利地形和森林里隐蔽潜伏。

10 日 20 时 20 分，60 军集中 250 余门火炮，向敌人阵地实施了 20 分钟的火力急袭，摧毁敌 70% 以上的工事。在火力急袭中，炮兵进行了两次炮火假转移，大量杀伤被诱出工事的敌人。

20 时 40 分，潜伏在敌人阵地前沿的突击部队一跃而起，分为 13 个箭头，向各自目标发起冲击。其中，543 团 2 个连仅用 15 分钟即占领了 883.7 高地及其以南无名高地；543 团 1 个连和 542 团 3 个连用 48 分钟占领了 973 高地及其以东无名高地。

这场漂亮的潜伏攻坚战只用了不到 50 分钟，就奇迹般地夺取了敌人东部战线几个重要支撑点，面积达 10 平方公里，南朝鲜军第 27 团基本被歼。60 军首创进入阵地战以来一次进攻作战歼敌 1 个团大部的范例。3000 余人的庞大队伍在敌人的眼皮子底下潜伏了 19 个小时而未被发觉，创造了世界战争史上的一个奇迹。

随后，各突击部队扩大战果，至 11 日 3 时 18 分全部占领阵地。南朝鲜军不甘心失败，以第 5 师及预备队第 3 师各一部共 3 个团的兵力，对该阵地发起 1 个排至 2 个营的猛烈反扑。第 20 兵团抽调兵团预备队 68 军 2 个师加强 60 军的力量。在炮兵支援下，至 14 日，共击退南朝鲜军反扑 190 余次，巩固占领了阵地。

14 日晚，60 军 180 师 3 个团和配属该军指挥的 68 军 203 师 1 个团，在 82 毫米迫击炮以上火炮 408 门的支援下，分别向南朝鲜军第 35 团防守的 949.2 高地、628.6 高地发起攻击。

为配合 180 师作战，179 师以 4 个连的兵力攻击 902.8 高地以南的南朝鲜军。60 军指挥配属的 33 师也以 3 个连的兵力，在 82 毫米迫击炮以上火炮 123 门的支援下，向据守在 1089.6 高地以南的南朝鲜军第 20 师 1 个营的主阵地发起攻击。

1089.6 高地位于北汉江以东、志愿军第 33 师主阵地鱼隐山与南朝鲜军第

志愿军某部向敌发起攻击

20 师主阵地 1219.8 高地之间。

13 日，33 师以 99 团 1 个加强连从西侧抵近攻击目标潜伏。经过漫长的等待，14 日 20 时 30 分，战斗打响了。33 师集中 123 门火炮进行火力准备。7 分钟后，潜伏分队与 99 团另 1 个加强连、98 团 1 个连，分别从正面及东西两翼同时发起攻击。激战至 23 时，西路进展顺利，一举攻占南朝鲜军阵地，并击退敌人的 7 次反扑，但正面及东路进攻受挫，遂全部撤出战斗，准备再次攻击。

15 日 21 时许，33 师以 98 团 1 个连、99 团 2 个连另 4 个排，并加强了 2 个火箭炮连，在 94 门火炮的支援下，分三路再次进攻 1089.6 高地。经过 2 个多小时的激战，至 23 时 40 分全部占领 1089.6 高地及其东西山脊，歼南朝鲜军第 62 团第 1 营第 2、第 3 连全部和火器连大部。随后连续打退南朝鲜军 1 个班至 2 个营的 84 次反扑，共毙伤俘南朝鲜军及美军顾问 1980 余人，巩固了阵地。

至此，60 军全部占领了南朝鲜军第 5 师和第 3 师 2 个团防守的、西起加罗峙东至广石洞以北约 30 平方公里的全部阵地。

60 军打得风生水起，67 军也不甘落后，向座首洞南山发起攻击。

座首洞南山位于金城东南、北汉江西侧，由南朝鲜军第 8 师第 21 团和第 10 团 1 个连防守。阵地工事坚固，由若干个支撑点组成，每个支撑点都有坑道 2~3 条，地面有 2~3 道环形堑壕和与坑道连接的发射点、掩蔽部、地堡等，在山腰和山顶之间构成 3~4 层明暗火力点，形成环形防御。南朝鲜军称之为"模范阵地""京畿堡垒"，并多次组织军官到此参观。

67 军决定以 200 师 599 团、600 团，加强 201 师 602 团和 202 师 604 团、

志愿军第 67 军出击前某部领导为先头部队授旗

606 团，担任攻击任务。200 师决心采取多路有重点的突击和直插主峰的战法，以 599 团、600 团、602 团为第一梯队，604 团和 606 团为第二梯队。

为保证战斗发起的突然性，减少接敌运动中的伤亡，参战各团于战前在敌方阵地前沿山脚下构筑了秘密屯兵洞及单人掩体 700 余个，在己方阵地前沿构筑与加修炮兵和坦克发射阵地 110 余个。在进攻发起的前一天夜里，将 9 个步兵连秘密开进潜伏区，隐蔽在屯兵洞和单人掩体内。

12 日 21 时，200 师在 82 毫米迫击炮以上火炮 308 门、坦克 9 辆的支援下，发起进攻。经 25 分钟火力准备，将南朝鲜军阵地上，特别是主要突击方向上的工事大部摧毁。

21 时 25 分，第一梯队 13 个步兵连分 10 路从东北、北、西北三个方向开始冲击。担任主攻的 600 团仅用 10 分钟，就占领了座首洞南山主峰表面阵地，随后转入对坑道作战。至 13 日零时 12 分基本肃清守敌。担任两翼攻击的 599 团和 602 团在分别击退守敌多次阵地内反冲击后，也先后攻占 7 个支撑点。

南朝鲜军第 8 师投入预备队，在 8 架飞机和 6 辆坦克支援下，进行多次反扑，均被击退。为扩大战果，200 师命令 606 团 1 个营加入战斗，同 599 团一起，向纵深发展，相继占领 7 个支撑点。

从 14 日清晨起，南朝鲜军第 8 师又以 1 至 2 个营的兵力，在大量火炮和飞机、坦克支援下，向600团、602团反扑10余次，均被击退。599团、602团和606团1个营乘胜发展进攻，又攻占南朝鲜军预备队阵地4个支撑点。至18时40分，全部占领座首洞南山阵地。

当晚，67军乘胜扩大战果，占领了龙虎洞以北、松室里北山南朝鲜军第8师21团全部阵地，向敌纵深推进了4公里。

座首洞南山战斗，是志愿军继883.7高地战斗之后，又一次突破敌军1个团主阵地。经46小时激战，志愿军67军将南朝鲜军第21团大部歼灭，并重创第10团，共毙伤俘敌6000余人，击落、击伤敌机21架，缴获坦克8辆，扩展阵地10平方公里。战后，中朝联合司令部通报表扬"六十七军反击座首洞南山战斗打得好"。

在第20兵团发起进攻前后，中线第9兵团指挥的第23、第24军和第19兵团第1军及人民军第3、第7军团，也先后对当面敌军23处营以下兵力防守的阵地进行了攻击。

15日，由于按照双方实际控制线划定军事分界线的工作即将完成，中朝军队停止了主动进攻，夏季反击战第二阶段作战结束。

此次进攻，志愿军和人民军先后对"联合国军"团以下兵力防守的51处阵地攻击65次，除4次因遭遇敌炮火拦阻伤亡太大或事先意图暴露攻击失利外，其余61次均获成功，并先后击退敌人733次反扑，共毙伤俘敌41000余人，给

志愿军某部在召开阵地庆功会

被美军俘虏的朝鲜人民军战士

南朝鲜军第 5、第 8 师以歼灭性打击，扩展阵地 58 平方公里。

这时，朝鲜停战谈判各项议程已全部达成协议，即将签订停战协定。然而李承晚集团公然破坏停战协定，于 17 日夜以"就地释放"为名，把 2.7 万余名朝鲜籍战俘从俘虏营中放出来，随后将其中多数人强行编入南朝鲜军，并疯狂叫嚣"继续打下去"。

此举遭到中朝人民的强烈反对和国际舆论的谴责，同时也引发参加"联合国军"的一些国家政府的不满和不安，甚至连美国总统艾森豪威尔也公开指责李承晚"违抗了联合国军司令部的指挥"。

为加深美国和李承晚集团之间的矛盾，给其以更大的军事压力，争取实现可靠的停战，志愿军立即发起了第三次进攻。

1 军 7 师 20 团奉命攻占朔宁东南、临津江东岸的 198.6 高地及其两侧无名高地。198.6 高地西可俯视临津江，东可支援其翼侧诸高地，不仅直接瞰制 20 团前沿阵地，而且对志愿军临津江西阵地可进行火力袭击，是敌人防御正面山脉的一个突出阵地和主要支撑点，由南朝鲜军第 1 师第 15 团 1 个连和 1 个火器排防守。环阵地设有 5 至 8 道铁丝网，间布地雷，并筑有坑道和 15 个大碉堡、41 个小地堡，每个碉堡都在环形堑壕上向前伸出 2 米多，构成射击掩体，形成了比较坚固的防御体系。

20 团受领任务后，组织小部队积极活动，对攻击点作了反复侦察。在熟悉和掌握敌情、地形的基础上，进行沙盘推演，在相似的地形上组织多次演习，并预先在冲击出发地区构筑了能容纳500人的屯兵洞，将攻击部队事先隐蔽在洞中。

6月25日，20团以3个连另2个排的兵力，在137门火炮支援下发起攻击。进攻发起前，198.6高地上的南朝鲜军对志愿军的进攻意图有所察觉，准备弃守逃跑。

然而为时已晚。20团攻击行动突然、迅速，19时30分开始火力急袭。剧烈的爆炸声、冲天的火光和浓烟，把整个高地全部覆盖。5分钟后，步兵采取多路突破、穿插分割、人自为战的战术，发起勇猛冲击。

担任攻击任务的8连，由连长王虎元带2排和3排从右、副连长吕宽柱带1排从左，分两路直插主峰。守敌未及逃走即被压迫于坑道、地堡内。7分钟后，攻击分队全部占领198.6高地及两侧无名高地表面阵地，随即转入聚歼龟缩于地堡与坑道内残敌的战斗。

20时许，南朝鲜军开始炮火轰击。20分钟后，步兵发起反扑。20团按照预定部署，以部分兵力继续清剿残敌，攻击部队主要兵力转入防御，迎击敌军的反扑。至21时11分，全歼守军，并击退了敌军的反扑。

26日，南朝鲜军第1师师长金东斌命令第15团不惜一切代价要把198.6高地夺回来。敌人出动大量飞机对高地进行狂轰滥炸，并调来12辆坦克及各种火炮实施摧毁性射击。从上午8时到中午11时，南朝鲜军连续发起从1个排到2个连规模兵力的反扑18次。

8连顽强抗击，阵地上堆满了敌人的尸体。战斗进行得十分惨烈，8连打到最后只剩下8个人，弹药也只剩下8颗手雷和1根爆破筒。危急关头，增援部队冒着敌人的炮

准备从坑道出击的攻击分队

火，冲过封锁线，与8连一道打退了敌人的疯狂反扑。

至7月2日，20团先后将另外6个连及警侦工连2个排逐次投入防御作战，击退了敌人从排至营规模的反扑52次，巩固占领了198.6高地及其两侧无名高地，共歼敌3430余人。

23军67师200团奉命攻占石岘洞北山。该山位于朔宁东北10公里处，是美军第7师第17团防御前沿的重要支撑点，由2个连防守，筑有地堡、坑道、盖沟，并设有多层障碍物。

为达成进攻的突然性和减少伤亡，200团从6月中旬开始，在美军阵地前120米处构筑了长102米、可屯1个加强连的坑道，同时抽调了19辆坦克配合作战。时任志愿军坦克独立第6团排长的赵冠元回忆道：

7月2日晚，团长龚幼卿找到排长兼车长杨阿如，点着他的脑门子，一字一顿地命令道："今晚，你去石库里，找师长请战！搞不到任务，别回来见我！"杨阿如一听，高兴地说："首长！请放心，没问题！"坦克排长找步兵师长请战，这似乎不成"体统"，但杨阿如求战心切，顾不了这些，天刚黑，杨阿如就带着师风山踏着泥泞，找师长请战去了。偌大的坑道里只亮着一盏马灯，在昏暗的灯光下，杨阿如开门见山地说明来意。师长拿着放大镜，在作战地图上好像在寻找什么，一边漫不经心地听着，脸上的表情不置可否。杨阿如急了，他一个劲地数落着坦克兵的决心与擅长。师长突然抬起头，打断了他的话："讲点实际的，你们到底需要多少人挖掩体、铺道路？""我们不需要，

志愿军坦克部队战前准备

我们只求您批准我们配合作战，我们决不拖步兵老大哥的后腿。"师长受到杨阿如火一般热情的感染，当即宣布命令："回去报告龚团长，你们出动三辆坦克，参加夺取石岘洞北山西侧无名高地的战斗。"杨阿如受令回来后，全排兴奋得一夜没睡着。

1953 年 7 月，为配合板门店谈判，我英雄的志愿军和朝鲜人民军，联合发动夏季反击战，我坦克部队配合步兵第 23 军 67 师，决心首先吃掉盘踞在石岘洞北山的美军王牌第 7 师，而后夺取石岘洞北山侧翼的 334、346.6 高地。石岘洞北山的地理位置极为重要，是敌人楔入我方阵地的一颗"钉子"。美军经过一年多的苦心经营，在石岘洞北山，已经构成了坚固的防御工事。为打破美军防御，杨阿如派了 3 辆坦克奉命秘密潜入石岘洞北山南侧，清除在我炮火准备之后敌人残存的火力点，压制和消灭 346.6 高地之敌。

7 月 5 日深夜，狂风暴雨。出于心理安全感的需要，山头上敌人的值班机枪吊丧似地哒、哒、哒……叫着，曳光弹、镁光照明弹此起彼落，漫天飞舞，令人眼花缭乱。215 号坦克利用夜幕掩护，低速开进数公里，涉过湍急的驿谷川河，经巧妙伪装后，隐蔽在将军洞前的掩体内，待命出击。

6 日晚 9 时 30 分，三颗红色信号弹腾空而起，志愿军开始炮火急袭。"喀秋莎"火箭弹拖着亮亮的棕黄色的长尾巴，一排排嗖嗖地划破长空飞向敌阵。3 分钟后，200 团 6 连及加强分队，在坦克的支援下，冒着大雨从屯兵坑道出击。

参战的 215 号坦克获 "英雄坦克" 称号

215号坦克听到出击的命令后，第一个跃出掩体，像猛虎一样向石岘洞北山扑了过去。敌人开始还击，漫无边际地发射炮弹。一发炮弹在215号坦克前方1米处爆炸了，驾驶员陈文奎一个紧急刹车。但还是晚了，巨大的惯性把坦克推进了弹坑。这里距敌阵地不过1400米，是一个既无隐蔽又无障碍的平坦地段。面对敌人的炮火封锁，215号坦克全体乘员沉着冷静地分析了形势，发扬机智勇敢的精神，将坦克周围20米以内的地方进行了合乎地貌的严密伪装，并做好充分的战斗准备。

志愿军攻击部队仅用6分钟即突入美军阵地，随即以小分队打炸地堡和坑道、搜歼美军，并向反斜面发展，夺占主峰。

战斗中，攻击部队突遭到美军一暗堡火力拦阻，被压制在山腰间。战士许家朋见执行爆破任务的战友牺牲后，主动抱起炸药包，冲向敌暗堡。前进中双腿被炸伤，他忍着剧痛，顽强地爬到暗堡旁，但由于炸药包被雨水淋湿，爆破未能成功。许家朋拖着伤腿绕暗堡爬行，寻找暗堡入口。在找不到入口的情况下，为争取时间，毅然挺身扑向暗堡射孔，用胸膛堵住正在射击的枪口，以自己的生命为部队开辟了进攻道路。在许家朋舍身堵枪眼的英雄壮举激励下，战友们迅速攻下主峰。

许家朋

战后，志愿军领导机关给许家朋追记特等功，并追授"一级英雄"称号。朝鲜民主主义人民共和国最高人民会议常任委员会追授他"朝鲜民主主义人民共和国英雄"称号和金星奖章、一级国旗勋章。

7日，200团相继投入3个连，击退了美军1个排至1个连的11次反扑。指挥所命令215号坦克于黄昏时分就地射击，消灭346.6高地上敌人的3辆坦克。赵冠元回忆道：

我以一对三，任务是十分艰巨的，排长杨阿如和驾驶员陈文奎鼓励大家一定要树立敢打必胜的信心。射击时天已昏暗，看不清目标，杨阿如就冒着敌人的炮火，从坦克内探出身子观察，炮长徐志强在瞄准镜上精确地标定了敌坦克的位置，听到车长的命令，立即连续发出穿甲弹，顿时，敌人的一辆坦克燃烧着火，其他两辆坦克慌忙向215号坦克还击，敌人纵深内的炮火也向215号坦克集射。瓦斯呛得炮长徐志强直流眼泪，但他仍然死盯着敌坦克炮的火光，迅速重新标定目标，又一阵连续发射，敌人的第二辆坦克又被打中起火，火光照亮了第三辆坦克，徐志强转动炮塔又继续发射，使它也很快成了哑巴。前后不到5分钟时间，就消灭了敌人3辆坦克，但215号坦克已完全暴露了，如不撤离，敌人一定会集中炮群进行毁灭性还击。兵不厌诈。驾驶员陈文奎灵机一动，想出了一条妙计，他原地发动坦克，使发动机转速由高渐低，给敌人造成坦克开走的错觉。笨拙的敌人听见坦克马达声愈来愈弱，误以为215号坦克撤出了战斗，便集中火力沿通向我方的路线进行射击，并随发动机的声音减弱而延伸射击达两公里，直到马达声消失后才停止。

7月8日，敌人加强了对这块地段的封锁，伪装着的215号坦克的所有窗口都紧闭起来，车内异常闷热，有的乘员晕倒了几次，指挥所根据215号的情况，决定留两人坚持战斗，其他乘员撤离，但大家谁也不愿意离开，最后还是都留了下来。7月9日，敌人的炮火打得更猛了，十多架飞机轮番在周围轰炸。为配合步兵反击敌人的反扑，巩固北山阵地，指挥所又命令："晚上9时以前一定要把坦克抢救出来，并在9点以后迅速消灭346.6高地敌新增的两辆坦克，然后待命撤回。"接到命令后，乘员们立即和前来抢救坦克的工兵一起上山收集木料，经过努力，终于提前半小时把坦克抢救出来，进入了射击阵地。晚9时，预备炮长师凤山死死握住方向机，追寻着目标，准确地进行射击，仅用11分钟，发射44发炮弹，又击毁敌M-46型重坦克两辆、五〇机枪巢三个、小口径炮二门、地堡20个，并顺利地撤回到集结地域。

战后，志愿军政治部授予215号坦克"英雄坦克"荣誉称号，乘员组荣立特等功，杨阿如被授予"二级人民英雄"称号。1963年，这辆战功赫赫的英雄坦克被送进中国人民革命军事博物馆，供后人瞻仰。

至11日，199团6个连和201团3个连先后接替防守任务，在炮兵、坦克密切配合下，依托坑道，又击退美军5个营兵力的多次反扑，共毙伤俘美军

215 号坦克如今陈列在中国人民革命军事博物馆里

3500 余人，击毁、击伤坦克和装甲车 19 辆，巩固占领了石岘洞北山。

为实现稳定可靠的停战，志愿军决定发起金城战役，以南朝鲜军为主要攻击目标，狠狠打击南朝鲜军。

46 军 136 师为配合金城地区作战，奉命进攻马踏里东山美军阵地。马踏里东山位于开城东侧、临津江北岸，由主峰及北侧、西北无名高地构成，美军陆战第 1 师第 7 团第 2 营在此防守，筑有坑道、地堡等坚固工事。

时任 46 军军长的肖全夫回忆道：

马踏里东南山由编号 060、061、062、+0238 几个小高地组成，是敌人在三八线以北唯一的支撑点。若被我军攻占，可将敌人赶到三八线以南，直接威胁西线的交通供应，使其处于不利的地位。因此，那里不仅工事坚固，还由美军陆战队第 1 师这个"王牌"把守，系敌人在谈判桌上讨高价的主要筹码。

7 月 7 日 22 时，136 师实施第一次进攻。在锦州攻坚战中荣获"白老虎连"称号的 407 团 1 连担任攻击分队，在 43 门火炮支援下，分四路向敌阵地发起冲击。

敌人凭借有利地形和优势火力拼命反抗。敌机投出的一串串照明弹将夜空染成一片惨白。连长杨万忠率领 1 班迅速攻占了马踏里东山主峰西侧的无名高地，歼敌 1 个班。在继续冲击中，突遭敌暗堡火力封锁，杨万忠英勇牺牲，全班只剩下 3 个人。

副指导员马玉臣率领 5 班迂回插至主峰右侧，连续炸毁敌两条坑道，歼敌 1 个班，继续冲向主峰。激战 3 个多小时，攻占了马踏里东山主峰北侧无名高地。随后击退了美军多次反扑，在大量歼敌有生力量后主动撤出阵地。

19 日 21 时，407 团 2 个连在 61 门火炮支援下，实施第二次进攻，攻击马踏里东山主峰北侧及西北两个无名高地。2 连 1 排长宋自云率领 2 班在右路，仅以 4 分半钟便占领无名高地；3 排副排长堪木森率 7 班在左路向 062 高地的主峰冲击。他们距主峰只有 20 米时，被敌一地堡射出的强劲火力挡住了去路。堪木森奋不顾身地冲向敌地堡，毅然用自己的胸膛堵住了敌人的枪口。7 班乘机跃上了主峰。

2 连 4 班长张义全带领一个组冲向主峰时，也被敌人地堡火力压制。此时，身负重伤的张义全抱起 15 斤重的炸药包冲进地堡，与 39 个敌人同归于尽。

经 41 分钟激战，攻击部队占领了两个高地。随后击退美军 5 个多连兵力的 17 次反扑，巩固了所占阵地。

为了催促敌人早点清醒，24 日 19 时 30 分，136 师以 6 个步兵连的兵力，在 93 门火炮支援下，实施第三次进攻，攻击马踏里美军据守的 060 和 +0238 两个主峰。

两个高地顿时火花四射，火光冲天。各路突击部队跃出屯兵洞开始冲击。仅 20 分钟，060 高地的守敌便被全歼。21 时许，2 连 1 班长栗学福带领全班连续炸毁 14 个地堡，占领了 +0238 东北之无名高地。在尚未向主峰冲击时，便遭

志愿军某部攻占敌军阵地主峰

《朝鲜停战协定》签字仪式

到敌人的疯狂反扑。他们连续击退敌人 11 次冲击，歼敌近百人。至 25 日 6 时，攻占大部分阵地，随后连续击退美军 10 次反扑。

27 日，朝鲜停战协定签字，抗美援朝战争胜利结束。马踏里东山战斗也宣告结束，共歼美军 1660 余人，击毁、击伤坦克 7 辆。

在持续两个半月的夏季反击战役中，志愿军和人民军在整个宽达 200 公里的战线上，进行了三次进攻作战，大小战斗 139 次，毙伤俘敌 12.3 万余人，扩展阵地 240 平方公里，拉直了金城以南战线，有力地促进了停战的实现。

36. 马踏里东山战斗

　　1953 年 6 月，朝鲜停战谈判进入尾声，各项停战协定和军事分界线的划定已基本达成。其中最为艰难、花费时间最长的战俘问题，也以中朝方面遣返一切坚持遣返的战俘，其余转交中立国公正遣返的建议为基础，达成了协议，并签署《中立国遣返委员会的职权范围》文件。

　　就在朝鲜停战得以实现之际，李承晚仍不死心，竟以"就地释放"为名，强行扣留朝鲜人民军被俘人员 2.7 万余名，并宣称南朝鲜准备单方面继续打下去。

　　为实现稳定可靠的停战，彭德怀向中共中央建议推迟停战协定签字时间，

划定军事分界线

再给南朝鲜军一次沉重打击。毛泽东复电指示：停战签订必须推迟。再给南朝鲜军以打击，极为必要。

据此，志愿军总部决定以东线为重点，展开全线大反击，狠狠打击南朝鲜军的嚣张气焰，确保停战的顺利实施和停战协定的落实。

当时，志愿军 46 军 136 师的防御阵地在开城东侧，与板门店谈判的会场区衔接。这里的每个作战行动都会立即反映到谈判桌上，影响甚大。136 师主动请战，攻取开城以东 38 公里处的马踏里东南山。

马踏里东山由主峰及北侧、西北分别编号为 060、061、062、+0238 几个无名小高地构成，位于开城东侧、临津江北岸，是敌人在"三八线"以北唯一的支撑点。如果被志愿军攻占，可将敌人赶到"三八线"以南，直接威胁西线的交通供应，使其处于不利的地位。因此，敌人派其王牌部队——美军陆战第 1 师第 7 团第 2 营防守，并筑有坑道、地堡等坚固工事。

7 月 7 日晚 10 时 30 分，志愿军第 136 师实施第一次进攻。

在 43 门火炮的支援下，由在锦州攻坚战中荣获"白老虎连"称号的第 407 团第 1 连担任攻击分队，分作四路向敌阵地冲击。

敌人凭借有利地形、坚固工事和强大火力，拼死抵抗。美军飞机投下了一串串的照明弹，将夜空染成一片惨白。

副指导员马玉臣率领 5 班迂回插至主峰右侧，连续炸毁敌两条坑道，歼敌 1 个班，继续向主峰冲击。5 班副岳鸿发只身一人，连续炸毁敌母堡 1 个，火力点 10 处，歼敌 30 余人。

连长杨万忠率领 1 班迅速攻占了马踏里东山主峰西侧的无名高地，歼敌 1 个班。随后乘胜继续冲击，突遭敌人暗堡火力的封锁，杨万忠不幸中弹牺牲，全班只剩下 3 人，进攻受阻。

马玉臣立即重新部署兵力，朝敌指挥所方向搜索前进，沿途攻下 18 个地堡及明暗火力点和一条盖沟，炸毁了核心工事大母堡，消灭了指挥所内正要逃跑的美军。

经 3 个多小时激战，8 日凌晨 2 时，马玉臣率队攻占了马踏里东山主峰北侧 062 无名高地，全歼守敌。时任 46 军军长的肖全夫回忆道：

我军一打马踏里的枪炮声，极大地震慑了敌人。7 月 9 日，在板门店的美

志愿军突破敌人的前沿阵地（电影《奇袭》剧照）

方代表，几次找上门来要求恢复谈判。10 日，谈判重开。军事分界线谈判小组的美军陆战第 1 师上校参谋长，见到我军谈判代表之一、我 136 师的副参谋长胡旭，一改以往的傲慢神态，主动前来握手。胡旭被他的突变愣住了，只是把手一背，头一抬，留给他无尽的尴尬。

之后数日，志愿军多次击退美军的疯狂反扑，在大量歼灭美军有生力量后主动撤出阵地。

19 日，136 师下达了二打马踏里的命令。

当晚 9 时，61 门火炮齐鸣，407 团 2 连、3 连分头向马踏里东南山主峰北侧和西北之 062、061 高地发起冲锋。2 连 1 排长宋自云率领 2 班在右路，仅用 4 分半钟便占领了 061 高地。3 排副排长堪木森率领 7 班在左路，向 062 高地主峰发起冲击。当他们前进至距主峰只有 20 米左右时，被敌人一母堡中射出的强大火力封锁住前进的道路。

黄继光式的英雄堪木森奋不顾身地冲向敌人母堡，毅然用自己的胸膛堵住了敌人的枪口，战士们乘机跃上了主峰。

2 连 4 班长张义全带领 1 个战斗小组冲向主峰时，也被敌人一母堡火力压制。身负重伤的张义全用尽全身的力气，抱起一个 15 斤重的炸药包，拉燃导火索，冲进母堡，与 39 个敌人同归于尽。

经过 41 分钟激战，2 连、3 连占领了两个高地，随后击退美军 5 个多连兵

被志愿军俘虏的美军士兵在战俘营里穿上了新棉衣

力的 17 次反扑，毙伤敌 507 人，俘虏 12 人，巩固了所占阵地。

一名美军俘虏惊魂未定地说："中国志愿军好像是打不死的人，我一个劲儿地打机枪，可是志愿军还是不断地往上冲，吓得我浑身直哆嗦。"

肖全夫回忆道：

我军二打马踏里的胜利，两次触痛了敌人敏感的神经。在板门店的例会上，美军陆战 1 师的参谋长不由自主地抓耳挠腮，坐立不安。

"上校是否知道，马踏里战线已经南移了？"胡旭见状，故意再予一击。

"我们陆战 1 师的阵地寸土未失！"那位上校在各国记者面前深感大失脸面，竟边吼边溜回自己的帐篷。

"把阵地给我夺回来！"上校在帐篷里大喊大叫，帐篷外一片喧哗。

在胡旭出示的已占领 062、061 高地的证据面前，上校竟狡辩道："我军是愿意停战的，只是李承晚要打。你们为什么要攻击我们美军的阵地呢？这真叫我怀疑你方和谈的诚意。"无论这位上校如何掩盖，人们都清楚，是因为他们确实被打痛了。不然，他们就不会回到谈判桌上来。

这时，美军在马踏里只剩下 060 和 +0238 两个主峰了。

24 日，肖全夫下达了三打马踏里的命令，为增强进攻的火力，将 46 军所

美军不断破坏停战谈判，使停战谈判被迫中断。图为双方联络官在检查美军飞机轰炸开城中立区留下的弹坑

属的 4 个炮兵团全部调归 136 师指挥。

19 时 30 分，93 门火炮喷射出道道火舌，向敌阵舔噬。060 和 +0238 高地顿时火光四射，土石飞迸。炮火过后，136 师的 6 个步兵连分作若干突击队，纷纷跃出屯兵洞，向马踏里东山主峰发起攻击。

406 团 2 连 3 排分两路经 062 阵地两侧向 +0238 阵地冲击，敌人以强大的火力拼死抵抗，炮弹铺天盖地地向进攻部队倾泻。他们勇猛地攻下十余个地堡，打到主峰，3 排只剩下 7 人。但仅仅过了 20 分钟，060 高地守敌便被全歼。

407 团 7 连由连长吴建中指挥，冒着守敌炽烈的火力阻击，分两路出击，一个排攻向 +0238 阵地东北山脚时，与敌展开肉搏战。另一个排在连长亲自带领下，冲破封锁障碍，于 19 时 55 分，攻占了 060 高地母堡，与 406 团攻击部队会合。随后向 +0238 高地西侧地堡群发起冲击，再歼守敌 1 个班，并炸毁了 2 辆坦克，但被敌强大火力所阻。

7 连 5 班、6 班连续进行 4 次爆破均未成功。为迅速打开前进通道，4 班副班长张国安大喊一声："用火力掩护我！"随即投出手榴弹，借着爆炸腾起的硝烟，冲向大母堡，消灭了堡中的 12 名美国兵。在他的带领下，战士们先后又炸掉 14 个地堡，攻下高地，歼守敌 1 个加强排，转入防御。他们机智勇敢，打退了敌人的 18 次反扑，消灭大批美军。其中，仅张国安一人便毙伤敌 68 人，被誉为"能攻善守"的副班长，战后荣立二等功。

反映抗美援朝战争的油画（局部）

21时许，2连1班长栗学福带领全班在连续炸毁了14个地堡后，占领了+0238东北的无名高地。他们还没有来得及向主峰冲击，便遭到大批敌人的疯狂反扑。

激战近3个小时，1班连续击退敌人11次冲击，歼敌近百人。此时，全班只剩下5个人了，弹药也即将告罄。

24时，敌人分三路将1班合围，情况十分危急。时任136师参谋长的曹海炳回忆道：

此次战斗一开始，我406团的大部攻击分队迅速攻占了060、+0238阵地，大量歼灭了敌人。该团2连在与407团配合作战中，炸毁敌堡14个，并一起夺取了主峰及东侧高地。406团2连转入坚守+0238阵地时，连续打退敌班至连的10次反扑后，2连1班只剩五个人，但他们人人沉着应战，紧要关头，1班长栗学福率领四名战士庄严宣誓："为了祖国，为了胜利，宁死不屈。"敌人从三面向1班扑来，卫生员陈岱光、战士高士君、胡根基、杨启明先后跃出地堡，愤怒冲入敌群，拉响手榴弹，与敌同归于尽。这时仅剩下在母堡内的栗学福一人，他见敌人包围上来，便隐蔽地警视着，敌人接近地堡时，他拉响爆破筒，十余名敌人全部被炸死。他自己被震昏过去，次日拂晓才苏醒爬回来。战后，该班被志愿军总部命名为"钢铁英雄班"，栗学福被授予"二级战斗英雄"称号。作家巴金曾写下《记栗学福同志》的报告文学。

志愿军烈士陵园

志愿军某部坚守阵地，打退敌人的反扑

　　1班的顽强抗击，拖住了大批敌人，为主力攻击部队赢得了宝贵的时间。激战至25日凌晨，060和+0238高地基本被406团控制。6时，406团已攻占马踏里东山大部阵地，随后又连续击退美军10次反扑。

　　27日凌晨，136师指挥所里的电话铃急促地响起来。

　　"老曹吗？这些天辛苦啦！"电话里传来军长肖全夫洪亮的声音。

　　曹海炳大声回答："报告军长，战斗很快就会胜利结束。"

　　"好，你们要迅速结束战斗，打扫战场，往后嘛，就不叫你们打喽！"

　　"为什么？"

　　"我们节节胜利，敌人吃不住劲啦！不得不低头签字了！"

在三次进攻马踏里东山的作战中，志愿军 46 军 136 师以伤亡 750 余人的代价，歼灭美军陆战第 1 师 1660 余人，击毁、击伤坦克 7 辆，将敌人揳入"三八线"的这个钉子彻底拔除了。

37. 金城战役

  1953 年 6 月 8 日，朝鲜停战谈判中最为艰难、花费时间最长的议程——关于战俘问题，终于以中朝方面遣返一切坚持遣返的战俘、其余转交中立国公正遣返的建议为基础达成了协议，并签署了《中立国遣返委员会的职权范围》文件。

  协议规定：停战协定生效后 60 天内，遣返一切坚持遣返的战俘；未予直接遣返的战俘交由波兰、捷克斯洛伐克、瑞士、瑞典、印度五国组成的中立国遣

"联合国军"战俘营

返委员会按其职权范围的规定处理。

至此，朝鲜停战谈判各项议程已全部达成协议。6月中旬重新校订军事分界线的工作基本完成，谈判双方即将签订停战协定。

然而南朝鲜李承晚集团铁了心要将战争打到底，公开拒绝停战条款："按照目前的条款，停战对我们意味着死亡。我们一贯要求应该把中共军队赶出我们的国土，即使在这样做时，我们不得不单独作战也在所不惜。"南朝鲜国民议会也表决："一致反对停战条款。"

17日夜，李承晚以"就地释放"为名，把2.7万余名朝鲜籍战俘从俘虏营中放出来，然后在警察的监护下实施强迫扣留，将其中多数人编入南朝鲜军，并疯狂叫嚣"要单独向鸭绿江进行一次全面的军事进攻""一定要实现统一的目标"，企图破坏停战的实现。

这种公然破坏停战协定的行为激起了全世界的公愤。一时间，"在整个世界上，李承晚的名望一落千丈，降到了最低点，世界上谴责之声四起"。

各国舆论纷纷指出，李承晚集团扣留战俘是"背信弃义的行动"，是"一种企图破坏停战谈判的不负责的，孤注一掷的做法"，"危害了全世界不耐烦地期待着和平"。并一致谴责李承晚为"出卖和平事业的国际叛徒""不负责任的乖戾小人""世界上最危险的人"。

19日，印度总理尼赫鲁的发言人称：这是一件"很遗憾而极其令人反对的事"。尼赫鲁致电联合国大会主席，要求立即召开特别紧急会议，讨论因李承

李承晚与麦克阿瑟在一起

晚释放战俘而引起的严重局势。

22日，英国前首相丘吉尔在下议院宣讲了英国致李承晚政府的抗议照会："作为一个有军队参加朝鲜战争的联合国成员，女王政府强烈谴责这种侵犯联合国军司令部的权限的背叛行为。"

加入"联合国军"的许多西方国家也纷纷抗议李承晚破坏"联合国军"司令部的权限，要求美国撤掉这个傀儡。

这一突如其来的事件把美国政府搞得焦头烂额，慌了手脚，坚称自己与放俘一事无关，拼命推卸责任。艾森豪威尔听到这个消息后非常恼火，认为李承晚在停战谈判中不断设置障碍，"完全不善于合作，甚至独行其是"，"这位盟友也太不争气了，确实非得严词训斥他一番不可"。他一面指示美方首席代表向中朝方面做出交代，一面通过国务院发给李承晚一份急电："你目前的命令和根据这个命令所采取的行动……给联合国军司令部造成困境。这种局面如果继续下去，只会牺牲联合国精锐部队用鲜血和勇敢为朝鲜赢得的一切。"

美国国会内部议论纷纷，有的议员甚至认为美国应追回被劫夺的战俘，"这样我们就表示了我们的诚意，然后，我们应该坚持立即停战"。有的议员指责李承晚是"老牌的、失败的、变化无常的统治者"。美国新闻媒体也谴责李承晚是"出卖和平事业的国际叛徒"，要求美国政府对李承晚"采取强硬态度"，建议美国总统对李承晚发出最后通牒，要求立即取消释放战俘的命令，并把他们追回，或干脆实行戒严，逮捕包括李承晚在内的任何破坏分子。

敌方内部吵成一团，毛泽东当然不会放过这种机会。

19日，他电示谈判代表团："美军总部明知故犯地纵容李承晚破坏战俘协议，引起全世界严重注意和纷纷责难。丘吉尔在下院声明这是'性质很严重的事件'，他'深为震动'，'大为伤心'；法国亦极表担忧；瑞士表示对承担中立国义务问题须考虑；印度也正在开会。帝国主义阵营内部的争吵和分歧正在扩大。鉴于这种形势，我们必须在行动上有重大表示方能配合形势，给敌方以充分压力，使类似事件不敢再度发生，并便于我方掌握主动。"

20日，中朝方谈判代表以金日成和彭德怀的名义致函"联合国军"总司令克拉克，要求立即全部追回被李承晚强迫扣留的中朝方面被俘人员。

信中严正指出："我方早就一再提醒你方注意：你方所一贯宣传的所谓'防

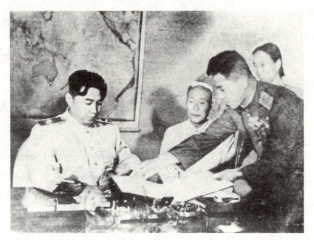

1953 年 7 月 27 日，金日成准备在停战协定上签字，他正接过出席板门店谈判的朝中代表团团长南日将军递上的文件

止强迫遣返战俘'，完全是无中生有，根本不会发生的；相反的，强迫扣留战俘的可能性却是时刻存在着和增加着的，因而是我们所必须坚决反对的。现在发生的这次李承晚'释放'和胁迫战俘事件，证明我们所反对的强迫扣留已经进一步地成为不容置辩的事实。而你方在此问题上历来所表现的错误立场和纵容态度，不能不直接影响这次事件的爆发和即将签字的停战协定的实施。"

美军战史在对此作评论时称：他们"提出了好几个真正击中要害的问题：即联合国军司令部能够控制住南朝鲜政府及其军队吗？如果不能的话，朝鲜停战协定还包括李承晚集团吗？如果不包括李承晚集团，又怎样保证南朝鲜方面遵守停战协定呢？共产党方面有权要求对上述问题做出答复，但联合国军司令部方面根本回答不了这些问题"。

彭德怀认为李承晚既然挑起事端，就必须受到惩罚，即使暂时推迟停战协定也在所不惜。如果不在军事上给予敌人以惩罚性的痛击，不仅会拖延停战的早日实现，而且也将影响停战后朝鲜半岛和平局面的稳定，不利于世界的和平。为此，他于当晚亲自拟定电文给毛泽东，建议推迟停战协定的签字时间，再歼灭李承晚军 15000 人左右。

21 日，毛泽东复电指示："停战签订必须推迟，推迟至何时为适宜，要看情况发展才能作决定。再歼灭伪军万余人，极为必要。"

据此，志愿军决定以金城以南地区的南朝鲜军部队为主要攻击目标，发起金城战役，狠狠打击南朝鲜军的嚣张气焰，惩罚其背信弃义的行径，确保停战的顺利实施和停战协定的落实。

金城以南地区，西起金化，东至北汉江，由南朝鲜军首都师和第6、第8、第3师防守。其基本阵地构筑了坑道工事和大量明暗火力点、地堡群，并以堑壕、交通壕相连接，形成支撑点式的环形防御体系。

志愿军以第20兵团指挥5个军在第9兵团第24军配合下，担任金城以南地区的进攻任务。第20兵团组成3个作战集团：第68军（欠第202师）、第54军第130师为西集团；第67军、第54军第135师、第68军第202师（欠第605团）为中集团；第60军（附第605团）、第21军（欠第62师、另配属第33师）为东集团；第54军第134师担任兵团预备队。

根据志愿军领导人关于放手作战、情况有利时向敌纵深作有限度扩张的指示精神，第20兵团司令员杨勇、政治委员王平决心在牙沈里至北汉江间22公里地段上，采取正面进攻、两翼钳击、多路突破的战法，首先攻占梨实洞、北亭岭、梨船洞一线及金城川以北地区，歼灭当面南朝鲜军4个师的8个团另1个营，拉直金城以南战线，而后视情况向三天峰、赤根山、黑云吐岭、白岩山一线发展进攻，并准备在打反扑中大量歼灭南朝鲜军有生力量。东集团第21军在北汉江以东就地牵制当面的南朝鲜军使其不能西调。另以第9兵团第24军向注字洞南山、新木洞方向进攻，阻击金化方向美军和南朝鲜军东援。

刚刚进入不惑之年的杨勇也是人民解放军的一名猛将。1913年生于湖南浏

1951年12月，志愿军第20兵团作战处部分同志在台日里合影

阳文家市，1930 年参加红军，曾任红军连长、营长、团政委、师政委等职，参加了中央苏区历次反"围剿"和长征。1934 年获三级红星奖章。抗日战争全面爆发后，历任八路军副团长、团长、旅长、鲁西军区司令员、冀鲁豫军区副司令员等职，先后参加平型关、午城井沟、汾离公路伏击战、东平、阳谷等战斗。解放战争时期，历任晋冀鲁豫军区纵队司令员、第二野战军第 5 兵团司令员等职，参加邯郸、定陶、巨金鱼、鲁西南、高山铺、淮海、渡江、成都等战役。1953 年 5 月，毛泽东亲自点将，调任第二高级步校校长杨勇出任志愿军第 20 兵团司令员。

杨勇上任后，便冒着敌军炮火，深入前沿了解地形、敌情。他所组织制订的金城战役作战计划，在抗美援朝战争后期可谓是一个创举。因为自第五次战役以后，交战双方在"三八线"上形成对峙状态，志愿军再也没有打过大规模的战役，主要是小规模的突击，消灭敌人以连为建制的目标。

而这次，杨勇的胃口却出奇的大，一下子动用 6 个军的兵力，要狠狠地教训一下李承晚。计划上报志愿军总部后，得到了彭德怀的高度认可。毛泽东也复电表示同意，认为再歼南朝鲜军万余人极为必要。

杨勇在日记中写道：

金城反击战是自五次战役以来，最大的一次战役，无论是对兵团，还是对我都是第一次，缺乏经验。因此，更应该发挥部队的创造性、勇敢精神和各级

志愿军第 20 兵团领导人（左 1 参谋长张震、左 2 司令员杨勇、左 4 政治委员王平）

指挥员的指挥艺术——切记。

此时，经过前一阶段的反击作战，志愿军参战各部队军事素质都有了明显提高，士气也更加旺盛，已取得对敌营、团坚固阵地进攻的经验，并查明了金城以南地区南朝鲜军防御纵深工事的情况。

为更有效地摧毁敌坚固工事，确保步兵顺利突破和纵深战斗，从6月下旬开始，志愿军在金城正面集中各种火炮1100余门、坦克20辆；动用10个汽车团2000辆汽车昼夜抢运物资1.5万吨，仅炸药就有120余吨，并向参战部队配发渡河器材。

时任志愿军政治部主任的杜平回忆道：

入朝后，很久未能解决的给养问题，自转入阵地防御战，有了坑道工事，可以囤积粮弹以后，情况逐渐好转。此次发动金城战役，我参加部队24万多人，仅消耗弹药一项即达1.9万吨，约等于入朝初期第一次至第五次战役总消耗量的2.2倍。令人发愁的给养问题基本解决了。毛主席为此也很高兴。他说，这次抗美援朝战争，在我们方面本来存在四个问题："最初是能不能打，后来是能不能守，再后是能不能保证给养，最后是能不能打破细菌战。这四个问题，一个接着一个，都解决了。我们的军队是越战越强。"

金城战役示意图

第 20 兵团组织 6 个工兵营和 11 个步兵团参加抢修公路、桥梁。各参战部队在作战双方中间地带秘密构筑大量屯兵洞，选择潜伏区，演练对坑道工事连续爆破和攻击的战术、技术动作，按时完成了作战准备。

与此同时，为迷惑和消耗敌人，达成战役的突发性，第 60、第 67 军在战役发起前，向原定的南朝鲜军营以下目标继续实施进攻，先后攻占 529.3 高地、938.2 高地、广石洞以西高地、690.1 高地、轿岩山北山腿，并在新占阵地上同南朝鲜军反复争夺，击退反扑 200 余次，毙伤俘敌 1.2 万余人。其他兵团所属部队也向当面敌人发动了小规模的进攻，掩护战役准备。

7 月 7 日，金日成、彭德怀复函克拉克，同意双方代表团定期会晤，商谈有关停战协定实施问题及停议协定签字前的准备工作。10 日，代表团大会复会。12 日，汉城（今首尔）传来消息：艾森豪威尔派出的特使罗伯逊与李承晚会谈结束，发表联合声明。李承晚迫于美国的压力，虽然保证不阻碍停战协定的实施，但并没有就这项保证提出任何时间限制，并且公然声称：他保留退出和平会议和采取他认为必要的行动的权利。

既然李承晚一意孤行，破坏停战，志愿军也就不再客气，金城战役如期进行。

志愿军高射炮兵对来袭敌机猛烈射击

13 日 21 时，浓云低垂，天地间一片昏暗，天气闷热得令人窒息。

第 20 兵团及第 24 军在 1100 余门火炮支援下突然发起进攻。东起北汉江，西至下甘岭，几十里的南朝鲜军阵地上浓烟滚滚，铅色的阴云被映成一片紫红。经过 20 多分钟的火力准备，志愿军炮兵共发射各种炮弹 1900 吨。在主要突破地段上，摧毁南朝鲜军地面工事 30%、障碍物 80%~90%。

这是志愿军在抗美援朝战争中规模最大的一次炮击，也是志愿军第一次占据了地面火力优势。在炮击的重点方向，志愿军火炮密集度是每公里正面 120 门左右，达到了二战中打得最激烈的苏德战场的标准。《美国第 8 集团军简史》记载：

令人难以置信的大量炮火在头上呼啸，在呼啸声中，他们前仆后继地攻击这个地区的大韩民国防线。在中共军队的猛攻下，前哨阵地一个接一个被打垮了。

西集团右翼 68 军 203 师攻占 522.1 高地后，主力向芳通里方向发展进攻。该师执行穿插任务的 1 个加强营，沿 522.1 高地以东公路向纵深猛插。14 日 2 时左右进至二青洞附近，先后歼灭南朝鲜军 1 个营大部及美军炮兵 1 个营；其先头分队 1 个班在副排长杨育才带领下，化装成南朝鲜军，一举歼灭南朝鲜军首都师“白虎团”指挥所。

左翼 68 军 204 师攻占 552.8 高地后，于 14 日 4 时 30 分进抵月峰山下。204 师侦察排副排长姚玉珍回忆道：

我们顺着月峰山西边的公路一直追下去。天明后赶到下榛岘附近的三岔路口，沿着右边公路又继续追了一里多路，突然发现公路两边草棵子里乱晃动。我们停下身来仔细一看，原来是三个韩军：有一个胖子穿着一件满是泥巴的衬衣，鼓着个大肚子，一会儿搔搔脑顶，一会又抓抓头皮，待了会儿又把他的手遮在眉毛上，东张西望；另一个是细高挑儿，活像电线杆子，站在胖子旁边；离他们不远还有个好像是卫兵模样的家伙。在他们前边是一条约有二十公尺宽的河，浑浊的河水在翻滚着，急促地向北流去。

排长一摆手，大家都伏在地上，他悄悄地对我们说：“这胖家伙像个官，不许打死，要活捉他。”接着他命令我和卢生福各带一个组，从两侧逼近敌人。他用机枪掩护我们。

卢生福绕到敌人后侧，用枪一逼，大声喊道：“吆包！站住！”三个家伙一听，扭头就跑，排长端起机枪朝天空放了一梭子弹，胖子和细高挑儿吓得连忙趴在地上，那个卫兵跳到河里想逃命，我和李从继端起冲锋枪，来了个齐射，子弹打得水花四处飞溅，水中冒出一团红圈，那小子再也没有探上头来。这时，卢生福已冲到那两个家伙面前，细高挑儿头一下跪在泥里交了枪，胖子

37.
金城战役

285

金城战役中，志愿军俘房的南朝鲜军

趴在旁边，双手举得挺高，脑袋死往泥里钻，好像老母猪似的，哆哆嗦嗦地弄得周围草也乱动。卢生福抓住他的脖领，把他拉了起来。

胖子一抬头，引得同志们哄堂大笑，你看他浑身都是泥浆，满脑袋看不见一点肉色，连泥带水一大溜顺着脖子往下流，只是额角上不知被什么划破了一点皮，涂得红糊糊的一片。

排长用生硬的朝鲜语给他讲解了一下我们优待俘房的政策。胖子苦笑了一下，然后忙从口袋里掏出钢笔和手表递给排长，排长严正拒绝了他，并又给他讲半天宽大政策，最后拍了他肩膀两下，胖子才算安定了。他点点头，随后又用手拍拍肚子"怕必！怕必！"地乱叫，伸出两个手指表示两天没吃饭了。我们给了他两块饼干，这家伙一张口就填进去了一块，一面吃，一面伸出大拇指说："志愿军顶好！"

事后，侦察排才知道俘房的这个胖军官竟然是南朝鲜军首都师副师长林益淳。

与此同时，54 军 130 师在攻击 424.2 高地后，向烽火山发展进攻。至 17 时 40 分，西集团先后占领了烽火山、月峰山。

中集团右翼 67 军 200 师攻占官垈里西南高地后，以一部兵力沿金城至华川公路向纵深穿插，于 14 日 6 时占领龙渊里、东山里地区，将南朝鲜军第 6 师防御部署彻底割裂，使其轿岩山、烽火山阵地侧后受到威胁；主力则乘胜渡过金

志愿军某部向敌发起进攻

城川，向梨船洞发展进攻。

左翼 67 军 199 师在轿岩山遇敌顽强抵抗。杨勇清楚地意识到：金城川以北的轿岩山是敌人的要害阵地，必须攻下，遂命令 67 军投入第二梯队。经一夜激战，199 师于 14 日 10 时占领轿岩山后，继续发展进攻。

在轿岩山战斗中，该师 595 团战士李家发，以自己身躯堵住敌人机枪工事射孔，为部队冲击开辟了通路。时任 595 团 3 营机枪连班长的魏洪俊回忆道：

7 月 12 日，我 199 师 595 团 3 营接到攻打轿岩山 818.9 高地的战斗任务。战士们怀着必胜的决心钻出了防空洞，很快消失在茫茫的夜幕之中，悄悄地向攻击目标的半山腰进发。我们都用茅草、细树枝伪装起来，在这里需潜伏到次日晚上 9 点金城全线打响为止。准备潜伏 25 个小时。

借着夜色掩护，我们悄悄地到达离阵地仅一百多米的指定地点，敌人说话、咳嗽声都能听到，因而我们也极容易暴露自己。哪怕是一点声响，都会引起麻烦。我们的潜伏地点大部分是低矮的茅草和灌木丛，很难遮住我们的身体，潜伏的难度可想而知。出发前首长一再叮嘱我们少喝水，我们也这样做了，但是谁能保证 25 小时不大小便呢？无奈之下，只有往裤子里拉屎、撒尿。小便可以蒸发，大便就只能留在裤子里了。

7 月是朝鲜半岛的雨季。次日白天，忽然下起了大雨。我们已经潜伏一夜和一上午，许多战士水已经喝光了，此时下雨，战士们借着雨雾掩护，轻巧地翻过身来，仰面朝天，张开嘴巴，让尽量多的雨点掉入口中。当时感到这是一

37. 金城战役

志愿军某部向敌防御阵地发起进攻

种战争文化的享受。但是下大雨也带来不曾预料的困难。带在身边的压缩饼干，经雨水浸泡，早已变成了面糊糊。每个人浑身上下，湿个精透，都成了落汤鸡。时间一长冻得全身起鸡皮疙瘩，体质稍差的战士着了凉。我身边的战友孙月义，一直强忍着咳嗽，把嘴巴紧紧地贴在泥土里，脸色憋成紫茄子似的。由于长时间雨水浸泡，我们的皮肤都浮肿起来。我们一分一秒地忍受着。不仅是雨水的浸泡，还要忍受蚊虫的叮咬。从黑夜到白天，再等到黑夜发起冲锋，整个25个小时好像比度过一个世纪还要漫长。因长时间趴着，有的战士到冲锋时腿都迈不开了。当夜幕再次降临时，估计总攻的时刻就要到了，我们浑身热血顿时沸腾起来。就在我们躁动不安、激情喷涌的时刻，三发红色信号弹在我们上空腾空而起。霎时间，万炮齐发，如雷鸣，似电闪，整个大地都在颤抖。一串串复仇的炮弹，拖着火蛇，在敌人的阵地上开花。顿时，硝烟弥漫，火光冲天，砂石泥土和着敌人七零八落的尸体飞向天空。

激荡人心的冲锋号声响起，我们3营的几百名战士如下山猛虎，似神兵天降，闪电般地冲杀到敌阵地中。出其不意的攻击，使敌人蒙头转向，措手不及，仓皇应战。趁敌人惊魂未定，我们很快占领了818.9高地，消灭了大部分敌人。机枪连迅速冲上了主峰，占据了有利地形。

东集团181师附605团突破后，一部西渡金城川，进抵梨船洞东与中集团会合；另一部攻占 461.9 高地。24 军则以 1 个师的兵力，向南朝鲜军首都师第 26 团阵地发起进攻，于 14 日零时攻占注字洞南山、杏亭西山，13 时 30 分攻占 432.8 高地及杨谷以北地区，控制上九井、下九井间公路，保证了 20 兵团右翼的安全。

至 14 日 18 时，志愿军各参战部队经 21 小时激战，占领西起新木洞经芳通里、梨实洞、北亭岭、间棒岘、豆栗洞、巨里室，沿金城川至 461.9 高地一线以北地区，拉直了金城以南战线，重创南朝鲜军首都师和第 3、第 6、第 8 师，歼敌 14000 余人，完成战役第一步任务。

在志愿军的猛烈攻击下，南朝鲜军狼狈逃窜。在金城以南的公路上，敌军乱作一团，拥挤的人流中夹杂着各式车辆。敌军司机狂按喇叭也无济于事，最后硬是从人群中撞开一条血路，夺路南逃。

美联社记者是这样描述当时那些仓皇溃逃的南朝鲜士兵的：

有的攀在坦克上，有的骑在大炮上。但是还有成千的人用那起了水泡的一双脚，一拐一瘸地向南步行，到了精疲力竭的时候就在路旁的泥泞地里倒头就睡，顾不得倾盆大雨了……如果中共军有一队战斗轰炸机的话，他们就能把公路上的这个长达数英里的地段变成一条血河。

为贯彻"稳扎狠打"的指导方针，20 兵团和 24 军在巩固上述地区既得阵地的同时，各以一部兵力扩大战果。自 14 日夜起，东集团 180 师南渡金城川，

朝鲜战场上，疲惫不堪的南朝鲜军队

于 16 日攻占黑云吐岭、1118 高地、白岩山、949.5 高地至北汉江一线阵地；中集团 135 师一部于 15 日晨攻占后洞里；西集团和 24 军在击退南朝鲜军反扑后，将阵地推至新木洞、北亭岭、间棒岘公路北侧。24 军则攻占金化以北 537.7 高地及 597.9 高地以南各无名高地。

这时，由于连日降雨，河水上涨，金城川上的桥梁全部被美机炸毁，新修道路泥泞难行，炮兵机动、通信联络和前线运输均发生困难，加之"联合国军"战役预备队已调近战场，20 兵团和 24 军遂转入防御，准备抗击敌人的反扑。

果然，面对志愿军在金城以南地区的凌厉攻势，美国人和李承晚之间矛盾骤增。美国人大骂李承晚蠢笨无能，李承晚则痛骂美国佬见死不救。

为挽回败局，李承晚亲自赶往前线督战，命令南朝鲜军不惜一切代价进行反攻。

坐镇日本东京指挥的克拉克也沉不住气了，于 16 日携美军第 8 集团军司令泰勒飞抵前线，召开高级军官会议，决定组织美军配合南朝鲜军全力反扑，夺回失地。因为在克拉克看来，如果让中国军队以这种大胜的方式结束战争，那"联合国军"的颜面将荡然无存。

从当日下午开始，美军第 3 师和南朝鲜军第 5、第 7、第 9、第 11 师及第 3、第 6、第 8 师余部发起大规模的反扑。

志愿军总部于 17 日指示 20 兵团和 24 军：坚决巩固金城以南之登大里、

正在准备发起攻击的一支美军小部队

广大洞、细岘里及芦洞里、梨船洞、豆栗洞、间榛岘、梨实洞、432.8 高地、537.7 高地一线以北阵地，作为志愿军主阵地，该线以南作为前进阵地；停止对敌人既设阵地较大的进攻，集中力量打敌反扑，在敌人大规模反扑中予以更大的杀伤和歼灭性打击，争取战役的全部胜利。

当天，南朝鲜军出动 6 个团的兵力，在 100 余架次飞机、200 余门大口径火炮的支援下，重点进攻黑云吐岭、白岩山、949.5 高地一线阵地。

坚守这一线阵地的东集团 60 军 180 师在既无坚固工事依托，又无纵深炮火支援，且粮弹供应不足的情况下，顽强抗击数倍于己的敌军，与敌人反复争夺阵地。激战竟日，180 师守住了除 867 高地以外的各阵地，毙伤俘南朝鲜军 3000 余人。

鉴于东集团新占阵地过于突出，且背水作战，炮兵支援与补给一时难以解决，20 兵团遂决定该集团除以一部兵力固守 461.9 高地外，主力转移至金城以北地区防御。中、西集团和 24 军也适当向北收缩，主要固守 432.8 高地、梨实洞、北亭岭、间棒岘、602.2 高地、巨里室北山一线。

432.8 高地位于金化至梨实洞公路北侧，南屏千佛山，西邻 537.7 高地，是敌军进退的必经之路，位置十分险要。

24 军代军长张震亲自打电话给 74 师师长肖选进："你们已经扼住了敌人

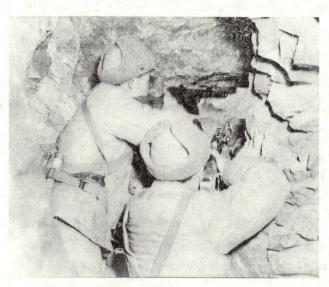

志愿军依托坑道工事进行防御作战

的喉咙。要不惜任何代价坚决扼守住 432.8 高地，保障我既得阵地的安全和友邻 68 军的行动。"

放下电话，肖选进就命令攻占 432.8 高地的 222 团政委蔡别文、副团长高庆忠立即转入防御，务必要守住阵地。

果然，敌人发起了近乎疯狂的进攻，企图抢占 432.8 高地。敌人以航空兵、炮兵对 222 团 3 营 7 连扼守的阵地进行猛烈轰炸，出动 2 个排的兵力连续攻击 6 次，均被击退。

肖选进回忆道：

敌人在航空兵、炮兵、坦克的掩护下，以数倍于我的兵力向 7 连阵地进行猛攻，一直打到晚上，先以小分队攻击，后又逐步增加兵力。最后，疯狂的敌人狗急跳墙，用整营的兵力向 7 连 7 班的阵地轮番进攻，成吨的炸弹、炮弹将阵地上的树木连根掀起，岩石炸成碎块，泥土、石块、弹片铺天盖地，7 连 7 班的阵地终因全班阵亡而暂时失守。连长立即亲自组织通信员、炊事员、伤员等，在我强大炮火支援下向敌人发起反冲锋，以气吞山河的气概和灵活的战术，硬是将突入我阵地的优势之敌全部歼灭，重新夺回了阵地。

战斗中，一群敌人涌上阵地，把 9 班班长王玉生团团包围。王玉生临危不惧，毅然拉响最后一颗手榴弹，与敌人同归于尽。

激战至黄昏，222 团共击退敌人的 23 次冲锋，毙伤敌 500 余人，守住了 432.8 高地。

从 18 日起，"联合国军"将反扑重点转向志愿军中集团正面的 602.2 高地、巨里室北山一线阵地。

19 日、20 日，南朝鲜军第 11、第 7 师先后展开 3 个团和 5 个营的兵力，在 480 余架次飞机、30 多辆坦克和大量火炮的掩护下，连续猛攻，一天内竟发动强攻 106 次。

67 军 200 师凭借有利地形，在炮兵火力支援下顽强抗击，阵地几度易手，均以反击迅速夺回。除巨里室北山阵地失守外，固守了已占阵地。

这天清晨，20 兵团前线指挥部的电话铃声急促地响起。

杨勇拿起电话，听筒里传来志愿军副司令员邓华的声音："老杨，别打了。

金城战役中向敌阵地发起冲锋的志愿军某部战士

解方同志从板门店传话来，说敌人哇哇叫，要签字了。"

原来，面对惨重的伤亡，克拉克清楚再与志愿军打下去也于事无补，只会让更多的美国人陪南朝鲜人送死，而这显然是华盛顿政府最不能容忍的。于是，他做出了"停战条款将被遵守"的保证。

美方谈判代表哈立逊也变得老实多了，乖乖地坐在谈判桌前，对有关停战协定实施的所有问题向中朝谈判代表做出了明确保证。当时的谈判记录是这样的：

中朝方："究竟联合国军能不能控制南朝鲜政府和军队？"

美方："由于谈判所取得的成果，你方可以确信联合国军司令部，包括韩军在内，已准备履行停战协定的各项规定。"

中朝方："我问的是，南朝鲜军队到底受不受联合国军司令部的节制？"

美方："是的，韩军属于联合国军司令部。"

中朝方："对于已经达成的停战协定的实施，你方能保证南朝鲜政府和军队不进行阻挠和破坏了吗？"

美方："我方保证，韩国将不以任何方式阻挠停战条款的实施。"

中朝方："我问的是，如果南朝鲜政府进行阻挠和破坏怎么办？"

美方："大韩民国进行任何破坏停战的侵略行为时，联合国军将不予以支持。"

朝鲜停战谈判

中朝方："如果南朝鲜破坏停战，发动进攻，为保证停战，中朝方面采取必要行动抵抗进攻时，联合国军将持何种态度？"

美方："联合国军将继续遵守停战协定并承认中朝方面有权采取必要行动抵抗侵略，保障停战。"

哈立逊还表示：根据停战条款，"联合国军"司令部将保证韩国负责监督遣返战俘的中立国代表和共产党代表以及红十字会代表的安全，"不再允许扣留战俘。联合国军司令部将尽力找回已被韩国卫兵'释放'的 2.7 万名战俘"。

没有了"联合国军"的撑腰，李承晚如同泄了气的皮球，再也无力打下去了。抗美援朝战争的最后一次战役——金城战役就此宣告胜利结束。

此役历时 15 天，志愿军第 20 兵团和第 9 兵团第 24 军迅速突破南朝鲜军 4 个师防守的宽达 25 公里的坚固阵地，向南扩展阵地 140 多平方公里，将战线拉直，毙伤俘敌 5.2 万余人，超过预定歼敌人数近三倍。杨勇给李承晚送上了一份朝鲜战争中他最倒胃口的"最后晚餐"。

1953 年 7 月 27 日，也就是克拉克到前线督战的第 12 天，这位美国上将无可奈何地在朝鲜停战协定上正式签字。

当天上午 10 时，朝鲜停战协定签字仪式在板门店举行。双方首席代表朝鲜人民军南日大将和美军哈立逊中将在《关于朝鲜军事停战的协定》及其附件《中立国遣返委员会的职权范围》《关于停战协定的临时补充协议》文本上签字。随后，金日成于平壤、彭德怀于开城、克拉克于汶山分别在停战协定及其

"联合国军"总司令克拉克在朝鲜停战协定上签字

附件上签字。

许多年后,克拉克在回忆录中描述了签字时的心情:"在我执行政府的训令中,我获得了一项不值得羡慕的荣誉,那就是我成了历史上签订没有胜利的停战条约的第一位美国陆军司令官","我感到一种失望的痛苦。

当晚21时,朝鲜停战协定正式生效。时任志愿军第7师警卫侦察连文化教员的曾瑞华回忆道:

时针正指到晚上8时,阵地上的宁静,突然被美军猛烈的炮火所打破。美军阵地上的上千门大炮、上千挺轻重机枪,对着志愿军阵地猛烈射击。说它是有目标射击,却又是胡轰乱炸;说它是定点打炮,但它是东一榔头西一棒子;轻重机枪像放万子鞭,左右前后炸个不停;一串串升空的红绿曳光弹,像彩灯映照在夜空;炮弹落地爆炸的火光,把阵地照得火红火红。我蹲在师指挥部旁的掩蔽工事里,对眼前的一切,看得明明白白,听得清清楚楚。

美方在停火时刻来到之前,还来一次铺天盖地的狂轰滥打,其目的和用意何在呢?指战员蹲在坑道里,都在从不同角度猜测。有的说:它是向中朝人民示威,打仗我有的是钢铁;有的说:它是狗急跳墙,临走时还要猛咬你一口;有的说:这是美国兵在"丢包袱",把炮弹打完后好回国;还有的说:这是美国兵自鸣得意,自己放炮欢送自己。究竟是何种用意和目的,恐怕只有他们自己最清楚。好在志愿军官兵早已警惕地坚守在工事里,虽然炮火摧毁我方一些工事,使我军有些小的伤亡,但我们没有被恶狗咬伤,没有吃大亏上大当。

中朝两国女军人欢庆胜利

美军炮火狂轰到晚8时45分，炮声戛然而止，阵地上突然静下来，夜空中的照明弹灭了，阵地又一片漆黑。

时针指到晚9时正，敌对双方都遵照停战协定，停止了一切军事攻击行动，中朝人民用鲜血和生命换来的和平，终于来到了朝鲜半岛。这和平多么来之不易啊！

晚9时10分，双方阵地上又热闹起来，彩色照明弹，一串串高挂在夜空，照着跳出各自阵地的中美官兵，握手言和，庆祝停火，庆幸和平。两军官兵，互赠画片，互送食品，我军官兵向美军官兵，送得最多的是白色和平鸽纪念章，并郑重地向美国人表示："中国人要和平，不要战争！"

至此，历时两年零九个月的抗美援朝战争，以中朝军队的胜利和以美国为首的"联合国军"的失败而告结束。

在整个战争期间，美国将其陆军的三分之一、空军的五分之一、海军近二分之一的兵力投入到这个幅员狭小的朝鲜战场上，并拉拢14个仆从国组成"联合国军"，使用了除原子弹以外的所有现代化武器，然而却没有赢下这场战争。

中国人民志愿军先后参战的总兵力达290余万人，毙伤俘"联合国军"71余万人，自身作战减员36.6万余人。志愿军发扬爱国主义和国际主义精神，英勇顽强，克服了无数个难以想象的困难，终于以劣势装备打败了世界上拥有最先进武器装备的以美国为首的"联合国军"，创造了世界战争史上的奇迹，打出了军威、打出了国威，提高了新中国的国际威望，为维护世界和平、促进世

1953 年 7 月 28 日上午 9 时 30 分，彭德怀于开城在朝鲜停战协定及其临时补充协议上正式签字

界人民反帝斗争做出了重要贡献。

正如美国陆军官方战史中所写的："从中国人在整个朝鲜战争期间所展示出来的强大攻势和防御能力中，美国及其盟国已经清楚地看出，共产党中国再也不是第二次世界大战时的那个软弱无能的国家了。"

38. 奇袭白虎团

　　1953 年 6 月中旬，正当朝鲜停战谈判各项议程已达成协议、即将签订停战协定的时候，南朝鲜李承晚集团却以"就地释放"为名，强行扣留朝鲜人民军被俘人员 2.7 万余名，破坏停战的实现，并疯狂叫嚷要"单独干""向北进""一定要实现统一的目标"。

　　为了打击敌人的嚣张气焰，惩罚其背信弃义的行径，实现稳定可靠的停战，志愿军决定发起金城战役，再次给南朝鲜军以沉重打击。

　　志愿军以第 20 兵团在第 9 兵团第 24 军的配合下，担负金城以南地区的进

"联合国军"俘虏的朝鲜人民军士兵

攻任务。其中，20 兵团指挥的 5 个军分为东、中、西三个集团，在牙沈里至北汉江间 22 公里的地段上，采取正面进攻、两翼钳击、多路突破的战法，首先攻占梨实洞、北亭岭、梨船洞一线以北及金城川以北地区，歼灭当面南朝鲜军 4 个师的 8 个团另 1 个营。

西集团右翼 68 军 203 师正面之敌是南朝鲜军首都师第 1 团。

该团成立于 1946 年 1 月，是南朝鲜首批组建的 8 个团之一，兵员充足，装备精良。因在"三八线"以北的襄阳守备战中一战成名，荣获"国军主力"的美名，李承晚亲自授予新团旗——绣着一只龇牙咧嘴的白色虎头的"虎头旗"，从此得名"白虎团"。

在占领金城以西、上甘岭以东的突出部防线后，"白虎团"构筑了坑道、盖沟、环形战壕和各种明暗火力发射点相结合的半永久性坚固防御阵地。加之又得到美军 5 个榴弹炮营和大量坦克、飞机的支援，"白虎团"气焰十分嚣张，吹嘘这是一条"坚不可摧"的防线。

时任志愿军 203 师作战科副科长的康海回忆道：

为了摸透敌情，以便最大限度地趋利避害，师、团不仅组织专业侦察人员深入敌人阵地进行特定侦察，还组织部队战斗组长以上人员现地侦察，营、连、排干部对各自攻击目标进行摸察，师、团干部也对主突方向的要点进行勘察。在部队占领进攻出发阵地的第四天，以伏击手段成功地歼灭了"白虎团"

志愿军某部首长和司令部人员在研究敌情

的搜索队，捕获五名俘虏。经过讯问，进一步查明了敌人的兵力部署和工事构成情况。这样，就为我定下全歼敌人的决心奠定了基础。

"白虎团"防御阵地正面达 3.5 公里。虽说在兵力上，203 师是"白虎团"的三倍，但火力却不如对方，而且敌人的阵地为绵亘的防御体系，没有暴露的翼侧。如果一味简单强攻，只会造成不必要的损失。

经反复研究，203 师认为"白虎团"左翼阵地虽存有弱点，但不是要害，突破后对其整个防线的威胁不大。右翼阵地是"白虎团"的强点，却也是它的致命要害。最后决定集中主要兵力火力于敌右翼进行突破，打开口子后，沿山谷直插敌人纵深，再从东向西攻击敌左翼阵地。

具体采取连续突破、一鼓作气打乱敌人整个防御部署的战法，对在主要方向上进攻的第一梯队事先明确攻打哪个高地，攻占高地后不再向纵深发展，只负责彻底歼灭所占高地的敌人；第二梯队不待第一梯队占领高地，即对敌主阵地实施攻击。这样就确保使敌首尾不能相顾，得不到片刻的喘息机会。

由于"白虎团"防御阵地没有暴露翼侧，203 师大胆决定采取穿插战术，在突破敌阵地的同时，由 609 团副团长赵仁虎指挥 2 营执行穿插任务；由 607 团侦察连组成精悍的"化袭班"，在穿插营先头行进，直奔"白虎团"指挥所所在地二青洞，以"出其不意，攻其不备"的奇袭手段，首先予以消灭。

203 师把穿插点选在第一梯队突破的前沿阵地直木洞南山顶部东侧。选择这个地点，既可以避开敌人谷底密集的障碍物和炮火封锁区，又利用了第一梯队的突破成果，还可利用志愿军火力对敌主峰进行猛烈压制，使敌无暇顾及接合部，实施炮火封锁。

"擒贼先擒王"的重任交给了 607 团侦察连副排长杨育才率领的"化袭班"。这是一支由 12 名作战经验丰富的优秀侦察兵组成的小分队。他们化装成南朝鲜军，每人都配备了手枪、冲锋枪、手雷和燃烧手榴弹，还携带了电台、绳索软梯、破坏剪等特战工具，并配有一名朝鲜向导。

7 月 13 日 21 时，浓云低垂，天地间一片昏暗，闷热得让人无法呼吸。

第 20 兵团及第 24 军在 1100 余门火炮支援下突然发起进攻。东起北汉江，西至下甘岭，几十里的南朝鲜军阵地上浓烟滚滚，铅色的阴云被映成一片紫红。

经过 20 多分钟的火力准备，志愿军炮兵共发射各种炮弹 1900 吨。在主要突破地段上，摧毁南朝鲜军地面工事30%、障碍物80%~90%。

金城战役打响后，西集团右翼203师主力于23时52分攻占522.1高地及其以北诸高地。赵仁虎副团长指挥2营和杨育才的"化袭班"组成的穿插支队，迅速通过3公里的炮火封锁区，向南朝鲜军纵深穿插疾进。赵仁虎回忆道：

杨育才

我们全营立刻轻装，精干地沿着敌人山脚火速前进。越过铁路、河流，避开敌人的铁丝网和布雷区。这一带是我们前沿小部队活动的地方，到处摸得透熟，走得非常隐秘。到金城川那片开阔地的公路上时，部队已改成跑步前进。这儿是敌炮封锁的一个重要路口，但我们早已研究好了敌人打炮的规律，两阵排炮之间约有十分钟间隔。全营抓住这个空隙呈数路飞突过去，恰好把下一次排炮丢在我们屁股后面。

再往前走，是敌人"四一五"公路的山缺口，通过它便进入敌阵地后方了。这里有敌军把守着，必须一面战斗一面通过。我担心地想着：这头一道关口可要干得又快当又利索！营指挥所刚进到离缺口一公里时，前面枪声响起来了。停不到分把钟，观察员就跑来报告说：第一尖刀连已经用一个班的兵力，秘密摸近缺口三十公尺处，以突然打击全部消灭了缺口的守敌。于是，营指挥所继续前进，刚过了缺口，前边又传来一阵激烈的枪声和手榴弹声。不多时观察员又报告说：敌人开来一个连的援兵。第一尖刀连派出一个排，埋伏在公路旁边，放过去一半，拦腰截住，把敌人大部消灭了，还活捉了十七个活的。

石营长命令好好向俘虏做解释工作，找出两个来当"向导"。于是第一、第二尖刀连各分到一个"向导"，分成两支箭头向指定地点插下去。现在我们已突入敌纵深十多华里，前沿的枪炮声远远地落在背后，在照明弹明灭的光亮里，左侧后敌人"五二二·一"高地和右侧月峰山的庞大身影，忽地闪现出

《奇袭白虎团》（剧照）

来，一会儿却忽然又隐没了。

李承晚送来的"向导"真起了作用，他带着第二尖刀连直取韩首都师白虎团团部。我们营指挥所紧跟在这一路的后面，不断用指北针和地图核对着前进的路线，在地形复杂的沟沟谷谷与交叉着的公路中间，走得完全正确。

"化袭班"行进在第二尖刀连的最前面，沿着事先研究好的穿插路线，很快就进入了敌人的第一道防线。

突然，在前头开路的赵顺合急促地低声喊道："地雷！我踏着地雷啦！"

"用脚踩住，不要松开！"杨育才说着赶忙跑过去，小心翼翼地把地雷两边的土扒开。万幸的是赵顺合踩上的是一颗美式反坦克地雷，这种雷没有90公斤以上的压力是不会爆炸的。

杨育才命令大家都趴下，然后对赵顺合说："先卧倒，再迅速抽出那只脚，不能大意！"

赵顺合卧倒在地上后，猛地向旁边一滚。果然，地雷没有响，大家都长舒了一口气。

为了避开雷区，提高行军速度，"化袭班"顺着水沟跑步前进，终于翻过豁口，踏上公路，像离弦的箭一般向山下飞奔而去。

路上，胆大心细的杨育才穿上一套美军军官制服，充当起"美军顾问"，走在分队的最前头。每当碰上南朝鲜军巡逻队时，"美军顾问"便主动上前，用自己也听不懂的"英语"，对惊魂未定的南朝鲜士兵叽里呱啦地训斥一番，然后扬长而去。

就这样，"化袭班"越来越深入敌人的腹地，前面就设有敌人的岗哨，警备严密。杨育才边跑边想：只有抓个"舌头"，查问出口令，才能顺利插到"白

杨育才（前排左三）与化装袭击班接受奖旗

虎团"指挥所。但他又担心这样会暴露行动，一时也不知如何是好。

恰在这时，公路上空又升起照明弹。借着亮光，杨育才回头检查行进的队伍，看是否有人掉队，却意外发现队伍后面多出了一个人。

杨育才悄悄地把情况同会朝鲜语的韩淡年说了。韩淡年不动声色地走到队尾，猛然抓住了那个家伙。

原来，这个"白虎团"的胆小鬼被志愿军强大的炮火吓破了胆，躲在沟边的草丛里装死。当"化袭班"在公路上跑过时，他还以为是自己的队伍正在撤退，就跟了上来，闷不作声地往南跑。

这真是"踏破铁鞋无觅处，得来全不费功夫"。杨育才回忆道：

我命令询问白虎团当晚的口令，那个俘虏磕打着牙齿回答："古轮姆欧巴。"随后韩淡年同志向他讲了一阵子话，等他惊魂平定下来以后，又详细地问明了白虎团部的作战室、电台和警卫排所在位置。口供跟我们事先侦察到的情况相符，看来是老实话。这回我心里更有了底，马上命令全班无论碰到什么情况都不准停止，要迅速插到敌人团部。

走不多时，迎面开来两批满载着敌人增援部队的大卡车，足有四五十辆，我们没有理睬，从路旁杂草丛生的深沟里闪过去。

到了"勇进桥"，影影绰绰地看见警戒桥头的哨兵在游动。我正在打主意，走在我身旁的另一个联络员金大柱同志，机警地紧赶了几步，冲着敌人哨兵大声喝问："干什么的？口令！"

"古轮姆欧巴！"

两个敌哨兵望着我们这一队人，迟疑了一下，前边那个端起枪向我们走来，看样子是要查问。

我心里一忽闪，马上触起一个念头——干掉他！回头一看，几个侦察员正暗自掣出腰里的匕首。但就在这当儿，韩淡年从阵列后面闪出来，神气十足地大步跨到哨兵面前，一手叉腰，厉声喝骂："干什么？还不赶快到前面去警戒，没见我们有紧急任务？瞎眼的东西！"给他这么劈头一骂，两个哨兵慌忙闪在一旁，我就势把手一挥，队伍从公路当中大摇大摆地过去了。

就这样，"化袭班"顺利地通过了敌人的重重岗哨，于14日凌晨一点半来到了二青洞沟口。这一带的公路修得格外光坦，通向沟里的那条路特别惹眼，几道铁丝网搁在路两旁。

"不远了，同志们！"杨育才看完地图，兴奋地说："加把劲，离目标只有二三里路了。"

然而，一个意外情况又出现了。迎面驶来了一长串的敌军汽车，是南朝鲜

现代革命京剧《奇袭白虎团》（剧照）

军机甲团的增援部队。

杨育才果断命令，立刻撤离公路，埋伏在草丛里，做好战斗准备。

满载着敌人和弹药的汽车，一辆接一辆地从杨育才他们面前驶过向北开去。当驶过30多辆汽车后，突然从北面传来一阵猛烈的爆炸声和激烈的枪声。这是跟在后面的穿插支队同敌人车队交上火了。

汽车都停了下来，把公路堵得死死的。敌人纷纷跳下车，乱轰轰地集合着队伍。

怎么办？如果不击溃这股敌人，迅速冲过去，不仅会影响歼灭"白虎团"指挥所，还会使敌人有从容的时间对付穿插支队。

时间紧迫，不能在这里等！杨育才果断命令："两个人打一辆车！趁着混乱之机，迅速冲过公路，集合地点是路那边的白杨树。"

说罢，他跃出草丛，举枪射击。侦察员们紧跟着他，勇猛地扑向敌人。一颗颗手榴弹在汽车周围爆炸，一串串子弹射向敌人。

毫无防备的敌人被打得鬼哭狼嚎，像下饺子似的扑通扑通直往车下掉，也分不清是栽倒的死尸还是跳车的活人。有的还在大嚷："不要误会呀！是自己人。"

"化袭班"并没有恋战，而是趁敌人慌乱之机，冲过公路，分成3个小组，直奔"白虎团"团部的作战室、电台和警卫排。杨育才规定以袭击敌警卫排的第一小组先开枪为号，各处一齐开火，不准跑掉一个敌人。

杨育才带着第三小组扑向作战室。那里灯火通明，老远就看见许多人正由里往外搬东西，门口还停着两辆卡车。原来，敌人准备要跑。

借着树木阴影，杨育才他们隐住身子向屋里望去。只见一个瘦军官正在地图旁边打电话，另一个胖家伙手提一根指挥棒不住地来回走动，显得十分焦急。还有几名军官模样的人坐在桌旁，紧盯着打电话的那个人，像是查问刚才沟口发生了什么情况。

就在这时，袭击警卫排的枪声响了。杨育才高喊一声："打"，便朝门口岗哨和搬运东西的敌人扫射起来。战士包月禄一个箭步冲上前去，对准窗口接连投进了两颗手榴弹。

轰！轰！两声巨响后，屋内的电灯熄灭了，烟雾弥漫，嚎叫声此起彼伏。两个敌人刚要从窗口往外跳，就被包月禄一梭子扫倒，跌落在窗外。战士李志

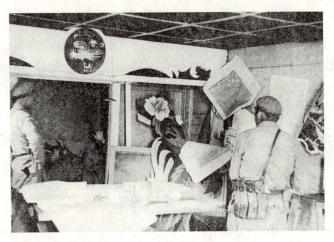

捣毁白虎团指挥所

冲上去堵住门口，举枪猛射。短短几十秒钟后，屋内就沉寂下来。两人冲进屋，拧亮手电一看，只见几个敌人横七竖八地躺在地上，有的嘴里还在喷气，那个正发报的报务员被打死在机座上，地图下面的方桌上扔着电话机听筒，铃声还在不住地乱响。

杨育才回忆道：

我把外面胡窜乱藏的敌人收拾完了，走进作战室一看，包月禄正从墙角那个长方形铁架上，取下白虎团的"虎头团旗"，一面缚在腰上一面说："这是个证据，免得李承晚那老小子再赖账！"

李志在另一个屋角里搜索着。刚打开衣橱的门，只听他大吼一声，那排挂着的衣服便簌簌地抖动起来，他用枪口一拨，一个敌军官举起手哆哆嗦嗦地走出来。原来这就是韩白虎团人事课长，他证实倒在门口血泊里的就是自己的团长。

在打掉"白虎团"指挥所后，"化袭班"又一气干掉了附近的油库、弹药库。爆炸声此起彼伏，熊熊烈火映红了半边天空。

团指挥所被志愿军连锅端了，部署在周围的"白虎团"一下子群龙无首，乱作一团。黑夜中，官找不到，兵找不到，到处都是枪声、爆炸声和喊杀声，也不知来了多少中国军队。惊慌失措之下，干脆丢弃武器，四散奔逃。

被志愿军缴获的"白虎团"团旗

听见二青洞方向传来猛烈的枪声和剧烈的爆炸声，赵仁虎马上意识到这是杨育才他们干的，立即指挥穿插支队主力直扑上去。赵仁虎回忆道：

天色快接近黎明了，拂晓以前必须攻占北亭岭北山，布置好阵地。我们正在前进中，忽然前面大沟中间发现榴弹炮出口声，这完全是个意外的情况，以前这里并没有榴炮群，因此，它也就没有列入我们攻击计划之内。但现在既然来了，就消灭它。于是，我一面命令部队继续前进，一面派出一个排，采取迂回动作插到敌后消灭这个炮群。

不到十五分钟，战斗结束了，击毁敌八门榴弹炮，还捉来二十一个俘虏，想不到还全是美国兵。战士们惊喜地叫着说："这可是些稀罕货，咱们打疯狗的倒逮住狼啦！"

营指挥所没带来英语翻译，谁也不懂话。但跟着俘虏们一块缴来的还有一面绣金旗子，旗面上有三个阿拉伯字码"555"。这下才知道，原来被我们消灭的就是美军素所吹嘘的"五五五榴炮营"，名堂还似乎不小，说什么它是美国最早建立的炮兵之一呀，参加过两次世界大战呀，还说喝过鸭绿江的水哩！原来美国拿出来的老底子也不过如此！而这些带有"光荣历史"的美军炮兵"勇士"，还是昨天早晨才赶到前线的，怪不得上级没有把它放进我们的作战任务

38. 奇袭白虎团

志愿军缴获的"白虎团"的头盔、臂章和军服

里面。

穿插支队随即迅速占领了梨实洞、北亭岭以北诸高地，并建立阻击阵地，死死地堵住了"白虎团"的退路。

天明时分，203师主力赶到了。激战至清晨8时，全歼南朝鲜军"白虎团"和机甲团2个营、美军第555榴弹炮营，毙伤敌3000余人，俘敌840余人，缴获各种火炮102门、坦克13辆、汽车137辆。

而杨育才率领的"化袭班"12人竟在一个多小时的战斗里，毙敌223人，包括"白虎团"团长郑根洙在内的团指挥所97人，自己无一伤亡，创造了世界特种作战史上的奇迹。

后来，新中国的文艺工作者将这一传奇战例搬上了舞台，改编为著名的现代京剧——《奇袭白虎团》。

参 考 书 目

中国军事百科全书编审委员会：《中国军事百科全书》，军事科学出版社，1997 年

《当代中国》丛书编辑部：《抗美援朝战争》，中国社会科学出版社，1990 年

军事科学院军事历史研究部：《抗美援朝战争史》（第一卷），军事科学出版社，2000 年

军事科学院军事历史研究所：《抗美援朝战争史》（上、下卷），军事科学出版社，2011 年

全国政协文史资料委员会：《支援抗美援朝纪实》，中国文史出版社，2000 年

中共中央文献研究室：《毛泽东年谱》，人民出版社、中央文献出版社，1993 年

《毛泽东传（1893-1949）》，中央文献出版社，1996 年

《毛泽东军事文集》：军事科学出版社、中央文献出版社，1993 年

《彭德怀传》，当代中国出版社，1993 年

《杨得志回忆录》，解放军出版社，1992 年

杨得志：《为了和平》，长征出版社，1987 年

洪学智：《抗美援朝战争回忆》，解放军文艺出版社，1991 年

杜平：《在志愿军总部》，解放军出版社，1989 年

江拥辉：《三十八军在朝鲜》，辽宁人民出版社，1989 年

吴信泉：《朝鲜战场 1000 天：三十九军在朝鲜》，辽宁人民出版社，1996 年

吴瑞林：《抗美援朝中的第 42 军》，金城出版社，1995 年

柴成文、赵勇田：《抗美援朝纪实》，中共党史资料出版社，1987 年

《抗美援朝的凯歌：纪念中国人民志愿军赴朝参战四十周年》，中国大百科全书出版社，1990 年

《为了和平而战：纪念抗美援朝 50 周年》，湖南人民出版社，2001 年

杨凤安、孟照辉、王天成：《我们见证真相：抗美援朝战争亲历者如是说》，解放军出版社，2009 年

袁永生、沈鹤翔：《志愿军老兵回忆录》，四川大学出版社，2013 年

陈孝兴、刘文、褚秉耕：《中国好儿女：中国人民志愿军将士赴朝参战实录》，黑龙江人民出版社，2005 年

康海：《作战科长的秘录》，黄河出版社，1992 年

齐德学：《你不了解的抗美援朝战争》，辽宁人民出版社，2011 年

齐德学：《改写历史决定未来的较量》，长征出版社，2013 年

徐焰：《毛泽东与抗美援朝战争：正确而辉煌的运筹帷幄》，解放军出版社，2003 年

袁伟等：《抗美援朝战争纪实》，解放军出版社，2000 年

王树增：《中国人民志愿军征战纪实》，解放军文艺出版社，2002 年

姜廷玉：《解读抗美援朝战争》，解放军出版社，2010 年

朱世良：《彭德怀在朝鲜战场》，辽宁人民出版社，1996 年

林源森等：《难忘的一千天：中国人民志愿军抗美援朝出国作战五十五周年纪念文集》，中国文史出版社，2005 年

林源森等：《震撼世界一千天：志愿军将士朝鲜战场实录》，中国社会科学出版社，2003 年

丁伟：《血火三千里：朝鲜战争》，军事科学出版社，2000 年

张嵩山：《摊牌：争夺上甘岭纪实》，江苏人民出版社，1998 年

周晓鹏：《中国人民解放军著名战役战斗·第四卷》，蓝天出版社，

中国人民志愿军征战纪实（下）

2013 年

　　萨苏：《铁在烧：中国人民志愿军铁原大战实录》，文汇出版社，2011 年

　　罗胸怀：《中美空中较量（1950–1968）》，人民出版社，2008 年

　　刘峥：《朝鲜·1950》，人民出版社，2010 年

　　姚旭：《从鸭绿江到板门店》，人民出版社，1985 年

　　（美）格登：《朝鲜战争：未透露的内情》，解放军出版社，1990 年

　　（美）哈伯斯塔姆：《最寒冷的冬天：美国人眼中的朝鲜战争》，重庆出版社，2010 年

　　（韩）白善烨：《最寒冷的冬天：一位韩国上将亲历的朝鲜战争》，重庆出版社，2010 年

　　付良碧：《抗美援朝战争中钢铁运输线》，解放军出版社，1992 年

　　《"三八线"上的交锋：抗美援朝战争纪实》，解放军文艺出版社，2010 年

　　陈彻：《旋风部队：第 40 军朝鲜战争传奇》，新华出版社，2010 年

　　双石：《开国第一战》，中共党史出版社，2004 年

　　林勇：《汉江拉锯战：1951 年夏秋季防御战役战事报告》，军事科学出版社，2007 年

　　林勇、殷力：《金城唱绝响：1953 年夏季反击战役战事报告》，军事科学出版社，2007 年

　　殷力：《汉城争夺战：第三次战役战事报告》，军事科学出版社，2007 年

　　解放军报社：《我们打败侵略者》，长征出版社，2000 年

　　赵建国、马爱：《朝鲜大空战》，中国人事出版社，1997 年

　　张少宏、李阳、李涛：《中国人民解放军战例》，黄河出版社，2014 年

声　明

　　本书在编写过程中，参考引用了大量的图片资料。由于资料的来源广、头绪众多，在客观上难以逐一进行核实。特在此郑重声明：希望图片资料版权的所有者予以谅解，并向他们致以衷心的感谢。凡认定自己是本书所使用的某张图片资料的版权所有者，请提供可靠的证明材料，并请及时与作者或出版社联系，我们将根据有关规定，合理支付报酬。

图书在版编目（CIP）数据

战典.14，中国人民志愿军征战纪实·下/李涛著．— 北京：作家出版社，2017.10

ISBN 978-7-5063-9766-7

Ⅰ．①战… Ⅱ．①李… Ⅲ．①纪实文学－中国－当代 Ⅳ．① I25

中国版本图书馆 CIP 数据核字（2017）第 266412 号

战典 14：中国人民志愿军征战纪实·下

作　　者：李　涛
责任编辑：张　平
装帧设计：北京高高国际文化传媒
出版发行：作家出版社
社　　址：北京农展馆南里 10 号　　邮　　编：100125
电话传真：86-10-65930756（出版发行部）
　　　　　86-10-65004079（总编室）
　　　　　86-10-65015116（邮购部）
E-mail:zuojia@zuojia.net.cn
http://www.haozuojia.com（作家在线）
印　　刷：北京亚通印刷有限责任公司
成品尺寸：170×240
字　　数：337 千
印　　张：20
版　　次：2018 年 1 月第 1 版
印　　次：2018 年 1 月第 1 次印刷
ISBN 978-7-5063-9766-7
定　　价：45.00 元